光文社文庫

ぞぞのむこ

井上 宮《きゆう》

目次

もし、あなたがどうしてもこの町、漠市を訪れたいというのなら、それ相応の覚悟が必要だ。

漠市は禍々しく不可思議なところだ。

もちろん大多数の人は何事もなく日常的に行き来している。

しかしそれは、あなたが凶運に見舞われないという保証にはならない。

この町の秩序と理を私に問い質しても無駄だ。

所詮は私もあなたがた同様、こちら側の人間なのだ。

漠市在住Y氏のノートの最後に書かれた言葉
その後Y氏の消息は不明

ぞぞのむこ

とりあえず降りた。降りたのは島本《しまもと》たち二人だけだった。他にホームに人影はない。ネクタイのしみが気になる。乗るまえにうどんをかっこんだのだ。電車が去ると反対側のホームも無人だった。

「やっぱり間違えちゃったか」

島本は言ったが半分は独り言だ。だが矢崎《やざき》が返してきた。

「間違えたのは僕じゃありません。係長が乗ったから、僕も追いかけて乗りました」

ムッとなったが急いでいる。黙ってネット検索する。矢崎が覗きこんでくる。

「こんなところで降りずに、もっと大きな駅まで行ってから降りるべきでしたね」

普通列車しか停まらない駅なので折り返そうにも電車が来ないのだ。だが、なぜわざわざそれを言う。しかも上司に向かって。そうだ、俺は係長でこいつは部下なのだ。検索して調べるべきはこいつじゃないか。また失敗した、ついなんでも自分でやってしまう。

バスがあった。取引先までその路線で行ける。しかも一時間に一本のバスがあと十分ほ

ど で来る。よかった、ラッキーだ。

駅を出てバス停まで急いだ。早足で進む島本の、三歩あとから矢崎がついてくる。靴が踏む枯葉の音がやけに耳につく。ブロック塀はびっしりと苔におおわれ、その苔か、側溝のヘドロからか、青臭いにおいがする。家に挟まれ畑があった。年寄りがしゃがみこんでいた。大根を抜いているのかと思ったら、バケツの中は大量の毛虫だ。この時期に毛虫？ と思っていたら、ぼとぼとと水滴が降ってきた。雨？ 陽が照っているのに？ 不意にぎゃあと声が静寂を突く。島本はどきりとする。赤ん坊か？ 猫か？ 雨は一分もしないうちにぴたりとやんだ。

矢崎が歩かない。

「なに、どうかした？」島本も止まる。

「駅にもどりませんか」

「どうして。バス停はあそこの角だよ」

「ここから離れたほうがいいと思います」

「だからどうして」

「ここは漠市です」

「ばくし？」

「駅があったのは違う町です。早く駅にもどったほうがいいですよ」

「でも駅にもどったって電車はないだろ、バスのほうが早く着くんだからバスに乗ろう、先方にだって二時にって言ってあるんだし」

「でもここは漠市です」

「わからないな、漠市って地名？　漠市だとなにがいけないの」

「僕は大学のとき漠市に下宿していました」

「だから？」

「漠市に安易に入るのはやめたほうがいいです。特にこのあたりはよくない地域です」

チンピラでもたむろしているんだろうか。物騒な町なのか。古ぼけてはいるが普通の住宅街に見えるが。

「でも矢崎君は下宿していたんでしょ、大学もここだったんでしょ」

「大学は別の町です。漠市の噂を知っている同級生によく平気で住んでいられるなと言われてました」

「君は平気だったんだ、じゃあ気にすることはない」

「意味がわかってませんね。要するに、おまえだから平気なんだろうということです」

ため息が出そうになって、呑みこむ。確かにこいつだったらチンピラも避けるかも。

「矢崎君あのね、俺らは急いで行かなきゃならないんだ、先方にはわざわざ時間をとってもらったんだよ？」

「でも悪いのはこちらではありません、向こうが勝手にロット数を間違えたんです、こちらが謝る必要はないです」

「またそういうことを言う、君が先方からの電話にそう返事したからこじれたんじゃないか！」とうとう怒鳴ってしまった。しまったと思ったが、目の前の新人社員は顔色一つ変えていない。それどころか、

「苛《いら》つかせてすみません。これも僕の研修期間だけのことなので我慢してください」頭をさげる。どう言って叱ってやったらいいのか。

「猫がいないんですよ」

え、なんだ？

「猫が一匹もいない町はおかしいと同級生が言ってました」

ああ、漠市の話か。

「ほかには僕が下宿していた近所に同じ顔の人間がいました。数えたんですが少なくとも四十四人はいました」

「なんだそれ、SFか？」

「それから閏年《うるうどし》の二月二十八日は、なにがあっても絶対に、ポンテンペルリンリーンと言ってはいけないんです」

「もういいよ」

「駅にもどったほうがいいですよ」

「だからもどってたら間にあわないんだって」

「そこまで言うなら仕方ありません。この道は避けて回り道しましょう」

だからバスが来ちゃうんだって、と怒鳴りたいのをこらえた。今は先を急ぐべきだ。回り道など当然却下だ。

かまわず歩き出したら視界に飛びこんできた。弾んで転がる。子どもだ。女の子だ。その転んださまはボールというより、祭りの屋台で売っている風船のヨーヨーを思い出させた。中身の水のせいで重心が定まらず、思ったほど跳ねあがらないし転がっても重たげに止まる、そういう転びかただった。三歳か四歳くらいか。

「大丈夫？」子どもを抱きあげて立たせてやる。

抱いた感じも水風船のようだ。厚ぼったい肌をして、ずんがい重たい。そして風船と違って体温が高い。

袖のない下着みたいなワンピースを着ていた。見ているこっちのほうが寒くなる。さっきの泣き声はこの子だろうか。異常な声だったので、ちらと虐待を疑った。でもむき出しの腕にも足にも傷はない。ぷくぷくとよく肥えて、食事が足りていないようすもない。裸足だった。足の指まで丸かった。

頭に浮かんだのは同じ年頃の姪っ子だ。似ている、と思った。同僚が待ち受け画面にしている娘の写真も浮かんだ。こっちのほうが似ているかも。

島本の手から熱と弾力が、ふっと消えた。女の子は来たときと同様、いきなり駈け出して、行ってしまった。けっこう足が速い。

「手を洗ったほうがいいですよ」

それまで離れたところから見ていた矢崎が言った。

「今すぐ駅にもどって、早く手を洗ったほうがいいですよ。よく、石鹼を使って」

「べつに汚くないよ、君は子どもが嫌いなの」

「僕に好き嫌いはありません」

ふざけているのか！

が、前方の交差点をバスが通りすぎるのが見えた。走れっ、と言って自分も走る。

バスにはなんとか乗ることができた。取引先にも時間どおりに着き、島本は先日の無礼を平謝りに謝った。そのあいだ矢崎は後ろで突っ立っているだけだったが、よけいなことを言わないだけましだと島本は思うことにした。


翌日、島本が外回りから帰ってくると、珍しいことに課長が上機嫌だった。手招きで呼ばれデスクの前に立つと、どんな手を使ったんだとにんまり笑う。

昨日謝りに行った取引先から新たな注文が入ったという。

「君を見込んでという話だ、アーチ屋根に使ってみたいそうだ。チェーンのアミューズメントスポットだとさ、こいつはでかいぞ」腹をゆすって笑っている。

この調子で頑張れと激励された。席にもどると同僚から羨《うらや》ましがられた。女子社員も口ぐちにお手柄ですね、なんて言ってくる。嬉しさが募ってくる。いっぽうで記憶をたぐる。昨日、取引先で何を喋ったっけ。注文を増やしてもらえるような特別な話なんてあったか？　部下の無礼をひたすら詫びたことしか思い出せない。

首をひねりながら廊下を歩いていると、話はもう広まっているようで、何人かから声をかけられた。上司は褒めてくれるし、後輩らは賞賛する。同期の友人からは今夜はおごれとメールが来た。ときにはこんな幸運もあるんだと足どりが軽くなる。

ＫＳハイパー姫とすれ違った。すれ違いざま、なんと会釈してくれた！

ＫＳハイパー姫というのは男子社員らがこっそりつけたあだ名で、経理課のこの女性はたいそうな美人だが不愛想で気位が高くて、それで自社で扱っている製品のうち最も強度が高く、値段も高く、おまけに加工しにくいチタン合金板の品名が捧げられたのだ。

その姫が、これまで自分になど目もくれなかった彼女が、会釈してくれた。にっこりと微笑んで。

ときにはこんな幸運があるもんだ。

幸運はそれだけではなかった。偶然手にした見積書の、偶然目にとまった数字の間違いに気づき事なきを得た。エラー表示の出たパソコンが、島本がさわるとたちまち正常にもどり、集まっていた女子社員に絶賛された。昼食は並ばずに店に入れた。午後は得意先から電話をもらった。懇意にしている会社の相談に乗ってやってほしいとのことだ。つまり新しい顧客を紹介してくれるということだ。

「楽しそうですね」

そう言われて島本は、自分が鼻歌を歌っていたことに気づいた。研修中の矢崎は一番端の席なのに、いつ来たのか島本の背後に立っている。

「手を洗いましたか」

「え、なに」

「昨日あれから手を洗いましたか」

昨日一緒に外回りをしたとき、目の前で転んだ子どもを抱きあげたことを言っているのだ。

「洗ったよ」なんでそんなことを訊《き》かれなきゃいけないんだと思いつつ返事をし、いつ洗ったっけと考えた。

「石鹸でよく洗いましたか、指のあいだも」

「家に帰って風呂に入ったよ、それでいいだろう」

「自宅か」

矢崎は首を横に振った。ぶつぶつと口の中で何か言っている。「ぞ」と聞こえた。何度も言っていた。

変人なのだ、気にしないほうがいい。島本は仕事に没頭した。面白いようにはかどる。今日は本当に調子がいい。

勤務が終わって、同期と飲みに行った先でもいいことがあった。開店七周年記念のくじ引きで大当たり、賞品は本日も使える飲み放題の券だ。店の女の子は愛想がいい。はい！　はい！　と返事が気持ちいい。調子に乗って飲みすぎた。でも終電を逃がしたかと思ったら、電車が遅れていて間にあった。コンビニに寄ってドリンク剤を買った。つり銭が多かった。それは返した。

あんまり気分がいいので、マンションのエレベーターの扉があくと、ぴょんと跳ねて降りた。冷えた外気に思わず背を丸める。早歩きで外廊下へ出て、と、足が止まった。

自分の部屋のドアの前に誰かいる。うずくまっている。

島本は目をすがめたが天井の照明はとどかず、薄ぼんやりとした影にしか見えない。

女のようだった。ドアを背にして座りこんでいる。コンクリートの床にぺったりと横座りし、腕がだらんとさがり、肩もさがって脱力した感じだ。頭も垂れているので顔は見えない。長い髪が肩にまとわりついている。

用心して近寄っていった。靴音が聞こえているはずなのに女はぴくりとも動かない。女の真ん前まで来た。まさか死んでるってことはないだろうな。

女の頭が動いた。

ゆっくり、ゆっくりと、仰向《あおむ》いていく。

額、眉毛、眼、頬骨に鼻……、次第に顔があらわになってきた。島本は烈《はげ》しくまばたきした。どうも視界が定まらないのだ。まったく飲みすぎだ。

女は限界まで仰のいて、顔を島本に向かってさらけ出すような恰好で止まった。島本は一度ぎゅっと目をつぶってから開き、まじまじと覗きこんだ。

「のぞみ！」

思いもしなかった事態に慌てた。

「いったいどうしたの」

のぞみはのろのろと首を振る。

「とにかく中に入ろう」

手を引っぱるが立ってくれない。脇に腕を入れて持ちあげてやって、やっと立った。

鍵穴に鍵が中々入らなくて焦る。こんなときにまったく飲みすぎだ。のぞみはいつから待っていたんだろう。かたわらの黒い影は黙って立っている。体温が生温く伝わってくるほどそばに立っている。島本は頭を振ってはっきりさせ、鍵をさしこんだ。

部屋にあがって、電気を点けて、のぞみにソファに座るよう言った。自分はキッチンへ行ってコップに水をくむ。

何があったんだろう、こんな夜中に。

いや、それよりも、なんだって今ごろ俺のところに？

島本がのぞみとつきあっていたのは二年も前だ。特別なことはなかったが別れてしまった。自然消滅というやつだった。つきあい続けて結婚に至るほど特別なこともなかったのだ。

「ほら、水、飲む？」

コップをさし出したら、コップを持つ手ごと握られた。そのままぐいと引き寄せられる。水がこぼれた。のぞみの胸を濡らした。濡れた服がぴったりと張りついて、乳首が形を現す。

ブラジャーをしていない？　どきっとしたときにはのぞみの体の上だった。コップが絨毯《じゅうたん》の床に落ちる音がした。

胸と胸が重なって島本のシャツにも湿り気が移ってくる。冷たくはなかった。熱い湿り気だった。のぞみのむき出しの腕も熱い。首に巻きついてくるのだ。のぞみはノースリーブのワンピースを着ている。足もストッキングではなく素足だ。ちょっと、いやかなり季節外れではないか？　ズボンを通して熱が伝わってくる。裸の足が島本の股にからんでくるのだ。

のぞみ太ったかな？　といっても歓迎すべき変化だ。二年前は骨があたってときどき痛かったのだ。今は不思議な感触だ。島本の体を包みつつも押し返すような弾力だ。

胸元が大きくあいたワンピースは簡単に手を入れることができた。つかんだら、指のあいだからはみ出して、膨《ふく》らんでくるようだった。

島本は上着やズボンを脱ぎ捨てていった。のぞみもワンピースを脱ぎ出した。桃の皮でもはぐように、緩慢な動きで脱いでいった。パンツもはいていないのかと、驚いている余裕は島本にはなかった。

ベッドまで射しこんだ朝陽がのぞみの裸の背中を照らしている。

のぞみはまだ眠っていた。俯《うつぶ》せになって、腰から下は布団の中だ。髪が左右に割れて後ろの首をあらわにして、それから肩へ背中へと広がっていた。けれどもおおうというより、髪の毛は細々とまとわりついている。肉は寝ていてもたるんだりしない。やわらかい中身がいっぱいつまっていて、それを肌が包んで、ぱんっと張っている。

やっぱり二年前より太ったな。太ったという言いかたは怒られるか、色っぽくなった？　豊満？　言葉を選びながら島本はネクタイを結ぶ。

それにしても、いったいなんだって今ごろ俺のところに来たんだろう。改めて考えてみる。別れてから一度も会っていないのだ。電話どころかメールだってしていなかった。

「のぞみ、なあ、なにかあったの?」

しかし、背中は身じろぎもしない。

「今日、会社は?　行かないの?」

今度は動いた。だがまとわりついていた髪が幾筋か落ちただけだった。でも、くぐもった声で返事をした。うん、とか、ううん、とか。

が、それきりだ。

もう家を出ないと会社に遅刻する。

「のぞみ、話は帰ってきてから聞くよ。朝ご飯、適当に食べていいから。鍵はテーブルの上に置いてく、もし帰るんだったら玄関の、まえと同じところに入れとけばいいから」

駅までの坂道を駈け足でおりていった。残してきたのぞみが気がかりだ。もう十一月も末だというのに薄っぺらい洋服一枚で、深夜までドアの前に座って待っているなんて、普通じゃない。何かよほどショックなことがあったんだろうか。落ちこんで、どうしようもなくなって夜の街をさまよい、気がついたら元彼のマンションだったとか?　ともかく、怪我や病気ということではないだろう。夕べはかなり烈しかったもの。思い返すと勝手に頰がゆるむ。

嬉しかった。何があったにせよ、自分のことを思い出してくれた、頼ってくれた。嬉しくて誇らしい気分だ。

本当に昨日はラッキーデイだった。いいことずくめだった。

そしていいことは今日も続いたのだ。

まず通勤電車の乗り換えがスムーズにいって、一本早い電車に乗れた。それから駅から会社までの横断歩道の信号が、すべて青信号だった。

いつもより早く会社に着いて、着いたらすでに電話が鳴っていた。他に誰もいないので取ったらトラブルの電話で、大変な困りようだ。けれども話を聞くと原因は先方の単純なミスで、島本の冷静かつ丁寧な応対で難なく片づいた。

島本でなくても解決できた問題だった。早く出社したのが幸いした。相手は一番の得意先だ。しかも電話をかけてきたのは、その会社の御偉いさんで、うちの課長さえも頭を抱える難物だった。その難物が電話口で島本に、一生恩に着るなどと言う。

島本は課長に一目置かれるようになった。ちらっと昇進の話も出た。すれ違う女子社員の視線が、好意の眼差しと感じられるのはうぬぼれすぎだろうか。KSハイパー姫に話しかけられた。経費についての業務連絡だったが感激したのは、島本という名前を知っていてくれた！

また注文が取れた。昨日の、相談に乗ってくれという話だ。先方にうかがったらさっそくだ。三年に一度あるかないかの大口注文だ。

幸運すぎて怖い。

俺、明日死ぬんじゃなかろうか。

昼食に入った店で日替わり定食を頼んだら、ここでもから揚げが隣の客より一個多かった。

そうしてから揚げをたいらげて、お茶のおかわりを飲みながら、のぞみに電話しようかと考えていたときだ。

窓の外、通りの反対側、カフェの外のテーブル席にいるあれは、のぞみではないか。

急いで勘定をすませ店を出た。こんなときに赤信号だ。道路の向こうの、のぞみの後ろ姿を見ながらじりじりして待つ。のぞみは一人で座っている。長い髪は一つに束ねている。

やっと信号が変わった。島本は横断歩道をわたってカフェまで走った。のぞみは気づいていないらしく背中を向けている。

「のぞみ！」

振り向いた。あら、という顔をした。顎の線が二年前よりふっくらとしているのが、髪を縛ったせいでよけいに目立つ。

「のぞみ」

もう一回名前を呼んで、でもそのあと何を言ったらいいのかわからなくて、のぞみを見おろしていたら、のぞみのほうからこう言ってきた。

「お久しぶり」

晴れやかな笑顔で見あげてきて、また言う。

「二年ぶりかな、元気にしてた？」

からかっているんだろうか。

「島本君は昼休み？　昼ご飯はもう食べた？」

「食べたけど」以前《まえ》みたいに下の名前で呼んでくれない。しらばっくれて今初めて会ったようなふりをして、夕べのことは一夜かぎりにしましょうってことか？

「じゃあ一緒に食べましょってのは無理だね、残念」テーブルに肘をついてストローをつまみ、ズズッと音を立てて濁った色のジュースを飲む。

「のぞみ、大丈夫なの、なにかあったんだろ？」

「なにかって、なに？」

「だって昨日、」そこで気がついた。のぞみの服装だ。生地の厚いコートに中はニット。昨日と全然違う。

夕べうちに来たとき、のぞみは着がえはおろかバッグも持っていなかった。着の身着のまま、という感じだった。

のぞみが吹き出す。「やだ、どうしたの、深刻な顔しちゃって」

なんだそうかと思いあたる。のぞみはいったん自分の家に帰ったんだ。それから着がえたんだ。

「島本君たら心配してくれてたんだ？　でも大丈夫。なにかあったことはあったんだけど、いいことなんだから」

のぞみが立ちあがった。島本は驚愕した。

「わたし結婚したんだ。見て、これが幸せのカタチってやつよ」

テーブルの陰から現れたのぞみのお腹は、大きく膨らんでいた。


じゃあ、あれは誰だったんだ？

のぞみじゃなかった、他人だった、まったくの勘違い、人違い、大変だ！

見知らぬ女を家にあげ、誘われるまま寝て、おまけにその女を家に残してきてしまった、親切に鍵まで預けて――

一刻も早く家に帰りたかった。ところがこういうときにかぎって、チェックしなければならないファイルが次々と送られてきて、電話も鳴り続ける。

自宅には現金も通帳も置いてある。まずい、印鑑と通帳を一緒にしまってある。タブレットは買ったばかりだし、パソコンだって高かった。

誰かに相談するべきか。けれどこんな恰好の悪い話、とてもできない。俺は今や社内でいちばんの成功者なのだ。みなが羨むエリートなのだ。

終業時間を二時間もすぎ、やっと会社を出ることができた。全速力で走る。夜なのに空は濡れた藁半紙《わらばんし》みたいな色をしている。風は妙に温かく足もとで枯葉が騒ぐ。

そうしてマンションが見えてきたとき、予想はしていたが自分の部屋の窓に灯りが点いておらず真っ暗なのを確認し、島本の胸は重たく沈んでいった。部屋じゅう漁《あさ》られて、現金から預金通帳から、電化製品や服まで持ち逃げされたあとの光景が浮かび、体の力が抜けてゆく。

今聞こえたのは雷か？

仰いだ顔に、ぽた、と冷たいものがあたる。とうとう雨が降ってきた。

エレベーターを飛び出し外廊下を走る。ドアノブを握る。ぐるりと回転した。ドアがあいた。

暗い玄関に、ぼんやりと見えた。

三和土《たたき》に女の靴がまだある。季節外れのサンダルが昨夜脱いだときのまま。片方が倒れたまま。

まだいるのか？

だが家の中は真っ暗だ。人の気配もない。

電気を点けながらリビングまで進む。思ったとおり女の姿はない。でも部屋のようすも特に変わっていない。パソコンもテレビもある。テーブルにはタブレットも。そしてその横に鍵。今朝、自分がそこに置いたのだ。

寝室を覗いてぎょっとなった。暗い部屋にリビングからの光が射しこみ、ベッドの上の盛りあがりを照らし出している。

女は寝ているらしい。

すっぽりと布団をかぶり、もつれた髪の毛だけが見えている。

安心していいのか、憤慨するべきなのか。ともかく灯りを点け、自分を励ますように大股で部屋へ踏みこむ。

ベッドの塊がかすかに身じろぎする。

島本はかまわずに進み、引き出しをあけた。しまっておいた現金を数える。それからクローゼットへ向かい、通帳と印鑑も調べた。よかった、こちらも無事だ、引き出された形跡はない。現金と通帳、印鑑を上着の内ポケットにしまう。

そうしてベッドへ振り返った。きっちりと質《ただ》さねばならない。ところが島本はうっとなって後退《あとずさ》った。

女が起きあがっていた。ベッドに座っていた。裸だった。全裸だった。女は二つの胸を隠すでもなく、両腕はだらりとまるで力が入っておらず、背もかがみ気味で、だが腹の下の毛だけが黒々と立っている。

「どうして裸なの……」

こんな間抜けな言葉しか出てこない。

島本は女の裸体から視線を引きはがし、

「とにかく服を着てよ」

リビングにもどって待った。

しかし、改めてあたりを眺めてみると、留守中に女が歩きまわってものにさわったという感じがまるでしない。テーブルから斜めにはみ出した椅子は、今朝自分が慌てて出かけたときのままだし、テレビのリモコンも定位置だ。キッチンも使ったようすがない。冷蔵庫をあけてみるが、中身はなくなっていない。

まさか食べもしていないのか。服も着ず、ああやって裸で一日じゅう寝ていたのだろうか。

それにこの部屋の冷えきった空気。エアコンもつけていないのだ。

女が、夕べ着ていたワンピースをまた着て、のっそりと寝室から出てきた。

その顔を、目を凝らしてよく見る。

どうしてのぞみだなんて思ったんだろう。のぞみに似ているか？　似ているといえば似ているような……、でもそれよりも兄貴の嫁さんに、いいや、ＫＳハイパー姫？　じゃなくて高校のとき片思いしていた……

じっと見つめているはずなのに、島本の眼に映る像は、どういうわけか烈しくまばたきしたときのようにぶれる。ぶれてさまざまに移り変わる。最後に現れた像は、同じマンションの住人の主婦だった。その奥さんとはゴミ出しのときによく顔をあわせる。若くてきれいで人妻だと思うたび何か口惜しくて……

島本は頭を振って雑念をはらった。

「座って」

椅子を指すと女は従った。島本もテーブルを挟んで腰をおろした。

結局のところ、見知らぬ女だ。

ひと呼吸置く。外は雨。かなり降っている。雨音がマンションを包みこんでいる。

「君、名前は？」

女の口が徐々に、時間をかけて開き、返事が漏れ出てきた。の、ぞ、み——

コンクリートを叩いて響くこの雨音よりもっと湿って、もっとこもった声だった。

「のぞみ？　嘘だろ？　正直に言えよ、君の名前は？」

「のぞみ」

「本当にのぞみなの？」

「のぞみ」

偶然、同じ名前だったんだろうか。そういえば夕べも今朝も、のぞみと呼んだら否定しなかった。

「じゃあ名字は？　名字はなんていうの」

「しまもと」

ふざけるな。馬鹿にしやがって。押し殺した怒りが熱い息となって鼻孔から出てくる。

女は無表情だ。ただ真っ直ぐこちらを見返してくる。くるのだが、その眼は島本にはとどかず途中の空間を見ているような気がする。そうかと思えば、島本の顔面を突き抜けて、背後の窓も突き抜けて、雨の夜を見ているようでもある。

「出てってくれ」

しかし女の眼差しは動かない。

「間違えたんだ、人違い。君と同じ名前の知り合いがいて、ごめん、その子と間違えた」

なんで俺が謝らなきゃならないんだろう。女は椅子から動かない。

「悪いけど出てって。だっておかしいだろ、君がここにいるのはおかしいだろ、僕と君とはなんの関係もないんだから」

関係は、ないことはない。でも誘ってきたのはそっちなんだからな。のろのろと、女がやっと立った。

「本当に申し訳ない、出てってくれ」

なに懇願してんだよ俺。

女を追い立てて玄関へ誘導した。「忘れ物ない？」あるはずがない、女はノースリーブの下着みたいなワンピース一枚きりで、バッグも持っていなかったんだから。

玄関のドアをあけたとたん雨音が押し寄せてきた。雨は三和土にまで吹きこみ、外廊下は水浸しだ。寒い。スーツを着ている島本でさえ鳥肌が立った。

「傘は持ってないよね」持っているわけない。薄っぺらいワンピースと素足にサンダル、着の身着のままだったんだから。

傘、傘、と女にあげてもかまわないものを探していると、だしぬけの白い光に眼が灼《や》けた。

光は一瞬だけで闇がすぐさまもどり、数秒後、轟音が空を叩き割る。

思わず島本は飛びあがってしまった。雷だ。

また光った。

また鳴った。

バキバキと大木が裂かれたような、そしてそれが倒れたような音と、地響きまで感じる。

雨がいっそう烈しくなる。大粒が叩きつけ、コンクリの床に跳ね返る。

青白い稲妻がふたたびあたりの闇を蹴散らし、その一瞬が濡れた女のむき出しの腕を、島本の眼に灼きつけた。

また女を泊めることになってしまった。

そのうえ島本は女のために夕食までつくってやったのだ。茹でたパスタにレトルトのミートソース。

自分の分と女の分をテーブルに置き、島本は女と向かいあって腰をおろした。女は食べないでこっちを窺っている。

「お腹すいてないの？」

返事はない。こっちを見ている。じっと見ている。

「返事くらいしろよ」

見ている。

舌打ちしたいのをこらえ、島本はパスタを食べた。粉チーズをかけ、フォークでソースをからめながら麺を巻きつけて口に運ぶ。

すると女の手が動いた。

粉チーズをかける。山になるまでかける。

フォークをつかむ。わしづかみする。が、島本の手と見比べ、正しい持ちかたに直す。

麺を皿の底からひっくり返して混ぜる。そんなに口に入らないだろうという量をフォークに巻きつける。

かぶりついて、口のまわりをソースだらけにして、咀嚼《そしやく》している。いつまでもいつま

でもいつまでも。

何か腹の底からいいようのない不安が湧《わ》き出し、島本は目をそむけた。

パスタの皿を押しやる。いつも美味しいと思って食べているわけではないが、今日は特に味がしない。

「ええと、のぞみさん？　のぞみさんでいいんだよね？　家はどこ」

のぞみは口は動かし続け、フォークを持っていないほうの手で指さした。下へ向かって。ここ、と。

「そんなわけないだろ！」

つい声を荒げてしまった。

だが、のぞみは咀嚼し続けている。両手はテーブルの上、視線は島本へはりつかせ、口だけが動いている。

「どうしてうちに来たんだよ、俺と会ったことある？　俺、全然記憶にないんだけど。君、仕事とかは？　失業中か？　無職になって金もなくなってアパート追い出されたとか？　それかあっち？　風俗？　もしかして追われてるのか？　ヒモとかヤクザとか借金とか。親は？　ねえ、いるんだろ、助けてもらえよ、連絡してあげるよ、電話番号は？　おい！　喋れないのかっ」

もちろん喋れるはずだ、さっき自分の名前を名乗ったのだからと、懸命に島本が冷静さを取りもどして考えていると、のぞみが口をあけた。嚙みつぶされたパスタがあふれる。

「ある」

「は、なに？」頼むから口からパスタを落とさないでくれ。

「ある。あったことある」

「嘘だろ。勘違いだ、俺は憶えてないもの。君みたいな子、会ったら忘れないよ」

のぞみの口は閉じ、ふたたび咀嚼が始まった。

島本は立った。皿を持ってキッチンへ行き、ほとんど残っていたパスタを生ゴミの容器へ捨てた。

もしかすると日本人じゃないのかも。どこかの国から出稼ぎに来たとか——？

もう一度女の顔を見てみる。けれど目を凝らせば凝らすほど、くっちゃくっちゃと未だ嚙み続ける顎の動きとともに、女の輪郭は拡散してゆくのだ。

人種を見極めるのは諦《あきら》めた。想像だけが悪いほうへと広がる。ただの出稼ぎなら追われたりなんかしないだろう。不法入国、人身売買、臓器密売——

警察に通報しようか。でもそうすると自分も色々と訊かれる、痛くもない腹を探られることになる。いや腹は痛いのだ。もう、なんだって寝ちゃったんだろう。

「とにかく今晩は泊めてあげるから。朝になったら出てってくれ」

寝室から予備の布団を出してくる。あの女が昨夜からずっともぐりこんでいたベッドでなんか寝る気にはなれない。あいつがいなくなったらすぐにシーツを洗濯しなくては。いや、布団一式買いかえよう。

ソファに横になって頭から布団をかぶる。椅子を引きずる音がした。のぞみが立って、歩いている。その気配が伝わってくる。軽快とはほど遠い、といって重たげではあるがドスドスというのでもなく、たっぷりつまった中身は液体といった生き物が億劫《おっくう》そうに歩いている、そんな感じだ。寝室へ行った。

島本は布団から顔を出し、首をのばして寝室を窺った。

服を脱いでいる――

あの下着みたいなワンピースをまた脱いでいる。脱ぐとブラジャーもパンツもない裸で、その裸の体が四つん這いになってもたもたとベッドにもぐりこむ、そうした動作の断片が戸口から覗いて見える。

俺を待っているんだろうか。誘っているんだろうか。

島本は布団をかぶり直し、固く目をつぶった。

雨で洗われた町を朝陽がすみずみまで照らしていた。

島本はのぞみを連れてマンションを出た。朝食も食べさせてやった。迷ったけれど金もわたした。千円、交通費だ、寸借詐欺の相場だ、断じて買春ではない。

背後にのたのたとついてくる存在から逃れるように、島本は坂道を走って駅へと急いだ。

駅に着くころにはのぞみは消えていた。急行列車がちょうど来て、島本は飛び乗った。席が一つだけ空いていた。ラッキー！　立っている人だって大勢いるのに、そこだけぽつんとまるで島本を待っていたかのようだ。ありがたい。昨夜はあまり眠れなかった。島本は腰をおろして目を閉じた。

電車が到着し、島本はぱっちりと目をあける。

本日も島本は絶好調だ。難航していた商談には双方が納得いくような妙案を出し、初めての顧客には決断力を見せつつも細やかな心遣いを忘れずに好人物をアピールし、山のようなデスクワークもみるみる片づけてゆく。

取引先は大いに満足、上司はホクホク顔、同僚や後輩からは頼りにされ、女子社員らは胸をときめかせて噂しあう。

俺は完全無欠のスーパー営業マン。無理な納期、不可能な加工、なんでもござれ。ミスにトラブル緊急事態、俺に解決できぬ難題はない。

給湯室の前を通ったら、女子社員が集まって騒いでいた。しくしく泣いていたり慰めていたり、憤慨している子もいる。どうかしたと声をかけたら、たちまち取り囲まれた。

「島本係長、聞いてくださいよ、矢崎さんたら酷《ひど》いんです」

どうやら泣いている女子社員と矢崎のあいだで何かもめたらしい。またあいつか、と胸の中でため息をつく。

訴えによると、女子社員がコーヒーのカップを持って自分の席に行こうとしたら、矢崎とすれ違った拍子にこぼれてワイシャツを汚してしまった。といっても袖口にちょっとしみがついた程度だ。

「もちろんすぐに謝りました、それなのに矢崎さんは無視して、おまけに――」と、また泣き出してしまう。

憤慨していた女子があとを引き取る。

「矢崎さんはなにも言わずに出ていったんです。三木《みき》さんが何度も謝ってるのに返事もしないで、凄い勢いで」三木さんというのは泣いている子だ。

「どこ行ったかと思ったらなんか外出してきたみたいで、新しいワイシャツを買ってきたんですよ！　それで着がえてきて、コーヒーのしみのついたやつはゴミ箱に捨てたんです、こう投げつけるみたいにして、わざわざわたしたちの目の前で！」

三木さんも泣きながら繰り返す。

「わたし謝りました、弁償しますって、シャツいくらしたか教えてくださいって。でも無視されて、最後はうるさい、あっちへ行けって言われて」

「しみといってもほんのちょっとなんですよ、そんなの洗えばすぐ落ちるじゃないですか、袖の先だしそれで充分じゃないですか、あんなに怒ることですか。だいたいコーヒーがこぼれたのだって、悪いのは矢崎さんなんです、向こうがいきなり向きを変えたから、三木さんがよけたって感じだったんです」

「わたし、ちゃんと、ちゃんと、謝りました、弁償しますってちゃんと、」涙がまたあふれてきてハンカチを押しあてる。

課にもどってみると矢崎は自分の席にいた。背筋は真っ直ぐ、顔とパソコンの画面との間隔は四十センチ、キーボードを叩く手の動きは遅くも速くもなく、そして途切れない。

普段とようすは変わらない。格別怒っているようには見えない。足もとのゴミ箱には丸めたシャツがつっこまれている。

呼んで、使っていない会議室へ連れていって入った。

どう切り出そうか迷っていたら、矢崎のほうからこう言ってきた。

「三木さんとの問題だったらもう解決しました」

「なに言ってるの、向こうはまだ泣いていたよ?」

「それは三木さんの問題です」

「またそういうことを言う。原因は君だろ? どうして新しいシャツを買ってきたりするの、しみがちょっとついたぐらいで捨てるの、嫌がらせのつもりか?」

上司らしく厳しくたたみかけてみた。いい機会だ、今日こそしっかりと教育せねばならない。

ところが矢崎は首をかしげる。

「なぜ嫌がらせと解釈されるのかがわかりません。洗濯する手間よりシャツを買いかえるほうを選ぶのも、汚れたシャツを捨てるのも、僕の自由です」

反論するという口ぶりではない。自分の行動についてただ説明している。

「だからといって君ね、女の子たちの目の前で捨てたりするなよ」

「ゴミを持って帰るのは厭《いや》です」

「第一、謝っているのに無視はないだろう」

「謝罪されるいわれはありません。どちらかといえば落ち度は僕のほうにありました」

「だったらそう言ってやれよ！　かわいそうだろ、あんなに泣かしちゃって」

矢崎は首をかしげている。

「それに君、せっかく謝ってくれているのに、うるさいって言ったんだって？」

「ああ、それは確かに言いました。もともと謝ってもらうことではないのにしつこく話しかけてきて仕事の邪魔になるので、うるさいからあっちへ行ってくれと頼みました」

もう、何をどう言い聞かせればいいのか。

「矢崎君ねえ、君のそういう態度、問題だと思うよ」

「そうらしいですね。それは以前からよく言われています」

「だったら改めなよ、そんなんじゃ君、友達はおろか恋人だってできないよ」

「かまいません、べつに必要ありませんから」

「必要ないって、必要とかそういうことじゃないだろう。矢崎君ねえ、社内で話する相手もいないだろ、仕事終わって飲みに行く相手は？　寂しくないの、友達や恋人や、ほしいって思わない？」

やはり首をかしげ、

「係長、筋が通っていませんよ。必要ないんですからほしいとは思いません」

これ以上、諭す言葉がない。すると矢崎が、

「そんなことより係長、あれから変わったことはありませんでしたか」

「そんなことよりってなんだよ、おまえねえ！」

「ないならいいです」

この無神経な男をどうしてくれよう。腹が煮えるのをこらえ、とにかく相手の気持ちを考えて行動しなさいと締めくくった。そうしたら、それは無理ですと返された。これはペンです、とでも言うような口調で。

矢崎は先に出て行ってしまった。会議室に一人になってから島本は思いあたった。

何か変わったこととは、のぞみのことか？

とたんに胸が波立ち始める。なんともいえない不安がしこりとなって喉をふさぐ。のぞみという存在が、ひたひたと浸水してくる汚水のように感じられた。気づいたらお

のれの人生が、ここまで築きあげたものが、すべて台無しになっていた、そんなイメージで頭がいっぱいになった。

大丈夫だ。ともあれ、あの女はすでに出て行ったのだ。問題はない、全然ない、心配することない、懸命に自分に言って聞かせる。

だいたい矢崎がのぞみのことを知っているわけないじゃないか。なんだよ、おかしなこと言いやがって。きっと俺に叱られた腹いせだ。思わせぶりなことを言って怖がらせて仕返ししたってわけだ。きっとそうだ。へん、その手に乗るかい。

会議室を出ると課長と鉢合わせした。さっきから島本を探していたらしく、そのまま部屋の中へと押しもどされた。

そうして、ふたたび会議室を出たとき、島本の胸は期待と喜びではち切れんばかりだった。それは顔にも出ていたらしい。課にもどるとさっそく後輩がすり寄ってきた。

「なにかいいことあったんですか、あ、わかった、いよいよ昇進ですね？」

内示だから、うん、と返事できない。でも頬がゆるむのも止められない。課長までニヤニヤしているものだから、島本の昇進話は公然の秘密となってしまった。

会う人ごとにおめでとうを言われる。気の早い連中は祝杯をあげるぞとメールしてくる。思い切ってKSハイパー姫も誘ってみた。OKしてくれた。そのうえメルアドも交換できて、お店の場所がわからないから連れていってくださいね、なんて言われた。夢じゃなかろうか。彼女と一緒に店に入っていったら、みんなどんな顔するだろう。きっと悶絶して口惜しがるに違いない。

飲み会は居酒屋じゃなくフレンチかイタリアンで、とメールの返信を打ち、ふと気づいた。矢崎がこっちを見ている。

島本も睨《にら》み返した。どうだ、まいったか、おまえの呪いなんか俺には効かないぞ。

が、矢崎は普段と変わらず、つまり無表情、無関心、無味乾燥、だが無遅刻無欠勤の態度で、またキーボードを叩き始めた。おめでとうございますのひと言もない。当然だ。こいつに世間並みのふるまいを求めたって無駄なのだ。

「島本よお、おまえ最近いいことずくめじゃないか」

同僚がじゃれついてくる。

「壺でも買ったか、印鑑か？　入信？　入信したか？　なあ教えろよ、俺も運がほしい、金で買えるんなら俺も買う！」

ハッと島本は顔をあげた。

のぞみ。

自分でもなぜなのかわからない。だが、のぞみののったりとした存在が、にわかに頭の中を占めてくる。ぐんぐんと膨らんで、頭蓋のすみずみまで充満して、しまいに頭からあふれそうになる。

咀嚼されたパスタ。開いた口からあふれ落ちるパスタ。

悲鳴をあげそうになって、慌てて呑みこんだ。

それは確信だった。

今、はっきりと悟った。

ここ何日間の幸運は、すべてのぞみがもたらしたものだったのだ。

どうしよう。

ああ、どうしよう。家からのぞみを追い出してしまった――


こんな昔話を聞いたことがある。

貧乏だけど善良なお爺さんが何かちょっとしたいいことをして、ご褒美に神様から男の子を預かった。鼻水を垂らした小汚い小僧だ。しかしお爺さんが大切にその小僧の面倒を見てやると、次々と幸運が舞いこんだ。田んぼが増えた。住んでいた掘っ立て小屋がお屋敷になった。蔵も幾つも建った。けれども小僧は汚いまま。お爺さんは小僧に言った。鼻くらいかんだらどうだ。とたんに小僧は消え、屋敷も消え、蔵も消え、大判小判も米俵も田畑も、全部消えてしまった。

島本は六時になるのを待ちかねて会社を飛び出した。

飲み会は延期してもらった。飲んではしゃぐ気になんてとてもなれない。のぞみ、のぞ

み、のぞみはどこへ行った。

探すあてなどなく、闇雲に夜の町をさまよう。お金も持たずにうちに来たということは、徒歩圏内に住まいか勤務地があるはずだと、心許ない推理をしてみる。千円なんて渡すんじゃなかった、無一文だったら遠くへは行けなかったはずだなどと、詮無《せんな》い後悔に身もだえする。

のぞみ、のぞみ、どこにいる。どうかもどってきておくれ。

路地裏のスナックを一軒ずつめぐった。街灯のとどかぬ高架下や、ゴミ収集所の暗がりや、公園のぞうさん滑り台の脚の下まで覗いてみた。だけど、野良猫一匹だって出てきやしない。

くたびれはててマンションに帰る。

そうしたら、外廊下まで足を引きずってきたら、いたのだ。

部屋のドアの前に、うずくまっている黒い影。輪郭のどこかあやふやな影――きっと暗いせいだ。

「のぞみ!」

のそのそと影が立った。

「よかった、待っててくれたんだね」

返事もせず頷くわけでもなく、のぞみは立っている。ドアがあくのを待っている。服装は朝別れたときと変わっていない。薄っぺらい下着みたいなワンピース。

島本は鍵をあけドアを開いた。

「さあ、入ろう」

のぞみの背中を押した。

その瞬間、島本の全身の毛が逆立った。これは怖気《おぞけ》なのだろうか、それとも快感か。薄い生地を通して、独特な感触が手に伝わってくる。ひたりと吸いついてきて、それでいて押し返してくる、なんともいえないのぞみの弾力。

そのとき、脳内で光った。一瞬、煌《きら》めいた。棘のような不安——

けれども島本は気のせいということにした。


その朝もこれまでどおりの朝だった。キリリと引き締まった大気の中で、家並みは朝陽を照り返し、駅までの坂道がゆるやかにくだってゆく。

ところがその歩き慣れた道で、特に慌ててもいなかったのに、躓《つまず》くようなものだってなかったのに、突然、島本は転んだ。

呆然として、アスファルトから身を起こす。手が擦りむけている。人がじろじろ見てゆく。そそくさと鞄を拾って立った。

電車はことのほか混んでいた。乗換駅で走ったが目の前でドアを閉じられてしまった。

それで次の列車にしたのだが、途中急ブレーキがかかって、倒れまいと必死に踏ん張ったら、その右足に杭が打ちこまれた。涙が出るほど痛い。足からヒールはすぐにどいたが、そのハイヒールの女性が振り向いて島本を睨んでくる。なんで？　踏まれたのはこっちなのに。電車に乗っているあいだじゅう、女性は島本に非難めいた視線をよこしてきた。まさか痴漢と間違われたのではと、島本は気が気ではなかった。

駅に到着すると島本は逃げるように電車を降りた。改札を出て、通りに出て、交差点をわたって、ようやく足をゆるめて息をついたとたん、べしゃっと頭に落ちてきた。鳥の糞だ。上着にも点々と白いものが飛び散っている。

会社に着くとトイレへ直行した。上着を脱ぎ、水道を全開にして、まず頭を洗面台へ突っこんで洗い流した。

まったく今日はついていない。

「ちょっと！　ここ女子トイレなんですけど！」

背後から怒鳴られ仰天して顔をあげた。ガツッと衝撃が来て、目蓋の裏で星が炸裂して、よろけながらも思わず後頭部を押さえたら、手が温かく濡れた。

真っ赤だ。血だ。蛇口に頭をぶつけたのだ。痛みが脈打って頭の骨まで響く。洗面台のたまった水に血が落ちてぐるぐる回転する。ぐるぐる、ぐるぐる、赤い血が――

気づいたら救急車の中だった。ＣＴを撮って五針縫った。頭は包帯を巻かれネットをかぶせられタマネギみたいになり、精算と薬をもらうのに一時間以上待たされ、保険証を持っていなかったので覚悟はしていたのだが四万九千二百三十七円という額に、傷からふたたび血が流れ出したような心持ちになった。不慣れな場所でＡＴＭを探し歩かねばならなかった。

タクシーで会社までもどった。その料金でまた頭の傷が脈打ち出した。そして玄関に一歩踏み入れたとき、空気が肌をこすってザリザリと音がした。本当にそんな気がした。

みんなの態度がおかしい。

誰も声をかけてくれない。それどころか近寄ってもこないし、目をあわせようともしない。だけど島本の背中に向かって誰かが指さしている気配がする。囁《ささや》き声や忍び笑いも聞こえてくる。

廊下を同期の友人がやってきた。島本が昇進の内示をもらったとき祝賀会をしようと言ってくれた男だ。島本に気づき、が、まずい、という顔になって踵《きびす》を返そうとする。

「待って、なに、どうしたんだよ」追いすがったら、

「おまえさあ、なんだってあんな、」と言いかけ、だけどそこに女子社員が通りかかると、島本を振り払って行ってしまう。女子社員も小走りで離れていく。その視線に島本は傷ついた。憎悪、軽蔑、そして怯え。

歪む。彼らの後ろ姿が歪む。窓が、廊下が、壁のポスターが歪んで、頭の傷がガンガン

響いて、口の中が苦い。

　と、歪んだ景色の中に、真っ直ぐに立つクリアな姿があった。

　矢崎だった。矢崎は速くも遅くもない速度で歩み寄ってくると、島本の前で止まった。

「島本係長、病院からもどってきたんですか。課長が待っていますよ」

　大変でしたねとか、大丈夫ですかなどという見舞いの言葉はない。当然だ、それが矢崎だ。

「なんかみんな俺を避けてるようなんだ」

「そのようですね」

「どうしてだろう」

「係長、服を着てますね。上着はありませんが」

「服がなんなの。そうだ、上着はどこだろう」

「それじゃあ予想したとおり噂は嘘か」

「噂って？　なんか噂になってるのか？」

「あの島本係長が女子トイレに侵入して、全裸になって、流血沙汰になって、救急車で運ばれたと」

「なんだよそれ！　全裸って、脱いだのは上着だけだよ、洗おうと思ったんだよ、トイレも間違えただけだよ、そんなデタラメなんで信じるの、なんで信じるの、なんで」

長が用があるそうです」

　と、矢崎は課のドアを指さした。

「そんなことしたほうが嬉しいってことでしょう。それでなくても島本は最近調子に乗っていたから、と笑っている人もいましたよ。それはともかくさっきも言いましたけど、課
「君じゃなくみんな！　会社のみんな！　俺がそんなことするわけないだろッ」

「僕は嘘だろうと思っていました」


　こんなつまらぬことで自分の評価をさげるわけにはいかない。きちんと説明するのだ。そうすればきっとわかってくれるはず。本当なら笑い話ですむことなんだから。

　課長は険しい顔で睨んでくる。

「違うんです課長、実は笑い話みたいな話なんですよ」

　とたん怒号を浴びせられた。

「笑えるかッ、朝からキャンセルの電話が鳴りっぱなしなんだぞ」

　島本がこの半月のあいだに取った注文が、相次いでキャンセルされたという。

「そんな、まさか、どうして」

「訊きたいのはこっちだ、君はどういう仕事をしてるんだ」

　電話が鳴る。課長が目を剝《む》く。島本がとる。罵声が耳に飛びこんできた。

島本が担当する得意先だった。さんざん怒鳴られた。けれど何が理由で怒っているのかわからない。待ってください、改善します、できるかぎりのことはいたしますから——どれだけ食いさがっても無駄だった。キャンセルだった。それどころか、取引自体やめだと言われた。

課長が唸《うな》る。「おまえ、なんかしたのか？」

島本はかぶりを振ることしかできない。

また電話。同時にもう一本。続いてまた一本。バン！　と課長が机を叩く。

その後、島本は取引先を奔走した。

門前払いをされる。居留守を使われる。おらんと言っとけと奥で怒鳴っていたのが丸聞こえなのに、応対に出た女子事務員の悪びれもしない微笑。いや、嘲笑。

そうしてやっと会ってもらえたところでは、何年もまえのもう忘れていたトラブルをまた取沙汰されて責められ、前任者の失敗までほじくり返され、まるで身に覚えがないことにも言いがかりをつけられる。

厭味、薄ら笑い、これ見よがしのため息。

すみません、何が悪かったんでしょうか、直します、最善をつくします、必ずご満足いただけるよう頑張ります、だからどうぞご要望をおっしゃってください、すみません、すみません……

島本君さあ、あんた舐めてんじゃないの、頭さえさげとけばどうにかなるって思ってんでしょ、楽な商売してるねえ。

だったらせめて理由を教えろよ、なんでキャンセルなのか説明してくれ、ねちねち文句ばかり垂れやがって！

とは言い返せないので言葉を選んで懇願する。どうか理由をお聞かせ願えますか、これでは対処したくても対処のしようが――

そしたら怒鳴られた。自分の胸に聞いてみろ！

すべての取引先をまわり終えたときには夜になっていた。一つもキャンセルを取り消してもらうことはできなかった。

ぼろぼろになった心と体を引きずって会社にもどった。

お帰りなさいと言ってくれる人がいない。それどころか振り返りもしない。島本は自分がろくでもない噂を立てられていることを思い出した。

違う。違うんだ、誤解なんだよ――

よろけてゴミ箱を蹴飛ばしてしまった。大きな音が部屋じゅうに反響した。だが一人として反応しなかった。島本はしゃがみ、散らばったゴミを拾った。誰も手伝ってくれない。腰かけているその足もとへ、手をのばしているというのに。

課の全員が、島本という存在を否定している。

島本の体ははてしなく重くなり、舌はざらついて、舌の根がキリキリと引き攣《つ》れた。部屋が歪んでいる。天井はたわみ、人の姿はよじれ、ＬＥＤライトの放射線も途中からてんで勝手に蛇行しだす。

いや、一人だけ自分を否定しない、肯定もしないだろうが否定することもない人物がいた。矢崎だ。

だが、矢崎の席は空だった。帰ったのだ。もう六時をすぎているから。いつも終業時間とともに帰るやつなのだ。

課長に報告しなくてはならなかった。課長はろくに返事をしてくれなかった。指で机をせわしなく叩いていた。その音が返事なのだった。音が島本を小突きまわす。

課の全員が退社するまで待ち、最後の一人になってから島本は帰り支度をした。先に帰るのは逃げ出すようでできなかった。それに、お先に失礼しますと挨拶しても誰も返事をしてくれない、そんな状況に自分はあると再認識させられるのは耐えがたかった。

誰とも顔をあわすことなく玄関まで来られたことにほっとし、外へ出る。すると待っていた。自動ドアのあいた音に嬉しそうに駈け寄ってきた。

玄関灯に照らし出されたＫＳハイパー姫は、今年流行のコートを羽織り、ブランドバッグを肩にかけ、肌はいつにもまして透きとおるようで、唇はほどよいピンク色で、その美しさが島本の目にしみいって胸まで濡らした。

ところが、女の輝いていた顔はみるみる変わっていった。笑みが素早く引っこみ、顔面は強張り石のように冷たくなった。が、それがまた恐ろしいほどに美しい。

そうして唇が、好ましいピンク色をした唇が、瞬間ひん曲がった。

舌打ちした。

KSハイパー姫は身を翻してもといた場所にもどると、爪をいじり、前髪をいじり、会社の玄関を見ては小さな息をつくといった人待ち顔をつくった。

島本は足早に離れた。

この握った拳《こぶし》をピンクの口にぶちこんでやりたい。


そしてマンションに帰り着いてドアをあけたとき、島本は初めて自覚したのだった。

あれほどの災難つづきであっても心のどこかでは事態の好転を信じていたのが、今初めて、自分はもう救いようのないどん底なのだと悟ったのだった。

それは、裏切られた！　という激憤でもあった。島本は、降り注ぐ幸運ばかりに夢中になって黙認してきた自分の家のこの惨状を今、改めて思い知らされたのだ。

まず電気が明々と点いていた。玄関も、廊下も、廊下の先のあけっぱなしにされたドアから見えるリビングも。そしてキッチンもだろう。寝室もだろう。トイレも風呂も、すべての部屋の灯りが、今日もまた点けっぱなしにされているのだ。

廊下なのにこの暖かさ。リビングのドアがあけっぱなしだからエアコンの暖気が流れてくるのだ。エアコンもきっと朝からつけっぱなしに違いない。

そして聞こえるこの音は。流れ落ちる、あるいは叩きつける、単調だけどかなりの水量のこの音は。

まただ。また出しっぱなしなのだ。台所と、洗面所と、シャワーと。

空のペットボトルや菓子の空き袋を蹴散らして進む。蛇口をしめてまわる。電灯のスイッチも消す。叩くようにして消す。

ゴミの散乱したリビング。ゴミの隙間には濡れた足跡。ゴミをかきわけないとエアコンのリモコンが見つからない。なんだってこんなに暑くしてるんだ。足の裏がぬるっと滑った。足をあげると冷凍グラタンの容器がくっついてきた。のぞみのために何日かまえに自分が買ってきたやつだ。

「のぞみ！　のぞみ！」

自分でもどうしようもなく声が大きくなった。

「のぞみ！」

床に堆《うずたか》く積みあげられていたゴミが動いた。てっぺんの弁当の容器が滑り落ち、アイスキャンディの袋が舞い、ポテトチップスの筒が転がる。

ゴミの山から湿った髪の毛が現れた。むき出しの腕が現れた。薄い生地を持ちあげている乳房が浮上し、チョコ菓子か何かの粉がついた膝が突き出され、それから足がぬうっと立ちあがった。今日もまた、ストッキングも靴下もはいていない裸の足だった。

「のぞみ、おまえ、どうして電気消さないの、水道止めないの、シャワー浴びたらお湯止めろよ、体もふけよ、濡れたまま歩かないで、ゴミ捨てて、食べたら捨てて、食べっぱなしはやめて、ゴミは捨てて、ちゃんと捨てて、エアコン暑すぎるだろ、なんだってこんなに暑くしてるんだ」

それは薄っぺらい袖なしワンピースしか着ていないからだ。ここに来たときから下着みたいなワンピース一枚きりだ。服は買ってやったのに、フリースとかズボンとか靴下だって、色々買ってきてやったのに、下着だって顔から火が出るような思いをして買ってやったのに、どれだけ言っても着ようとしない。

暗くなったら電気を点けろと言ったらすぐに点けるようになった。だけど点けたら点けっぱなし、消すことはしない。

手を洗いなさい、風呂に入りなさいと教えてやったら、これもすぐに従った。手が汚れたら洗いにいき、シャワーも毎日使う。だけど出した水を蛇口をまわして止めることはしない。

島本が最初にパスタをつくってやったその日から、のぞみは旺盛な食欲を見せた。何でも食べた。文句など一つもつけずに食べた。だけど自分で料理をすることはいっさいなかった。働いて帰ってくる島本のために夕食をつくって待っている、ということはなかった。それどころか食事の後片づけもしなかった。夜、仕事を終えた島本が夕食を買って帰るなり、簡単なものをつくるなりし、それをのぞみは待っていて、そして食べ、むさぼり食べ、食べ終わったら島本が二人分の皿やコップを洗った。のぞみはぼうっと見ているだけで、島本が散らかっているゴミを拾ったり、歯磨きや風呂の準備をするのもただ見ていて、島本がベッドに横になるとやってきて、のそのそもぐりこんだ。

生ゴミの変に甘ったるい臭気の中でセックスをすると、決まって島本の脳裏に浮かんだ。小学生のころ学校で見せられたビデオだ。ビーカーの炭酸飲料に浸された骨が、泡にまとわりつかれ溶けてゆく。

のぞみは一日じゅう島本の家にいて、掃除もしないのだ。洗濯もしないのだ。ただ言われたとおりに暗くなったら電気を点け、シャワーで体を洗い、でもシャワーは出しっぱなし電気は点けっぱなし、そしてひたすら食い散らかす。

「せめてゴミは捨てろよ、食べたら片づけろよ、なんで捨てないんだよ、基本だろ、ゴミは捨てる、水道は止める、電気は消す、寒かったらまず服を着ろ、基本だろ、なんでだよ、片づけたのになんでゴミだらけになっちゃうんだ、簡単なことじゃないか、ゴミは捨てろ、捨てるって意味わかるだろ、ゴミ袋に入れるんだ、」

息が続かなくなって、いったん言葉を切った。

すると項垂《うなだ》れていたのぞみが、のろのろと顔をあげた。恐ろしくゆっくりと口をあけ、言った。

ご――、は――、ん、
心底からの怒りとは、まず一瞬血の気がひくのだと島本は知った。指の先、爪先まで冷たくなって、そのあとためこまれていた熱が爆発的に体じゅうを駈け巡った。

「ねえよッ、あるわけないだろッ、これ見えないのか、これ、頭、俺の頭、怪我してんだろ、五針も縫ったんだよ、救急車で運ばれたんだよ、ほかにも色々あったんだ、今日一日さんざんだったんだ、大丈夫なのとかないのかよ、飯かよ、俺の心配より飯かよ！」

するとひくひくと、のぞみの唇が痙攣した。片側の頬が盛りあがり、それにつれて唇の端も吊りあがったかと思うと、島本が今、最も聞きたくない音が発せられた。

舌打ち。

瞬間、思うより先に体が動いていた。

それは驚くほどやわらかく、抵抗なく、島本の拳を受け入れた。島本の手首まで呑みこんでいた。

のぞみの腹にすっぽりと埋まったおのれの右腕を、島本はまじまじと見た。

服の生地を通してさえ、のぞみの温かい肉の感触が伝わってくる。吸いついてくるかのように島本の拳を包みこみ、それでいてやんわりと押し返してくるのがわかる。

あっとなって我に返って、慌てて手を引き抜いた。

派手な音と振動とともにのぞみが尻もちをついた。ペットボトルがつぶれた。スナック菓子の袋が飛んだ。

「ごめん、大丈夫だった？」

しゃがんでのぞみの顔を覗きこむ。

「ごめん、殴る気なんてなかったんだ、俺なにやってんだろ、ごめん、つい」

のぞみはゴミの中で両足を投げ出して座ったまま、呆けた表情で、視線をどこまでもどこまでものばしている。

「大丈夫？　立てるかな、病院行く？　大丈夫？　大丈……」

島本のつきは、さながら殺虫剤を吹きかけられたハエのごとく墜落し、ほうきで掃き出され、コンクリの上で干からび、風に飛ばされ消えた。

せっかく早めに出たのに事故で電車のダイヤは滅茶苦茶だった。取っ手に触れれば静電気に飛びあがり、道路をわたろうとすればいつも直前に信号が変わる。相次ぐキャンセル。道理の通らぬクレーム。陰口、ヒソヒソ笑い、背中に突き刺さる視線。他人のミスがいつの間にか島本のせいになっていて、数字はあわない、伝言は伝わらない、パソコンの画面はいきなり真っ黒になってうんともすんともいわない。課長の説教は長く、しつこく、厭味ったらしい。同僚の嘲笑、後輩の蔑《さげす》み、女子社員からは忌み嫌われる。

しかし島本は平気だった。

まったく平気だった。

「島本係長、人相が変わりましたね」

「あ？　矢崎か、なんだ人相って」

「これはかなりまずい」

「まずくないよ、全然まずくない」

「ぞぞか」

「え？　ぞ？　なに？」

「ちゃんと手を洗えと言ったのに」

「おまえなに言ってるの」

「係長は漠市でぞぞにさわったんです」

「ぞぞ？　なに、ぞぞって」

「それはわかりません」

「わかりませんだと？」

「僕の知っていることは二点だけです。漠市ではぞぞと呼ばれているということ、もう一つは、僕が下宿していた近くに同じ顔をした人間が住んでいたと話したでしょう、その家はぞその繁殖地だったということです。あのとき係長はただの子どもだと思ったのでしょうが、こうなってみるとあれはやはりぞぞでしたね」

「なんだあ？　おまえも言いがかりか？」

「とにかく、ぞぞから離れたほうがいいですよ。それで解決できるかどうかは知りませんが」

「あのねえ矢崎君、君はなにかな、俺のこと心配してくれてるのかな。その気持ちはありがたいけど、こういうことはよくあることなんだ、浮き沈みってやつだ、人生にはままあることさ。でも大丈夫。俺は大丈夫。へこたれない。この逆境を乗り切ってやるさ。いやなに、自分でもびっくりするくらいこたえてないんだよね、さあ今日はどんな辛酸なめさせて、い、た、だ、け、ますっかあ？」

矢崎を残して部屋を出る。足がスキップしている。これから楽しい外回り。俺は外回りが大好きさ。

島本は自分では妙だと感じていなかったが、この高揚感は以前の異常に強運だった時期と変わらないのだった。

取引先を訪ねても露骨に厭な顔をされる。おまえに用はないとはっきり断られる。とりすがってももう返事もしてもらえない。すごすごと帰る背中に聞こえてくるのは、担当者をかえろと電話に怒鳴り散らす声だ。

昼食に入った定食屋では注文を間違えられ、トンカツは隣の席の皿より見るからに小さく、トイレに立てば無銭飲食を疑われる。コンビニではお釣りをもらえなかった。一万円札を渡したのに千円札だったと店員が言い張るのだ。だからあと二百九十四円足りないと請求してくるのだ。以前、多すぎたお釣りを返してやったというのに。

会社にもどると課長に呼ばれた。先日の内示は取り消しだと言いわたされた。昇進の内示をもらったときは使っていない会議室で課長と二人きりだったが、今回は課の部屋の社員が大勢いる前でだった。

でも俺は平気。全然平気。何があっても大丈夫。無視されようが、毛嫌いされようが、足蹴《あしげ》にされ踏みつけにされ唾を吐かれたって大丈夫。全然、全然、大丈夫。

だって、俺にはのぞみがいるもの。

マンションに帰ると島本は真っ先にのぞみのところへ行く。そのために、ただそれだけのために、帰宅するのだと言ってもいい。

もう待ちきれず、スーツを着替えもせずに、まず一発を打ちこむ。

のぞみは優しく受け止めてくれる。島本の今日一日の辛苦を。憤怒を。ためにためこんだ激情のすべてを。

最初の一発を打ちこむと、その拳がのぞみにめりこむ感触に恍惚となる。拳は深く埋まって包みこまれる。温かく、ぴったりと。肉がまるで吸いついてくるよう。でもその一方で押し返してくるのだ。さあもどって、と。さあもういっぺん、と。

だから引き抜いて、また打ちこむ、思いっ切り。

吸いついて包みこんでくるのぞみ。そして押し返してくるのぞみ。もういっぺん、もういっぺんと。

引き抜く。そして打ちこむ。今度は立て続けに。打って抜いて、打って抜いて、打って抜いて……

そのたびにのぞみは肉の奥深くまで呑みこみ、島本が満足するまで呑みこみ、が、最後のところでその満足を嘲笑うかのように押し返して挑発する。さあもういっぺん、と。

打って抜く、打って抜く、打って……

呑みこむ押し返す、呑みこむ押し返す、呑みこ……

のぞみはすでに人の形をしていない。

大きさは変わっていないが、たとえるならそれはナマコのような形状だった。

これは連日の、このものぐるおしくも陶然とした行為の結果だ。夥《おびただ》しい回数の殴打が、あたかも粘土をこねるように、のぞみの形を変形させたのだ。

色彩はたいそう美しい。赤から紫までの虹の色が内部から発光し、表皮を通しておぼろに浮かびあがっている。さらに点滅もしているから、さながら雪の日の窓に透けて見えるクリスマスの電飾、といった具合だ。

だがそんな幻想的な様相なのに、その体の表面に、いまだ残っている髪の毛がまつわりついているのは、なんとも厭らしい。ときどき島本の拳にくっついてきたりもするのだ。

また、幾箇所かにあいている穴も、生々しい感じだ。大きさはちょうど親指と人差し指で輪をつくったくらいで、のぞみが人の形をしていたときの口やら下のほうの器官やらの痕跡であるらしいのだが、内部のどこへどうつながっているのか。

毛がはりつき、暗い小さな穴のあいた、赤や青や緑に煌《きら》めくその物体を、島本はぶん殴る。島本にもう怒りはなかった。悲しみはおろか喜びさえなかった。心はとっくに空っぽだった。

ただ、ぶん殴っているだけ。

これほどの至福があろうか。

そしてのぞみは、のぞみだった物体は、殴れば殴るほど悦びに悶えているのか、体はのたうち、色は烈しく点滅する。

ぴしゃっ。

頰を温かいものがかすめた。

島本は手を止めた。べちゃりと落ちた音もしたのだ。飛んでいったほうへ首をねじ曲げ、見ると、床の散乱したゴミのあいだにあるのは、粘った液体だった。

両手ほどの大きさの水たまりは透明ではなく、しかし何色ともいえぬ色で、ちろり、ちろりと、赤とか橙とか紫の光が走る。

気を取り直してまた殴った。

ぴしゃっと音がして、また飛んだ。液体はのぞみの、のぞみだった物体の、その小さくあいた穴から飛び出してきた。床の上で仄《ほの》かに発光している。

どうやら殴ると出てくるらしい。

そう認識して殴った。幾度も幾度も殴り、そのたびに液体が穴から飛び出てくる。

そうして、ふと、床に飛び散った液体を見やったときだ。

液体の中に何かが見えた。ゴミだろうと思い、また殴りにかかり、だがもう一度振り返ってみた。

顔だった。子どもの顔だ。少なくとも子どもに見える顔だ。

水面に映っているのではない。顔は液体の中にあった。まるでお面が沈んでいるようだ。床にこぼれた液体に、そんなものが入る深さなどないはずなのに。

液体の中であどけない瞳がまばたきした。目があった。見つめあう。きっかり三秒間。

それから島本はいきなりのけぞって尻もちをついた。

液体が震える。ふるふると震え、盛りあがってくる。顔が液を押しあげているのだ。出てこようとしているのだ。島本は床に尻をつけたまま手足をばたつかせ後退《あとずさ》る。

出てきたのは、天井を見上げるかのように仰向いた子どもの頭部だった。続いて弓なりにそった細い首も出てきた。そして、そらした胸が、両脇にぴたりとそろえた腕が、ぐんぐんと伸びあがってくる。その表面を液が、虹色の厭になるほど美しい発光が、滴《したた》り落ちる。

助けを求め部屋を見まわすが、しかし島本の目に映ったのは、同様に変容しつつある他の液体だった。どれも顔を内包し、その顔が次々と液体を押しあげ始めている。そこらじゅうで液が、のぞみから飛び散った液が、人の形をした何かを生み出そうとしている。

立って逃げなくてはとわかっているのに、立ちあがりかたがわからない。

最初の子どもはすでに膝まで出ていた。だから直立したその姿は床から生えているみたいだ。

そいつが天井へ仰向けていた顔を、大きくぐるんと回転させ、こっちを見た。ぽつ、と口があき、呼んだ。

「パパぁ」

すると他のやつも、腰まで出てきたやつもまだ首だけ床に生やしているやつも、いっせいにぐるんと頭を振ってこっちを向いた。そして呼んだ。

「パパぁ」

「パパぁ」

「パパぁ」

みな同じ顔だった。じっと見ていたら誰の顔にも見えてくる。でも、とどのつまりは一つの同じ顔なのだった。

立って逃げなくてはとわかっているのに、立ちあがりかたが——

出し抜けに肩をつかまれ引きあげられた。そのまま ぐいぐいと引っぱられてゆく。外へ出た。音を立てて玄関のドアがしまった。

「鍵は？」

矢崎だった。

「鍵を貸してください」

スーツのポケットから鍵を出して渡す。矢崎が鍵をかける。

「中からあけられるけど」

島本が言うと、矢崎はやおら腕を振りあげ、鍵を外廊下の塀の向こうの闇へ投げ捨ててしまった。

「鍵をしめたのは係長のためです」

矢崎と一緒に駅まで歩いた。

「ありがとう、助かったよ、でもあれなんだったんだろう、夢でも見てたような気がする、でも夢じゃないんだよな、家に帰れなくてこうしてこんな夜遅く歩いてるんだもんな」

口数が多くなる。喋っていないと気がおかしくなってしまいそうだ。

「本当にありがとう、感謝してる、でも、まさか君が助けに来てくれるとは。どうして来てくれたんだ、だって君のキャラじゃないだろう」

「僕はアニメの登場人物ではありません」

「君が来てくれたなんて、ありがたいけど意外なんだよ、残業だってしないくせに」

「仕事は時間内に終わりますから残業をする必要はありません」

「それでも先輩たちが遅くまで働いているのに、自分一人だけさっさと帰るのはいい印象を持たれないものなんだよ」

「そうらしいですね」

「らしいですねって、そんな他人事《ひとごと》みたいに。助けてもらって言うのもなんだけど、そういう人の神経を逆なでするような態度、よくないよ」

「わざとではありません。そもそもどういうときに何をして何をせず、何を言って何を言わずにおいたら、相手を怒らせたり悲しませたりせずにすむのか、僕には見当がつきません。誰とも関わらずに生きていければいいのですが」

「それじゃあ寂しすぎるだろう」

「いえ、楽になると思います。ですがそれは無理だということはわかっています。だから自分なりにルールを決めました。どうしてもという一大事には忠告を三回まですする、そして行動は一回だけする」

「どうしてもという一大事」

「具体的には命の危機とか、財産や大金を失うとか」

「今回は命の危機だった？」

ぶるるっと震えが来た。

「いえ、死ぬほどではなかったでしょう。駅に着きました」

矢崎は軽く礼をすると、改札を通って行ってしまった。大変な目にあったけど気をしっかり持ってくださいね、と励まされることもなかったし、もう夜も遅いけどこれからどうします、と心配されることもなかった。冷えた空気が襟首に忍び入る。ふたたび島本はぶるるっと震える。

コートすら持たずに自宅から逃げ出してきて泊まるあてもないというのは、どうしてもという一大事ではないらしい。

その翌日、出勤すると島本は改めて矢崎に礼を言った。昨夜はあれからビジネスホテルに泊まったこと、早急に新しい住まいを探すつもりだということも伝えた。矢崎はどうしていちいち報告するのだと言いたそうな顔だった。

「ぞぞだっけ？　マンションにはぞぞがまだいるんだ、どうしたらいいんだろう」

「もう繁殖できないとわかったらそのうち漠市にもどるのでは」

「そう？」

「おそらく」

島本のつきは落ちたままだったが、それ以上事態が悪くなることもなかった。クレームは来なくなったし、注文がキャンセルされることもなくなった。課長の不機嫌はいつものことだし、誰に対してもだから気にならない。頭の包帯とネットも取れた。同僚たちが以前のように話しかけてくるようになった。女子トイレの一件についての噂は過去の笑い話になりつつある。麗しのＫＳハイパー姫は相変わらず高嶺の花だ。が、花の色は褪《あ》せて見える。

このごろまた注文が取れるようになった。

それにさっきの電話は新規の顧客だった。島本の地道で熱心な売りこみが実を結んだのだ。

そして島本は会社に来なくなった。

島本係長の無断欠勤が三日目となり、電話でも連絡がとれず、矢崎はようすを見てくるように命じられた。

厭な予感がしたのは、人事課で係長の新しい住所をたずねたら、例のマンションから変わっていないと言われたからだ。

マンションのそのドアには鍵がかかっていなかった。

あのとき鍵をしめ、鍵は捨てたはずだ。だが係長が合鍵を持っていたことは充分に考えられる。あるいは合鍵はなくても管理人か不動産会社に頼めばいいのだ。

矢崎はドアをあけた。

ざっと中を観察し、そしてドアをしめた。それから足早にそこを離れた。

ぞぞでいっぱいだった。マンションの部屋の中には、ぞぞがぎっしりといた。小さな子どもの姿のや、人間の大人の女に見えるのや、少女ぐらいのや、大きさはさまざまだが顔は全部同じで、重なったり手足がからまりあったりしながら廊下にまであふれていた。

廊下の先のリビングも、戸口から覗いて見えるだけでも、ぞぞがひしめきあっていた。くっつきあっているせいか、それとも顔がすべて同一であるせいか、押しあいへしあいしているさまは、部屋いっぱいにまで膨れあがった一匹の巨大な生き物が蠢《うごめ》いているようだった。

その隙間から見えた。見えたのは背中の一部分だけであったが、島本に間違いなかった。同じ動きを繰り返していた。

聞こえていたのは、ほとんどぺしゃんこになっているというのに、それを飽くことなく打ち据える音。

そして、どうにかこうにか吐き出される水の音。

その二種類の単調な繰り返し。

矢崎が大学生のとき下宿していた漠市のアパートに、ノートを借りにきた男子学生がいた。矢崎と親しくなりたがる同級生はまずいなかったが、矢崎のノートは人気があったのだ。後日、矢崎は下宿近くで彼を見かけるようになった。男が言うには彼女ができて、その彼女の家はこの近所で、男は一緒に暮らしている。男の言う彼女はぞぞであったと、あとから矢崎は知った。ノートを借りにきた際、矢崎が近づくなと教えた区域へ入り、ぞぞと接触してしまったらしい。

男はテストでは素晴らしい成績をおさめたが、その後、災厄に見舞われた。矢崎が知っているのはカンニング疑惑と交通事故だ。事故は軽傷ですんだが、やがて男は学校に出てこなくなった。

ある日の深夜、矢崎は下宿の二階の窓から目撃した。同じ顔をした女が、正確には、幼児から成人した女性までさまざまだが顔はすべて同一である集団が、向こうの通りをぞろぞろと歩いてゆく。その行列を後ろへたどってゆくと、女たちが出て来るのは、大学を休み続けている男が彼女と同棲しているという家からだった。あとからあとから出てくる。

矢崎は女の数を数えた。街灯の下を通る女たちを、先頭から数えていった。四十四まで数えたところで電話が鳴ったのでやめた。電話はバイト先からだった。馘《くび》だと言われた。慣れているので驚かなかった。

その数日後、男の両親が男を連れもどしに来た。路地に乗用車が停められていて、両側から両親に支えられて男は車に乗り、そして車は去っていった。それを矢崎はやはり自分の部屋から眺めた。

男は消耗しきっていたが、しかしどこか満ち足りたようすでもあった。男は精神科の病院に入院したという話だった。

島本係長もこうなったら、行きつくところまで行くしかないだろう。

そう考えながら矢崎は駅へ向かった。マンションからは充分に離れていたので、もう急ぐ必要はなかった。

じょっぷに

むろん尾野木蕗子《おのぎふきこ》という女性は、このようなトイレは絶対に利用しない。

大学の改装したばかりのカフェテラスへ行けば、レストルームも最新式で清潔だ。帰りによく寄る駅ビルならパウダースペースだってある。合コンへ行くときは、そこで仲間たちと着がえて化粧を直す。口紅をぬりながら相手の男子たちの情報を交換し、二次会へ行くべきか、行くなら場所はどこならOKか、お開きは何時にするか、判断し、決定し、必要ならアドバイスもする。

だが今、蕗子は、この公衆トイレでひとりきりだった。

臭い。鼻腔の奥まで侵入して窒息させるアンモニア臭。蛍光灯がチカチカしている。鏡に映った顔もチカチカ瞬いている。

その右の眼にメイク落としシートをあてる。ひやりとした刺激が背骨にまで走る。ぐいっとシートを引くと、メイクのとれた片眼が現れた。

衣裳をはぎとられてやや怯えているような右眼と、ほんのりピンク色の目蓋《まぶた》の下で睫毛《まつげ》がきれいにそり返った左眼。

チカチカ、蛍光灯はせせら笑うように点滅する。

個室に入って服を着がえる。取り出したのは量販店のワゴンセールで投げ売りされていたスウェットの上下。これも尾野木蕗子という女子大生なら決して着用しないものだ。まさか学校で持ち歩くわけにはいかないし、家に置いておくのも危険だから、月極コインロッカーに保管してある。最後に髪をゴムで縛って小さく団子にまとめた。

もう一度、鏡でチェック。よし、映っているのは、ただの若い女。ポテトサラダとから揚げばかり食べていそうな、それもスーパーの惣菜売場で値引きしたやつをねらって買う女。

トイレから出るときは落ち着いて堂々とだ。万が一、知りあいに出くわしたとしても知らん顔して通りすぎればいい。大丈夫、こんな女、誰が尾野木蕗子だと思うだろう。

しかし心配は無用で駅に人影はなかった。普通列車しか停まらず、それも一時間に一本か二本だから、電車の来ない時間は無人となるのだろう。だからこそ蕗子はこの駅を選んだのだ。

次は店を探さねばならない。

ところが駅前なら店くらいあるだろうと思ったのが甘かった。埃じみたモルタルの住宅ばかりが続いている。金木犀《きんもくせい》のひどく甘ったるい香りがまとわりついてくる。なのに、どこを見てもそれらしき木はない。

とにかく歩く。店を探す。でも決してウロウロ、キョロキョロしない。角を曲がる。次も曲がる。あった！　と思ったらクリーニング店。これは駄目だ。

米屋、駄目。畳屋、駄目、喫茶店、全然駄目。こうなったらコンビニでもいいから見つからないかな。いや駄目だ。コンビニで事足りるなら、わざわざこんな町まで来やしない。当然スーパーだって論外なのだ。

個人経営の店がよかった。ブリキの看板がへこんでいて、軒には時代遅れの赤と白の縞の庇《ひさし》テントが張り出していて、店番はあまりやる気がなくてテレビの相撲中継なんかを眺めている。そして暇つぶしに来ている客が二人か三人。そういう店を求めて、蕗子はこの見知らぬ町までやってきたのだ。

文房具屋だ。

文房具屋があった。

それも二軒！　道をへだてて向かいあわせに二軒！

商店街というわけではない。軒を連ねているのは住宅ばかり。道もたいして広くはなく、六、七歩で横切れるくらい。そんな通りに同じ文房具を扱う店が向かいあって建っている。

どちらかの店があとから新しく建った、という感じでもなかった。どちらも同じように古びていた。赤と白のテントはないが、玄関は自動ドアではなくガラガラと引いてあけるアルミサッシのガラス戸。ガラスから覗く店内には、年季の入った木製の陳列棚が並んでいる。棚と棚との間隔は人がやっとすれ違えるほどで、品ぞろえはおそらくひと昔前から変わっていない。

しかし、妙だった。似たような店が向かいあわせにあるというのも妙だけど、似たような店なのに、一方はまあまあお客が入っていて、でも、もう一方は一人もいない。ガラス戸を通して見える空間は灰色に澱んでいる。

当然、選ぶべきはお客のいるほうの店だ。誰もいない店なんかに入っていったりしたら、店員の注意をすべて引きつけてしまう。

店のガラス戸をあけた。ガラガラとサッシが音を立てたが、思ったとおり誰も振り向かない。小学生がワイワイと香り付き鉛筆か何かを嗅《か》ぎっこしていて、そばにいる大人二人はたぶん子どもたちの母親だろう、お喋りに夢中になっている。そして奥のレジに座っている店番のお爺さんは一人で将棋を指している。

もう一人いた。男のお客だ。若い。学生？

その若い男がじろりと蕗子を見た。

あっこの人、どこかで——

が、思い出すまえに、どん！　と何かが腰にぶつかってきて、小学生たちはごめんなさいも言わずに蕗子の脇を走り抜け、今度は消しゴムのにおいを嗅ぎ比べだした。お母さんたちはお喋りしている。店番は将棋盤とにらめっこ。いい条件だ。警戒すべきはあの若い男だけ。ことを為すのにこれほどの好条件はない。

ところが蕗子はわざわざ男のいるほうへと進んでいった。自分でも制御できない欲求だった。男は手にした方眼ノートをめくっている。

蕗子は歩み寄る。あれはどこかな、というように。

男は方眼ノートを棚に返し、別のメーカーのものを取る。

蕗子は男に近寄っていく。あれはどこかなと探しながら。

男は方眼ノートをめくる。

蕗子はぎりぎりまで男に近づき、それからノートには用はないというように反転し、男の後ろ、背中あわせに立った。背中と背中が触れるか触れないかの距離だ。

背中から伝わってくる。男の体温とともに伝わってくる。男がまた方眼ノートを交換した。ノートをめくって覗きこんだ。蕗子にはわかる。男の思考は今、方眼で占められている。縦線と横線。きっかり一センチメートル間隔の、縦線と横線。さらにそれを等分する点線。蕗子にはわかる。男の脳がどんどんと分割されていく。縦線が次々と、横線が猛スピードで、点線も急ピッチに、伸びて走って男の脳を刻み——

そして蕗子の右手が握っているのはハサミだ。

ハサミは商品であるから、ＰＰ樹脂をハサミの形に型押ししたパッケージに入っている。

台紙には〈ラク〜に切れるロング刃、切れば切るほどよく切れる！〉とプリントされている。台紙の裏の説明書きによると、刃の材質は特殊ステンレス鋼。握りはＡＢＳ樹脂。価格シールは端がはがれてめくれ、そこに印字された数字は、六六九円（税込）。

目線は動かさず、右手のスナップを利《き》かせ、肩にかけていた大ぶりのトートバッグへ落とし入れる。ハサミの重さが、つめこんだブラウスやらスカートやらの隙間を、すべり落ちてゆく。

ほんの数ミリ振り向いて、蕗子は背後を確認した。ぎくっとなった。男が、方眼ノートに集中しているはずの男が、首をこちらにねじ曲げていた。目と目があう。

見られた！　ハサミを盗《と》るところを見られた！

さらに、今ごろになって思い出した。

あっ、この人、同じ大学の――

終わりだ、終わりだ、終わりだ！　万引きを告発される、逮捕される、親を呼び出される――未成年じゃなくても？　大学じゅうにも知れわたる。評判は地に落ち信用も失い親友たちにも絶交され、これまで苦労して築きあげてきたものがガラガラと崩れ去る。

しかし、ここでパニックにならず機転を利かせた自分を、蕗子は褒めてやりたいと思う。

あら？　あらら？　と床を探すふりをして、それから、あらこんなところにと、おもむろにトートバッグに手を突っこんでハサミを取り出すと、さり気ない動作で棚へもどしたのだ。

しかもその際、指が価格シールのめくれていた部分に触れ、折ってしまったのだけれど、ちゃんと折り目を開いて、二、三度こすってから棚に返した。そういう余裕まで見せた。落ち着いて店を出た。そう、その調子、あとは普通の速度で歩み去ればいい。ところが目に入った。見てしまった。通りの反対側の文房具屋。今の店とよく似た文房具屋。

駅にもどるつもりが足が道を横切る。向かいの文房具屋まで来て、手がガラス戸をあける。忘れられないのは、さっき手に持ったハサミの重さだ。そのハサミをトートバッグに落としたときの、中をすべり落ちていく感覚だ。

「待て。そっちは駄目だ」

背後で聞こえたが、すでに蕗子は店に体をすべりこませ、ガラス戸をしめていた。

戸をしめたとたん、すべての音がシャットアウトされたような静寂につつまれた。聞こえるのはコンクリートの床を踏む自分の足音だけ。なぜこんな湿った音がするんだろう。コンクリートなのになぜ、靴の裏で粘る感じがするんだろう。

店内のようすは先ほどの店とほとんど同じだった。陳列棚はやはり古臭い木製で、配置の仕方も一緒だ。しかし何かが違う。決定的に違う。

レジを確認する。いない。誰もいない。お客どころかレジの人間もいない。

さわさわと何十本もの足が、蕗子の背筋を這いのぼってくる。

じっとりと濡れた誰かの髪の毛が、首筋にはりつく感触がする。

ぶるっと頭を振って、馬鹿げた妄想を追い出した。目的を遂げなければならない。ここまで来て何もせずに帰るなんて、できない。

そう心を決め、改めて棚へ目をやったときだ。この店に入ってからつきまとっている違和感、その正体の一つを蕗子は知った。

ハサミしかない――

ハサミしか置いていないのだ。陳列棚のどの段も、棚の下の台になっているところも、すべてハサミで占められている。他の棚も同様で、立ててあったり寝かせてあったり置きかたは違っても、置いてある品物はすべてハサミだ。

しかも、どれもみな同じ商品だ。

そろそろと手を伸ばし、その一つを取ってみる。

パッケージは型押ししたPP樹脂。台紙に印刷されている謳《うた》い文句は〈ラク～に切れるロング刃、切れば切るほどよく切れる!〉。そして価格シールに記された数字は六六九円(税込)。

蕗子のハサミを持った手が震え出した。

棚にハサミをもどして別のを取る。見て確かめる。もどし、また違うのを取って確かめる。上の段のも見る。下の段のも見る。それから隣の棚へ移動してまた新しいハサミを取る。商品のパッケージのある部分へ視線を注ぐ、眼から光線が出て穴をあけるほど注ぐ。どれも価格シールの端がはがれかけているのだ。そのめくれた部分に折り目がついているのだ。どのシールも同じ位置に同じ角度で折り目が。

これはわたしが前の店でつけた折り目だ。

棚に返すとき折ってしまった折り目だ。開いて指でこすって伸ばした折り目だ。まったく同じだ。

どういうことだ。ここにあるハサミ全部、棚の隅から隅までぎっしり並んでいるハサミ全部、わたしが向かいの店で万引きしようとして失敗したハサミではないか。

足の下でコンクリートの床がぐにゃりとへこんだ。実際は膝が折れてしゃがみこもうとしていた。それを蕗子は踏んばってこらえ、足裏でコンクリートを蹴る。乱暴にガラス戸をあける。店から走り出る。あっとなった。

暗い。陽がとっぷりと暮れている。

そんな馬鹿な、さっきまで明るかったのに、四時にもなっていなかったのに、いくら日が短くなってきたからといって、こんなに急に陽が沈むなんて――

「それ、返したほうがいいですよ」

いきなり声をかけられ蕗子は飛びあがりそうになった。

「すぐに返したほうがいいです」

すっかり暗くなった通りを照らすのは、文房具屋のガラス戸からもれる光だけで、人の影がぼうっとにじんで浮かんでいる。あの男だった。蕗子の万引きを目撃した男だ。

「あなたがそっちの店に入るまえに止めたんですが」

そういえば、そっちは駄目と聞いたような気がしたけれど、この男の声だったのか。

「えっ、ということはあなた、わたしが店から出てくるのを待ってたの?」

「二時間ほど」

「二時間!」ストーカー? この人ストーカー? それよりもわたしはそんなに長い時間店にいたってわけ? うそ、どうなってるの、しかも店にはわたしが万引きしたハサミだけが大量に――

「あなたはこの町の住人じゃないな。そっちの文房具屋には誰も入ろうとしないでしょう? アタサワだからです」

アタ? なに、この人なに言ってるの。

「アタサワから何かを持ち出すのはやめたほうがいい」

男が顎でさしたのは蕗子の手が握りしめているハサミだ。

持ってきてしまった! 悲鳴が喉まで出かかり、ハサミも放り出しそうになる。が、蕗子はぐっと悲鳴を吞みくだすとハサミを握り直した。ここで取り乱したら自分の非を認めることになる。

「これは買ったの、わたしが買ったものなの、だから返す必要なんかないのッ」ハサミをトートバッグに突っこむ。

走って逃げたかった。だが歩いた。普通の速さで歩いて立ち去った。大丈夫、男は追ってこない。大丈夫、結果的にわたしは今日もことを為し遂げた。

なのに何も得られない。

ことを為したあとは、いつもだったら体じゅう、指の先まで満ち足りるのだ。目に映る世界があまりに万能で美しくて、うっとりとするのだ。だけど今は俯《うつむ》いて、アスファルトを踏みしめ歩くだけだ。


万引きが犯罪だということは、もちろん知っている。でもやめられない。どうしてもやってしまう。理由はわからない。わかっていたらやらない。我慢できるのはひと月が限度。中学のとき、いつまでもこんなことしてちゃ駄目だ、なんとしてもやめなきゃと決意した。店には絶対に行かない。学校帰りにも寄らない。友達に誘われたら仮病を使って断る。母親に買い物を頼まれそうになったときには、事前に察知して姿を消した。シャーペンの芯がなくなってしまい、それでも買いに行かなかった。筆記用具がないと困るので、部屋じゅうひっくり返して小学校のとき使っていた鉛筆を見つけ出し、けれども2Bの書きかた鉛筆ではクラスメイトに笑われるので、2Bの文字を彫刻刀で削りとった。そんなこんなで一か月半。ある日、意識が飛んだ。

気づいたらコンビニから出てきたところで、手提げバッグに入っていたのは、シナモンパンだった。もちろんレジは通していない。

蕗子は自分の犯してしまった過ちに愕然となった。

まず、通学路にあるコンビニでやってしまった。そして、シャーペンの芯が最も必要だという現状なのに菓子パンなんか盗ってしまった。それもシナモンパンだ。わたしはシナモンが大嫌いだ。

人間は諦めが肝心だと、このとき蕗子は学んだ。諦めるからこそ次のステップに進めるのだ。絶対に見つからない万引きのやりかたを考えよう。

何より重要なのは場所だ。ことを為す環境だ。ほとんどそれにつきるといっていい。店員と顔見知りの店はもちろんのこと、通学途中のコンビニなど論外。近所のスーパー、ショッピングモール、防犯カメラが設置してあったり監視員が見まわっていたり、どれも危険極まりない。理想は昔ながらの個人商店だった。商店街の中の一軒のような、客の出入りがほどよくあって、こまごまとした品がごちゃごちゃと置かれている店がいい。

そんな店を求めて蕗子は見知らぬ町を歩きまわった。服装を変え髪型も変え、完璧な変装を施して、歩調はあくまで知った道を知った場所へ行くのだといった自然さ。そうやってよさそうな店を見つけたら、通りすがりの一瞬、ハンターの眼でもって店内を観察する。

そしてここだと決めたら、大胆かつ確実に実行、撤収は速やかに。

そしてことを為し終えたあとは、たとえ難なく成功し、今後もたやすそうな狩場であっても、その町へは二度と足を踏み入れない。

それがことを為すための蕗子の作法、蕗子のルールだった。これに則《のっと》って、だいたい月一のペースで繰り返せば、蕗子は尾野木蕗子でいられた。大学では常に友達に囲まれ、家ではしっかりものの長女、ご近所様のあいだでも、ええとってもいいお嬢さんですよ明るくて礼儀正しくて、と口ぐちに褒められる尾野木蕗子。

ところが今回の文房具屋では、何もかもがイレギュラーだった。妙な町の妙な店に入ってしまった。でも冷静になって考えたら、ハサミは持ってきてしまったけれど、あの店には誰もいなかったのだから心配することなんて何もない。きっと同じ品しか置かない偏屈な店だったんだ。だからお客も来ない、店番もしなくてもかまわない、きっとそういうことだったんだ。そんな変な店だったから、わたしもなんだか時間の感覚がおかしくなっちゃって、価格シールも、商品全部を確認したわけじゃないのに、たまたま手に取ったのが似たような折れ目がついていたってだけでパニクってしまった。

それより問題はあの男だ。最初の店でわたしがことを為すところを目撃した男。ハサミしか置かない妙な店からわたしが出てくるのを待っていた男。

よりにもよって同じ大学の学生だ。

学食のカフェテラスに入ると、美織《みおり》と英美里《えみり》が手を振って待っていた。蕗子はすぐに美織のマスカラが下目蓋を汚しているのに気づき、指で自分の目もとをさして教えてやる。美織が慌ててバッグをあけ、蕗子は立ったまま、美織が化粧を直すのを他のテーブルから見られないようにと盾になってやる。

美織がコンパクトをしまうと蕗子は腰かけ、三人で落ち着いた。さっそく美織が蕗子にスマホの画面を見せる。ワンピースが映っている。

「うーん美織、いくら好きな人が来るからといって、このワンピはちょっと。もっと普段着っぽいのない？　かといってほんとの普段着じゃ駄目なんだけど」

今日は夜、美織の片思いの相手を交えての合コンなのだ。

「ほらあのワンピは？　シャンブルドゥシャームの薄ベージュのワンピ、あれなら大丈夫」

「うん、そうする、蕗子がそう言うなら」

その横で英美里のスマホが鳴った。電話に出るなり、えーっと声をあげ、

「ちょっと蕗子、ナオが合コン行けなくなったって。かわりどうする、だれ誘う？」

「当然、美織よりも目立たない子ね、ムラちゃんは？」

「ムラちゃんバイトだって言ってた、ミホは？」

「駄目駄目、美織とキャラがかぶるもの。とにかく今日は美織のための合コンだからね、大丈夫、英美里には絶対に次の機会を用意するから」

「わかってるって。ムラちゃんにもう一回聞いてみる」

「蕗子、英美里も、ありがとう、ほんとにほんとにありがとう」

「美織ったらまた泣いて。ほらマスカラがとれちゃうとれちゃう」

あの男はいないだろうか。大学構内でときどき見かけるが、名前は知らない。学部もわからない。でも向こうはわたしを知っている。知らないはずがない。だってわたしは——

「尾野木さんでしょ？　尾野木蕗子さん、ミス・キャンパス準グランプリの。やっぱ、美人だなあ」

握手してください、写真いいですか、たちまち男子に囲まれてしまった。握手は両手で丁寧に、写真もOKはするけれど、ここにいる全員でと条件をつける。はいチーズとやったところで同期の女子たちがぞろぞろとやって来た。その中の一人が仲間に背中を押され、

「あのね蕗子、話を聞いてほしいんだけど……」

おおかた彼氏が心がわりでもしたのだろう。蕗子はまず、大丈夫よとやさしくハグしてやり、後日改めて会う約束をする。相手の子は心から救われた表情になり、仲間たちも、やっぱり頼りになるのは蕗子よと頷きあう。

準グランプリ、準ミスと呼ばれるのはちょっと口惜しい。でも、わたしのまわりにはこ

うして、ミス・キャンパス優勝者をしのぐほどの人が集まってくる。すべてわたしの努力の賜物《たまもの》だ。

あっ、いた、あの男！

窓の外、あの男が芝生を歩いていく。

慌てず騒がず蕗子は立ちあがって「じゃ、またあとで」一同へ笑みを送るのも忘れなかった。とにかくあの男に会って確かめなくては。


男は学食の裏へまわって、学生サポートセンターをすぎ、生協の建物に入った。手前の食品売場を通り抜け、真っ直ぐ文房具コーナーへと進んでいく。また方眼ノートを見ている。ページをめくって方眼に見入っている。それを蕗子は隣の書籍売場で、ファッション雑誌を立ち読みするふりをして窺う。

しばらくノートを眺めたあと男は買うことはせず、また食品売場を通って表へ出た。蕗子も出る。男は歩いていく。蕗子も続く。もうすぐ午後の講義が始まる。

ぴたりと男が止まった。振り向いた。

「なぜ、あとをつけてくるんですか？」

「えっなんのこと？　わたしもこっちに用があるんだけど」

と、蕗子はにっこりと、ミス・キャンパスコンテストのために特訓して会得した、とっておきの笑顔を披露する。

　男は照れて喜ぶかと思ったら、そして照れつつもちゃっかり握手を求めてくるかと思ったら、くるりと背を向けた。歩き出す。

　少なからず蕗子は傷ついた。でも、まあ、よかった。やっぱりバレてなかった。当然だ。変装は完璧だった。あのときのわたしは、メイクもせずに服装も毛玉だらけのスウェットなんかで平気で外を歩く女。路上にしゃがんでジャンクフードをバリバリ食って、ゴミはポイ捨てペッと唾を吐く、そんな女。今ここにいるわたしと同一人物だなんて、きっと夢にも思わない。

「あ」男が声をあげ立ち止まった。

　ふたたび振り返って、まじまじと蕗子に見入る。蕗子も笑みを絶やさない。そうよ、わたしが準ミスの尾野木蕗子よ。握手したらさっさと引き返して英美里たちと合流しよう。

　そうか、男が頷いた。「誰かと思ったら先日万引きしてた人か。僕の下宿の近くのやすらぎ文具店で」

　体じゅうの血が下がっていくもの凄い音がした。

「ど、ど、ど、どうして」

「どうして。なにが？」

　かろうじて口に出たのが「どうして下宿？　あんなとこに？　だって電車で五十分はか

かったし普通列車しか停まらない、えっなんて？　なに文具店？」

「やすらぎ文具店。五十七分。大学の近くは落ち着きません」

何を言っているのかわからない。

「残念ですが、おそらくもう手遅れでしょう」

何を言っているのかわからない。

「あのときハサミを持って帰らずに返していれば、あるいは」

わからない。何を言っているのか全然、「ちょっと待って、行かないで、お願い！」

しかし男の背中はどんどんと遠ざかっていく。

不意に何かが宙に現れ、蕗子の頬をツッとかすめた。やだッと小さく叫んでよけたら、ただの赤トンボだった。空は青く高く、赤トンボは同じ円を飽きずに描いて飛んでいる。

「カンパーイ！」

店内には揚げた油のにおいが充満し、店員は呼んでも来ない、グラスにはべたべた指紋がついている。蕗子は即断した。今日は二次会はなしだわ。

合コンをセッティングする際、会場の選択は男性側に任せる。選んだ店を見れば彼らの質もおのずと知れる。といっても相手のレベルは前もってチェックするから、今回のような事態は通常は起こり得ない。でも、仕方ない。今日は美織の恋を後押しするのが目的なのだ。

「で、美織が好きだっていう人は？」広げたメニューの陰から男性陣を覗きながら英美里に訊《き》いた。

「右から二番目」

瞬時に蕗子は断じる。

「駄目、あんなの美織にふさわしくない」

「美織、趣味悪いからなあ」

やっと料理が来た。自己紹介が始まった。蕗子の番になると男子たちがとたんにそわそわし、おまえ質問しろよとつつきあう。準ミスイエーイと、よくわからない盛りあがりかたをしている者もいる。けれども蕗子は自分の話はさらりとすませる。今日は美織のための合コンなのだ。

ところがその美織が思いを寄せているという男は、名前は樽本《たるもと》というのだが、蕗子が話しているあいだ、わざわざ椅子から立ってピザやらパスタやらを皿にとっていた。準ミスなんかオレには関係ねえアピールのつもりか。ヘラヘラ笑うのも人を小馬鹿にしているようで気に障る。

「席替えしよう」フリートークになった早々、樽本が言い出した。誰も賛成していないのに、美織の隣の子を強引に立たせて席をかわる。自分たちだけチューハイを注文しては美織と乾杯している。参加者全員が会話に加われるよう、お互いに気遣うのが正しい合コンのありかたなのに、おかげでみんなしらけ始めている。

蕗子は英美里に目配せした。英美里はすぐに立って、美織の肩に軽く手を置くと、レストルームへ向かった。これがいつもの合図で、美織も慌てて立って英美里を追う。話し相手を失った樽本は一瞬呆けた表情になり、その隙を逃がさず蕗子が、

「もうすぐ学祭ですって？」新しい話題で場を仕切り直してから席を立った。

レストルームから泣き声がしていた。入っていくと鏡の前で美織が泣いていた。その横で英美里が困りはてたという顔。

蕗子は憤慨する。「樽本も美織がこんなになるまで飲ませるなんて」

「らるもとくんは悪くないよお、わたしが勝手に飲んらけらよお」

「美織、樽本ともうライン交換しちゃった？」

「まらライン交換もれきてないー」しゃがんで洗面台にぶらさがってまた泣いている。うんざりした英美里が「つきあうまえにもういっぺんよく考えたら？」

つきあうなんて冗談じゃない。

「美織よく聞いて、考えるまでもない、わたしにはわかるの、あれは駄目、樽本はやめなさい、あんなのとつきあったって美織は幸せになれない、あなたのためを思って言ってるの。大丈夫、近いうちにまた合コンをセッティングしてあげるから、美織のために今度は

もっといい男子そろえてあげる、ね？　ね？」

美織が顔をあげた。蕗子はたじろいだ。流れたマスカラで真っ黒に縁取りされた美織の目が、充血してぎらついている。

「ざいッ！」

一瞬、なんて言われたかわからなかった。というか、聞き取れなかった。

「うざいッ、蕗子うざいうざい、あーうざッ」

んじょっぷにいいいいいいい！

突然訪れた衝撃に、蕗子はまばたきした。左右を見まわす。ここは芳香剤のフローラルな香りがきつすぎる。

鳴り響いたのは、まるで世界の終わりを告げるような、そしてそのあとにすべてが新しく生まれ変わるのだという合図のような、決然として明るく、爽快な音だった。

「ねえ今、音しなかった？　なんの音だろ」

返ってきたのは、ううぅという美織の唸《うな》り声。「気持ち悪いよお」

「吐くの？　美織吐くの？　早くトイレへ！」

合コンはお開きとなった。蕗子は美織をタクシーへ押しこんだが、ドアがしまっても窓があいて顔が出てくる。「らるもとくーん、ごめんねー、ごめんねー」それをさえぎって蕗子は運転手へ行き先を告げる。タクシーが発進した。「らるもとくーん」

樽本は突っ立っている。手を振ることもせず、遠ざかっていく赤いテールランプを目でじっと追っている。ヘラヘラ笑っていなければ、なるほどイケメンといってもいい。が、蕗子の視線に気づくと目をそらした。

そのそらしかたが何かを蕗子に告げた。毎月ことを為し続けてきた蕗子だからこその直感だった。駄目だ。この男、絶対に美織とつきあわせてはいけない。

うざいッ、蕗子うざいうざい――

んじょっぷにぃぃぃぃぃ！

また、あの音だった。軽やかに晴れやかに鳴りわたった。

蕗子は首をねじってあたりを探した。ショウウィンドウの中でマネキンが、ふかふかのファーのコートをまとってライトを浴びている。その前を行き交う人々はシルエットとなり、肩をすぼめて足早に去っていく。夜になって思いのほか気温がさがってきた。

音はどこかで鳴ったんじゃない。わたしにだけ聞こえたんだ。

だしぬけに震えが走ったのは、夜風のせいではなかった。皮膚に硬くて冷たいものが押しあてられた、そんな感触がしたのだ。

地面に伸びる影を踏みつけ進む。姿の見えぬ金木犀《きんもくせい》のにおいを吸いこみ進む。ことを為した町には二度と足を踏み入れない。堅くそう禁じていたのに、蕗子はあえてルールを破ってふたたびこの町にやってきた。目指すは例の妙な文房具屋。やすらぎ文具店とかいっていた。やすらぎって何？　葬儀場じゃあるまいし。

とりあえず変装はしてある。といっても先日の、すれちがって三歩進んだらもう思い出せないような服装ではない。紺色のそろいのベストとスカート、ブラウスは白、ＯＬだ。愛用のボールペンのインクを使いきってしまって、仕事帰りに買いに寄ったＯＬという設定だ。これならまさか先日の女と同一人物だとは誰も思わない。

ハサミを返すつもりだった。

だって、ことを為す現場を目撃したあの男が、返せと言っていた。返せばいいんだろう。言うとおりにしてやる。手遅れだとかも言われたけれど、大丈夫、ハサミさえ店に返してしまえば、わたしがしたことの証拠もなくなるわけだから、もうつけこまれる心配はない。すべてすっきり解決だ。

ところが、蕗子の足が止まった。

引き返して、曲がるところを間違えたかと見まわし、やっぱりここだともどる。

確かにここは数日前に来た道だ。あそこに文房具屋だってある。

でも、一軒だけだった。建っているのは、古ぼけてはいるがお客はまあまあ入っていて、最初に蕗子が入って万引きした、そして失敗した、その店だけだった。向かいにもう一軒文房具屋があるはずなのに、無い。やすらぎ文具店が無い。

かわりに建っていたのは小鳥屋だ。見あげた看板にペンキで書いてある。『やすらぎの小鳥園』。

やすらぎ文具店があった場所に、文房具屋ではなく小鳥屋、やすらぎの小鳥園が建っている――

やはり古い店だった。壁は煤《すす》けたトタンで、入り口はガラガラと手であけるガラス戸、そのガラスを覗くと中には人っ子一人おらず、ただ灰色の空間が沈黙している。小鳥はどこにいるの？

返せない。これではハサミを返せない。だって小鳥屋にハサミは売っていない。たとえ小鳥のいない小鳥屋でも、商品ではないハサミを返すわけにはいかない。手遅れってこのこと？

呪いは誰かが解かなくてはならない。みんなを救うために解かなくてはならない。わたしにはわかる。これは呪い、またしても呪いだ。

ごめんなさい。

ごめんなさい。

ごめんなさい。

それはあの日、ついに出てこなかった言葉だ。知らないもん、わたしじゃないもん、といつまでも泣きじゃくっていた。

小学二年生だった。家族で買い物に寄ったスーパーマーケットでのことだった。レッスンバッグから出てきたのは、干支のヘビの置物。こんなもの、小学生の女の子が欲しがるのかと疑うようなしろものだった。レッスンバッグにはリンゴのアップリケ。一口かじられた真っ赤なリンゴ。バッグは母の手作りで妹とおそろいだ。

妹とは年子で、ピアノを習い始めるのも、英会話教室に通い出すのも一緒だった。それが気に入らなかった。一つ違いとはいえ姉なのに、妹と同等だなんておかしいと子どもながらに不満だった。そのうえレッスン中、妹は生意気にもはりあってきて、でも負けて、いちいち拗《す》ねるから余計に苛《いら》つかされた。さらに先生や両親が、なだめたり励ましたり妹を甘やかす。おそろいのレッスンバッグなんて大嫌いだった。リンゴのアップリケも大嫌いだった。

その大嫌いなレッスンバッグから出てきたヘビ。瀬戸物のヘビ。ごめんなさいとは決して言わず、あくまで言いはっていた。

知らないもん、わたしじゃないもん、誰かが知らないうちにバッグに入れたんだ！

スーパーのバックヤードの片隅の小部屋は、段ボールが積み上げられ埃っぽくて照明は澱んだ黄色、大人四人と子ども二人がつめて腰かけていた。大人たちは倦《う》み疲れ、だがため息は許されず、ドアも窓も閉ざされた部屋で響くのは、自分じゃないと言って泣き叫ぶ子どもの声だけ。声は鼓膜を突き抜け脳にまで反響し、あの場にいた全員、泣いている本人さえもがどうしようもなくなっていた。あれは一種の呪いだった。呪いは誰かが解かなくてはならなかった。

それからだ、蕗子の万引きが始まったのは。だけどこんなやりかたでは身の破滅を招くと、ルールを定め作法を極め、ことを為すという一つの儀式にまで昇華させた。

後悔なんかしていない。みんなを救うために誰かが呪いを解かなければならないのなら、それはわたしなのだ。

「いったいどういうことッ」

蕗子がつめよっているのはあの男だ。文房具屋で遭遇し、蕗子の儀式を、ことを為すところを目撃した男。

男は今日も生協で方眼ノートを開いて眺めていた。蕗子は、話があると言って外へ連れ出した。もっと人気のない場所へ移ってからにすべきだったが、そんな余裕もなく例のハサミを男に突きつけてしまった。ハサミはパッケージに入ったままだ。いっぺんも使っていない。ことを為すのはそんなことのためではないのだ。

「あなた、わたしにこのハサミ返したほうがいいと言ったでしょ、だから言われたとおり返しにいったの、なのに店が、店が、」

驚くでもなく怪しむでもなく、男はゆっくりと一回まばたきしただけだ。

「文房具屋がなくなってたの！　かわりに小鳥屋になってたの！　あれなに？　どういうこと？　手品？　イリュージョン？」

ようやく男が口を開いた。

「手遅れだとも言いましたが。もう行ってもいいですか」

「待って、わたしはどうしたらいいの」

「こうなったらどうしようもないですね」

「そんな無責任な！」

「僕は無責任ではありません。無関係です」

「それよりこれ、この呪いのハサミ、どうしたらいい？」

「呪い。そうか、呪いと解釈すれば納得しやすいのか」

「ちょっと！　待って！」

なるほど、なるほど、と頷きながら男は行ってしまった。その背中を呆然と蕗子は見送るしかなかった。だが男が立ち去ると、それまで男の陰になって見えていなかったものが現れた。ゴミ箱だ。

なんだ、そうじゃん、捨てちゃえばいいんだ。

そのゴミ箱は自動販売機の横、リサイクルボックスとともに並んでいた。箱の側面にあいた口に、コンビニ弁当の容器が中途半端につっこんである。

本来なら分別すべきだが今回ばかりは勘弁してくださいと胸の中で詫び、蕗子はハサミをパッケージのまま押しこんだ。弁当の容器も一緒になって落ちた。ポリ袋か何かの上に着地したような、バサリという音がした。ふさがっていたものがなくなってゴミ箱の口はぽっかりとあいている。

ふうー、と吐いた息とともに体が軽くなる。最初からこうすればよかったんじゃない。呪いからは解放され、証拠もなくなって、もう心配することは何もない。

「蕗子」

突然呼ばれて飛びあがりそうになって、でも飛びあがるまいと懸命にこらえ、本当は走って逃げたいところを何気なさを装って振り返る。英美里が眉をひそめて立っている。

「蕗子、もしかして今――」

「ううんなんでもないべつに」しまった、早口になってしまった。

「でも、今――」

「見た?」証拠隠滅するところを。

こっくりと英美里は頷いて「なんか話してるのが見えたから急いで来たんだけど、今の矢崎《やざき》じゃなかった? なに、なんかあった?」

矢崎とはあの男の名前? よかった、英美里はゴミ箱には関心がないようだ。あの男との会話も聞いていないようだ。

「英美里、あの人のこと知ってるの？」さり気なく歩き出してゴミ箱から離れる。講義棟へ向かう。英美里が並んで歩きながら「あいつ変人だよ、いや変態かも。蕗子、男子に言ってボディガードしてもらおうか？」

「違うの、ほら、こないだわたしに相談したいって子が来てたでしょ、あの子が片思いしてる相手っていうのが――」

「嘘！」

ぎくりとして英美里を見ると「嘘、マジ？　矢崎に片思いって」ケラケラ笑っている。

講義室では美織が待っていて、いつものように席をとっておいてくれた。腰をおろすとさっそく、

「蕗子、英美里、報告するね、わたし、タルくんとつきあうことになりました！」

タルくん？　樽本のことか？　いつの間にそんなことに――

「運命なの、わたしんちの近くの駅でタルくんと偶然ばったり会っちゃった」美織は目をうるませている。英美里はお手あげのポーズ。蕗子は美織を問い質《ただ》す。

「落ち着いてよく考えて、家の近くの駅で偶然ばったりなんて普通ある？　樽本の家は美織の近所なの？」

ううん、と首を振る美織。

「バイト先が近くだったとか？」

うぅん。

「それ怪しくない？」

「ううん、運命」

そうでしょうとも、待ち伏せにルビをふって強引に運命と読ませるのだ。

ラインも交換しなかったはずなのに樽本はどうやって美織の住所を知ったのか。たぶんあのときだ。合コンの帰りのタクシー。酔った美織のかわりにわたしが告げた行き先を、樽本は抜け目なく聞いていたのだ。けれども聞けたのは町名だけだったから、最寄りの駅周辺で張りこんでいたというわけだ。会えるまでおそらく何日も。

厭《いや》な感じがする。凄く厭な感じが。

教授が来た。授業が始まった。蕗子はなおも考えながらバッグをあけ、中から教科書とノート、ペンケース――

ハサミ。

とたん、美織と樽本の問題など消し飛んだ。

パッケージにおさまったままのハサミ。〈ラク～に切れるロング刃、切れば切るほどよく切れる！〉と謳ってあるハサミ。税込みで六六九円。その数字が印字された価格シールは、端がはがれかけ折れ線がついている。

どうしてバッグに。捨てたはずなのに――

急いでハサミをしまう。バッグを閉じる手が震える。それを反対の手で押さえて止める。講義中なので声をひそめて訊いた。

「あのね英美里、さっきの人のことなんだけど」

「だれ？」

「矢崎とかいう」

「ああ、矢崎ね。矢崎友明《ともあき》。学年は一こ下で環境管理学科の二年生。あだ名がロボットとかレプリカントとか。とにかくなーんか腹立つヤツで、環境学部の子たち、なるべく口きかないでおこうって。だいたいあいつ、どこ住んでると思う？　漠市《ばくし》だって」

「漠市？　今、漠市って言った？」

「そう、漠市。矢崎はあの漠市に下宿してるんだって」

「そういえば言ってた、大学から電車で一時間くらいかかるところに――」ではあの町は、わたしがハサミを盗んだ町は、文房具屋が小鳥屋に変身した町は、漠市だったのか。

英美里が鼻にしわを寄せる。「下宿で一時間なんてあり得なくない？　それもわざわざ漠市に」

「漠市って、噂は聞いたことあるんだけど。そもそもどういう町なの？」

「とにかくヤバい、不用意に入っちゃいけない、もし入ったら、」

「入ったら？」

「もうっ、うるさいなあ美織、さっきからなに、ライン？」

美織のスマホのバイブが鳴りっぱなしなのだ。見ると美織は必死の形相になってメッセージを打っている。そのあいだにもスマホはひっきりなしに振動している。

蕗子は気になったが、

「漠市に入ったらどうなるっていうの？」

「病院送りとか、あとはとりこまれて行方不明とか。それか、帰ってくることもある」

「帰ってくるならいいじゃない」

「いやいや、それが一番最悪なんだって」

「意味がよくわかんないんだけど」

「つまり漠市という町は、世にも奇妙な物語とか、トワイライトゾーンとか」

「幽霊とか呪いとか？」

「幽霊は違う、呪いはＯＫ」

やはり呪いだったんだ。わたしはうかつにも漠市という忌まわしい地域に足を踏み入れ、ハサミの呪いにかけられてしまったんだ。

「でもあの矢崎って人は大丈夫なわけだよね、漠市に下宿してるんだもの、漠市の呪術師というわけ？」呪術師なら呪いの解きかたを知っているかも。

「いやいや、あれはまたべつの種類の害悪だから。みんなが言ってるのは、漠市にすら避けられる男」

またバイブ音。キャッと美織の小さな悲鳴。「タルくんたらせっかちで困っちゃう」半泣き顔になっている。返信メッセージを打ち始めるが、その手の中でスマホは振動を繰り返す。矢継ぎ早に樽本から受信しているようだ。

ここにも呪いがある。かわいそうに美織がどうしようもなくなっている。呪いは誰かが解かなくてはならない。美織を救うために、このわたしが解かなくては。

「一刻も早く美織を別れさせなきゃ」

しかし英美里はのん気にも「でも美織はその気ないみたいだし、なんだかんだ言って楽しそうだし」

蕗子は手をのばし、美織のスマホを取りあげて電源を切った。ぽかんとして美織が画面の暗くなったスマホを受け取る。

「なに勝手なことを！」声を荒げたのは英美里のほうだ。蕗子はかまわずに、

「美織、今日はもう樽本とラインも電話もやめよう」

「それは美織が決めることじゃん！」

「大丈夫、わたしの言うとおりにして。それで夜、三人で飲み会しよ？」じっくり話せば美織もわかってくれる。「なんなら合コンしようか？」

「はあ？　いきなりなに？」

「だから美織が合コンで新しい相手を見つけるの、そうすれば樽本だって諦めるしかないでしょ？」

しかし英美里も美織も返事をしない。

仕方ない、今日のところは合コンは諦めるとして「夜七時に飲み会ね、わたしはいったん家に帰るから」

まず先にハサミをなんとかしなければならない。バッグの上からさわっても、パッケージのハサミの形に型押しされた凹凸が指に触れた。

駅を挟んで自宅と反対方向にあるこの川は、幅が百メートルはあり、これなら充分だった。橋は四車線の道路で車が行き交い、歩道を歩いているのは蕗子一人。川岸にときどき見かける釣り人も、今日はうまい具合に誰もいない。川の流れはゆるく、水は灰色っぽい緑。深そうだ。

橋の中ほどまで来てもう一度周囲を確認する。よし、今だ。素早くバッグからハサミを出す。欄干の上からパッケージに入ったままのそれを落とした。

ハサミが水面を突き破って水中へと呑みこまれた。水音は案外小さかった。でも確かに聞いた。残ったのは波紋だけだ。二重、三重と広がってゆく。早く消えろ！　と念じる。

いつまでも眺めているのは不自然だ。足早に離れ、振り返りたいのを我慢して進む。でも橋を渡りきったとき、振り向いてもう一度川面の捨てたあたりを見てしまった。

　波紋の輪がまだあった。

　帰り道、蕗子はバッグを覗いてみたが、捨てたハサミがまたもどってきている、などということはなかった。

　当然だ、だってわたしは確かに捨てたもの。

　安心できず三分おきに確認したが、バッグの中にやはりハサミはなかった。

　そうよ、捨てたんだもの、川にぽちゃんと落ちたもの。

　そうして家に帰りつき、ただいまと玄関に入りながら最後にもういっぺんバッグをあけてみる。もちろんハサミなんか入っているはずがない。ハサミは今、川の底だ。

　足どりも軽く階段をあがる。二階の自分の部屋へあがっていく。呪いなんてどうってことない、呪いには慣れてるもの、さあ、あとは着がえて街へ出て、美味しいご飯を食べながら美織を説得しよう、残った呪いもそれですべて解決。部屋のドアをあける。

　妹がいた。

　クローゼットがあけ放されていて、床やらベッドやら、ひっぱり出した服がそこらじゅうに散らばっている。その真ん中でシルクのブラウスを踏んづけ妹は、部屋の主が帰ってきたというのに振り向きもしない。

んじょっぷにぃぃぃぃぃぃ！

その響きに瞬間、脳内が占領された。体温が一気に上昇して、首筋が汗ばむのを感じて、けれども背筋に垂れ落ちた汗はぞっとするほど冷たい。

やっぱりハサミだ、と蕗子は吸いこんだ息を吐き出す。

いつかも聞いたこの音、やっぱりハサミの音だ。ハサミが何かを勢いよく切ったときの音だ。

今回は蕗子は音源を求めてあたりを見まわすことはしなかった。そのかわり、しょっちゅう無断で人の部屋に入ってはひっかきまわしている妹を見つめた。背骨がじんじんと振動している。ハサミの音の余韻だ。

妹が顔をこちらに向けた。今蕗子に気づいたようだが、ふくれっ面は変わらなかった。イヤホンを耳からはずし、

「お姉ちゃん、あれどこ、先週買ってきたニット」

「スピック&スパンのニットのこと？　蓮《れん》ちゃん、わたしまだ一度も着てないんだけど」

「だから？　わたしはあれが着たいの、で、スカートはねえ、チュールレースのやつあったでしょ、あれ貸して、明日みんなとカラオケなんだ」

カラオケなんかに着ていくの？　という言葉を蕗子は呑みこむ。それを妹の蓮子《れんこ》がさぐるように見てくる。

「言いたいことあるなら言ってみなよ、お姉ちゃん」

蕗子は目を落とす。するとブラウスを踏みつけている蓮子の足が目に入る。床じゅうに散乱した服も。これらを買いそろえるのに家庭教師のバイトを三件かけもちしているのだ。

「わかった、ニットとスカートね」蕗子はにっこり笑うと、散らばった服を踏まないよう、よけて歩いてタンスの前まで行き、引き出しから出してやった。それから、

「このニットにはピンクのスカーフをあわせるといいわ」スカーフも出して、わたしてやった。

「ふーん」蓮子はスカーフをつまみあげ、

「オレンジないの？　わたしオレンジ色のほうが好きなんだ」

「ごめん、オレンジはちょっとない」

「えー、ダメじゃん」

「でも大丈夫。買ってくるから」

「えっ、今から？」

「だってカラオケ明日でしょ、大丈夫、待ってて」

蓮子の中途半端にあいた唇が歪み出す。そして不意に顔をそむけた。

知らないもん、わたしじゃないもん。そう訴えていつまでも泣きじゃくっていた十数年前のあの日。

ピアノ教室から帰る途中に寄ったスーパー、リンゴのアップリケのレッスンバッグ、母親の手作りのおそろいだったレッスンバッグ、そのバッグから出てきた干支の置物、とぐろを巻いた瀬戸物のヘビ。

わたしは、いつもわたしにくっついてくる妹が厭だった。

何でもわたしの真似をしたがり、できないと怒って拗ねる妹が鬱陶《うっとう》しかった。

そのうえそんなわがままな妹を、大人たちは叱ることもなく、やさしく慰めたりして甘やかすのだ。

じゃあ、わたしは？　我慢して頑張っているわたしは？

ずるい！

妹ばっかりずるい！

知らないもん、わたしじゃないもん、と泣いていた妹。

妹のレッスンバッグに入っていた、およそ小学生が欲しがるとは思えない干支のヘビ。

妹は泣いて言いはった。どれだけ店員がうんざりしていようが、弱りきった両親がとにかくごめんなさいを言わそうと、またも甘やかしてなだめすかそうが、いつまでもねばって泣き叫んだ。知らないもん、わたしじゃないもん、きっと誰かが知らないうちに入れたんだ！

蕗子は財布をあけて、スカーフ代が足りるかチェックする。背後から妹の声が言った。

「やっぱりいい、スカーフいらない」

「大丈夫。どうせ今からまた出かけるんだし」

「買ってこなくていいって言ってるの！」

「ほしいって言ったの蓮ちゃんじゃない、いいから待ってて」

「いらないってばッ」

妹の怒鳴り声とドアをしめる音と、そしてもう一つ、重なった。んじょっぷにぃぃぃぃいぃ！

それは真っ直ぐ脳天を貫いたが、蕗子はもう驚かなかった。

じょっぷに、じょっぷに、音がついてくる。花柄とドットどっちにしよう、じょっぷに。原色よりパステルカラーにすべきか、じょっぷに。目についたショップ全部見てまわっている、じょっぷに。これで何軒目、じょっぷに。あっこのチェックもいいかも、じょっぷに、じょっぷに。

どれがいいか蓮子に訊いてみようとスマホを出したときだ。ちょうど着信メロディーが鳴った。英美里からだ。

「蕗子、今どこ、早く来て、美織が——」

直ちに蕗子は身を翻した、店を出ようとしたが、自動ドアの前でけたたましくアラームが鳴る。

防犯ゲートが反応したのだ。店員が駈けつけてきた。警備員もやってきた。店のドアガラスの外側は今や完全に夜の街となり、輝くネオンの下を人々が笑いさんざめきながら通りすぎていく。

「お客さん、これは当店の商品ですよね？」

もどしたつもりのスカーフがバッグの金具にひっかかっている。

あ、と口を開いたが、言葉が出てこない。スカーフをつまんでバッグからはずし、でもどこへやったらいいのか。

盗んだんじゃありません、ひっかかっていたのを知らなかったんです。そう釈明すればすむことだとわかっていた。だけどできない。自分が許せない。これまで何十回、いやひょっとしたら三ケタに達したかもしれない回数、独自に練りあげたルールに則って、慎重の上にも慎重を重ね、漠市のハサミの件は例外だけど、一度も仕損じることなくことを為しおおせてきたのだ。なのに、ここに至ってこんな凡ミスを犯すとは。しかも今回ばかりは無実。

その無実を素直に受け入れられないのだった。きちんと説明すれば店員らも誤解だと納得してくれるだろう。だがそれをしたら、ことを為し続けてきたこれまでの年月を、おのれの存在意義を、否定することになる。

んじょっぷにぃぃぃぃぃぃぃ！

蕗子はバッグに手をつっこんだ。財布を出した。「お金を払えばいいんでしょッ」じょっぷに。

ところが手にしていたのはハサミだった。パッケージに入ったままの、税込み六六九円の、価格シールの端に折れ目がついた、大学の帰りに川に捨てたはずの、ハサミだった。ぐっしょりと濡れている。

蕗子は叫びをあげハサミを放り出した、じょっぷに。ついでにスカーフも「返せばいいんでしょッ」投げる、じょっぷに。

そして回れ右して逃げた、全速力で走って逃げた、じょっぷに、じょっぷに。


タクシーを降りると、その公園は高いフェンスで囲まれ、闇空にその編目が街路灯のあたるところだけ浮かび上がっていた。蕗子は公園には入らず、出入り口から窺う。砂場に残されているのは半分崩れた山。無人のブランコは一ミリも動かない。

英美里に電話しようとバッグに手を入れた。もし今出したこれがスマホではなくあのハサミだったとしても絶対に驚かない、と心を決めて手に持ったものを見る。

はたしてハサミだった。パッケージの〈ラク〜に切れるロング刃、切れば切るほどよく切れる！〉とプリントされた台紙が濡れてふやけている。

いい加減にしろっ。

じょっぷにじょっぷにとうるさいっ。

ハサミを茂みへ投げ捨てた。ガサッと落ちる音がした。それから蕗子は気を落ち着かせ、バッグの中を覗き、ハサミが入っていないことを確認するとともにスマホを出した。

「英美里、どこ、着いたんだけど」

「ここ、こっちこっち」と耳もとのスマホと、公園内からの生の声が重なる。お城の形をした遊具から二つの人影が出てきて、英美里のほうが手を振っている。

走ってきた二人に蕗子はぎょっとなった。美織の片目がつぶれている。目蓋が腫れあがって変色もしていて、目をふさいでしまっているのだ。

英美里が言った。「樽本のやつ、とんだDV野郎だった、許せない」

美織が泣き出した。服もひどいことになっている。しわくちゃで、ストッキングも大きな穴があいていて、擦り傷の血がまだ乾いていない。英美里が説明する。

「樽本のやつ、なんか大学にいるときから見張ってたみたいで、わたしと美織ずっとつけられてたみたいで、蕗子との待ちあわせまでスタバで時間つぶしてたんだけど、店を出たらいきなり後ろから突き飛ばされて、樽本、ラインや電話が通じないって美織のことぼこぼこに殴って、なにいちゃついてんだってまた殴って蹴りまくって、スタバの店員のことらしいんだけど、でもいちゃついてなんかない、全然ない、美織は普通にラテ頼んでお金払っただけ。もうわたしびっくりして怖くって、必死で美織つれて逃げたんだけど、でも樽本は美織の家知ってるし、とにかく蕗子が来るまでこの公園で隠れてようって」

美織が声をあげてさらに泣く。英美里も泣く。蕗子は二人を抱きしめる。

「美織、かわいそうに！　英美里もよく頑張った！　二人とももう大丈夫だからね、とりあえずわたしのうちへ行こう、それからゆっくり考えよう、美織が樽本と別れる方法を考えよう」

英美里が蕗子の手を振り払った。

「蕗子、全然わかってない！」

「なに？　どうしたの？」

「だから蕗子じゃん！　蕗子が美織のスマホ切ったじゃん、そのせいで樽本が逆上したんだよ、わかってる？　もっと慎重に行動するべきだったんだよ、なのに頑張ったねって、大丈夫よって、あーもー、蕗子なんかじゃなく警察に電話するんだった」

今なんて？　蕗子なんかじゃなくって言った？

「みーおりたん」

その声は思いもかけぬほど間近で聞こえた。「探したよ美織たん、あんまり心配かけんなよ」樽本だった。どういう意図でやっているのか首を、右、左、と交互に倒しながら迫ってくる。

とっさに蕗子は美織と英美里を背後にかばった。後退《あとずさ》る。が、後退ったらそこは公園の中だ。まずい、フェンスで囲まれたここは逃げ場がない。樽本が出入り口に立ってふさいでしまった。

ところが、樽本はいきなり腰を折って頭をさげた。

「美織たん、ごめんなさい、許してください、見て見てこのとおり」自分で自分の横っ面を打ち出した。

「どうだ！　反省したか！　もう一発だ！」ひと声叫ぶごとに自分の頬をひっぱたいている。肉を打つ音が暗闇に響く。

「やめて、やめてぇ」美織が樽本へ飛びついた。「美織なにするの！」英美里が叫ぶが、美織は打ち続ける樽本の手をつかまえると、そのましっかりと腕を組んだ。

「蕗子、英美里、わたしやっぱりタルくんについていく」

「なに馬鹿言ってんの」英美里が声を嗄《か》らす。「自分のやってることわかってる？　さっき殴られたばっかじゃん、お岩さんみたいになってるじゃん」

「ううん、タルくんは悪くない、悪いのはわたしなの、わたしの愛が足りなかったの。ごめんねタルくん、迎えに来てくれてうれしい」

「馬鹿じゃないの、待って美織、行っちゃダメ！　どうしよう蕗子、美織が行っちゃう、また樽本にぼこぼこにされちゃう、どうしよう」

しかし蕗子は落ち着きはらって、

「大丈夫」

「また適当なこと言って！　大丈夫なわけないじゃん、全然大丈夫じゃないじゃん！」

「あのね英美里、わたしは一度だって適当なこと言ったつもりはないけど？　わたしが大丈夫って言ったら大丈夫なの、だって聞こえるんだもの」

じょっぷに、じょっぷに、じょっぷに、じょっぷに、音はずっと鳴り響いていた。だから蕗子には確信があった。

バッグに手を入れ「待ちなさいッ」じょっぷに。

中を探しながら「待ちなさい樽本ッ」じょっぷに、じょっぷに。

ほらね、じょっぷに、やっぱりあった。

パッケージは表側のハサミの形に成形したPP樹脂と、裏側の台紙とがホチキスでとめてあって、簡単には中身を取り出せないようになっていた。だが台紙が濡れてふやけていたせいで、ちょっと力を入れたら破けた。ハサミが蕗子の手に転がり出る。

ひやっとする感触の、刃の部分の特殊ステンレス鋼。指にフィットする握りの曲線。蕗子は感慨を味わった。今までことを為してきた回数は数知れないが、品物をこうしてパッケージから出してさわったのは初めてだ。

「なんだあ、ハサミなんか出して」

樽本がせせら笑う。

「なにするつもりだ？　そんなもんで脅す気か？　おっ、切るってか？　それで手を切るってことか？　ダジャレか？」んじょっぷにぃぃぃぃぃ！　ほんとだ、ラク～に切れた、気持ちいい。

ぎゃあああああ！

叫んだのは美織だった。組んでいた樽本の腕を離し飛びすさる。樽本は美織のいなくなったあとの自分の腕を凝視する。その正面に立ち、蕗子は握ったハサミを突き出している。ハサミの刃が入ったのは樽本の腕の、肘と肩の中間あたりくらいだった。まだ一回じょっぷにとやっただけなので、三分の一くらいが切れただけだ。

血は一瞬遅れて出るらしい。あるいは異常に興奮した神経には時の流れが遅れて見えるのか。どちらにしても蕗子はこの一瞬が永遠に続けばいいと思った。それほど満ち足りた瞬間だった。

が、あふれ出てきた血に、蕗子ははっと我に返った。「あ、ごめん、ごめんなさい」わたし、何してるんだろ？

ところが蕗子の手にしたハサミが、ふたたび刃を大きく開き、じょぷっ！

何か硬いものにあたる感触がして——たぶん骨——刃は止まったが、それもごくわずかな時間で、めりっと食いこんだ感じのあと、一気に閉じた。つぷにぃぃぃぃぃ。

それでもまだ腕はぶらさがっていて、樽本はまるで五歳の子どもみたいないたいけな顔になって、眼差しで蕗子に問いかけてくる。

「大丈夫、大丈夫だから」蕗子は強張った笑みで取り繕《つくろ》うが、手の中でハサミが再度開いた。じょっぷに！

腕が落ちた。予想したよりも軽くてつまった音がした。樽本が尻もちをついた。こっちの音は大きく重たかった。

誰も動かない。樽本の残った腕の切り口から噴き出す血がアスファルトを叩きつけ、この場で動いているのはそれだけ。

突然、美織がしゃくりをあげた。蕗子はびくっとなった。振り向いて美織を見る。血のにおいがだんだんしてきた。美織の開いている目と腫れてふさがっている目、両方から涙が平等に出てきた。

「蕗子、ひどい、どうしてこんなこと――」

どうして――

どうしてって、それをわたしに訊くの？

美織がきゃあと叫んだ。

蕗子の握るハサミが、切っ先を美織へと向けていた。美しい。こんなに血まみれなのに、ハサミの刃はいよいよ冴えて輝いている。握りのカーブの絶妙さといったら、さし入れた指がきつくもなくゆるくもなく、しっくりと落ち着く。

「やめて、蕗子、お願い」

美織が腕をかざし身を守ろうとしている。蕗子はいたく傷つく。救ってあげたのに、呪いを解いて救ってあげたのに——。それでも美織に微笑みかけて、

「やだ、嘘、嘘、冗談だって」ハサミを投げ捨てた。が、「あれ？」

投げたつもりなのに、ハサミはまだ蕗子の手に握られていて、真っ直ぐ美織へと向かっていく。蕗子もひっぱられる。右手のハサミにひっぱられる。

いやあああ、とあけた美織の大口をハサミはめがけ、じょっぷに！　唇の左の端から耳まで、裂けた。間髪をいれずに反対側も、じょっぷに！

蕗子は陶然となる。美織の頬肉の弾力が、すっぱりと断ち切られたときの小気味よさといったら！

美織はへたりと腰を落とし、痙攣のようにひくつく指で頬を押さえようとする。頬の裂け目がめくれあがって、歯とか歯茎とか、血と涎《よだれ》にまみれたのが奥歯まで露出して、そんな惨《むご》い有様だというのに美織の顔はひょうきんに笑っているようだ。

はっとして蕗子は美織へ、

「ごめん美織、わたしこんなつもりじゃ」

しかし美織は次第に地面へ突っ伏していく。

英美里はと振り返って見る。英美里は突っ立っている。両手を口にあて、眼を限界まで見開いて、さっきからその体勢のまま動けずにずっと見ていたのだろう。

「あのね英美里、なんかこれ、取れない」左手で右手のハサミをもぎ取ろうとするが、びくともしない。握りの部分から指を一本一本はずそうとしてみても、ひっかき傷がつくばかり。

「いやっ、こっち来ないで」

「でも英美里、これ取れないんだけど」振り落とそうとしても、むしり取ろうとしても、ハサミは手にぴったりくっついて離れない。

「来ないでってば」

「ねえ英美里、わたし思ったんだけど」

「来るな、バカ、あっち行け」

「こうなった責任は英美里にもあるんじゃないかな、もちろん人のせいになんかするつもりはないけど。でも英美里、さっき、あなた、蕗子なんかに電話するんじゃなかったって言ったよね？　わたしが大丈夫って言っても全然大丈夫じゃないって言ったよね？」

蕗子の腕がぴんと伸び、英美里へと向けられた。持っているハサミが跳ね、次の標的を定めたのだ。

ぐいっと蕗子はひっぱられた。突き出した右手が、右手の握るハサミが、蕗子をひきずって英美里めがけて突進していく。

やっと英美里が動いた。身を翻して走り出した。でも走った先は公園の中だ。四方は高いフェンスに囲まれ、出口は一箇所しかない。

蕗子も公園へ入る。右腕は前へ伸び、体も倒れそうなほど前へ傾き、つんのめりながら英美里を追う。ハサミを持っていないほうの腕を溺れた人みたいに振りまわし、足もがむしゃらに振りあげながら、追いかけまわす。

なぜだか英美里は声を発さない。助けてと叫ばない。蕗子も無言で追う。無言の追いかけっこ。聞こえるのは二人の息遣いと土を蹴る足音だけ。それを夜の闇が吸いあげていく。

自分の部屋のドアをあけたら妹がまだいた。人のベッドに寝そべってスマホをいじって、耳にはイヤホン。だが意外だったのは部屋が片づいている。床いっぱいに散らばっていた服がきれいになくなっていて、あけっぱなしだったクローゼットも閉じられている。

蕗子は電気を消した。

「えっなに？　お姉ちゃん？」蓮子が起きあがったらしくベッドが軋《きし》んだ。「帰ったの？どうして消すの？」

「ごめん、スカーフ忘れた。電気は今つけないほうがいいと思う」真っ暗になった部屋に入ってドアをしめた。

「どうしたの、変だよお姉ちゃん、スカーフはもういいよ、そう言ったじゃん」

　このままベッドに座っているか、それとも立って灯りのスイッチを押すか、蓮子の迷っている気配がする。結局こう言った。

「夕ご飯遅いな、階下《した》でお母さん呼んでなかった？」

「うん」

「うんてなに、呼んでたの、呼んでないの、どっち？」

「うん」

　蓮子のため息が聞こえた。

「まあいいや、お姉ちゃんに話があるんだ、そうだね、暗いほうが話しやすいかも」

　居住まいを正している。蕗子は距離をあけ立ったままだ。

「お姉ちゃんは病気じゃないかな」

　こんなときにいきなり何を言い出すんだろう、この妹は。

「わたし、もうやめにしたい。お姉ちゃんはなんでもわたしの頼みきいてさ、どんな無理言っても絶対に怒らないし、そりゃ最初はわたしも便利でいいやと思ってたけど、こんなのおかしいよ、普通じゃないよ。わたし、お姉ちゃんとつきあってるとどんどんワガママになって自分が抑えられなくなってさ、今日もこんな夜に買い物に行かせて後味すっごく悪いんだ、自分が嫌いになっちゃうんだ、ねえ、お姉ちゃんもそうじゃない？」

「べつに」

「お姉ちゃん、気持ち悪いよ。どうしてなんでもかんでもわたしの言うことときくの」

「それを説明すると長くなるけど。あれは小学二年生のとき、蓮ちゃんは一年生ね」

「一年？　なんかあったっけ」

「忘れちゃったんだ？」

「お姉ちゃん、さっきからなにしてるの？　落ち着かないなあ、体かゆいの？」

ハサミが勝手に飛び出そうとするから、それを止めようと必死なのだ。伸び上がる右手を左手でつかまえ引きもどす。それでも右手は暴れるから、それをつかんでいる左手も一緒になって上がったり下がったり。横へ斜めへ前へとくねくね踊る。

「蓮ちゃん、どうしてそんなこと言うの」

「えっ、なんのこと？」

「頼みをきいてあげるのがおかしいとか、もうやめたいとか、こんなときにどうして言うの」

じょぷじょぷじょぷじょぷ……

じょぷじょぷじょぷじょぷ……

「お姉ちゃん？」

じょぷじょぷじょぷじょぷ……

「なんの音?」

「ああ、いやだ、もういやだ」

蓋子の手の中でハサミが開閉を繰り返しているのだ。一定のリズムと速さでもって、もてあましている待ち時間を切り刻むかのように。もしくはタイミングをはかるかのように。じょぷじょぷじょぷじょ、

ハサミが飛んだ。蕗子の体もひきずられて飛んだ。が、蓮子は案外、反射神経が発達していた。かわしてダッシュして、蕗子の脇をすり抜けるとドアをあけ部屋を飛び出す。

しかし蕗子は追うことはせず、階段を駈けおりていく蓮子の足音に耳を澄ませた。階段をおりきると次は廊下を走る音、ドアをあける音、お母さんと呼ぶ声、探しまわる音、そしてキッチンへたどり着いたのだろう。

静寂。

切って落とされた静寂。

実際、何も聞こえなかった。けれども蕗子は、蓮子の声なき絶叫が耳の奥の鼓膜に突き刺さったのを感じた。この衝撃、懐かしい。スーパーのバックヤードの小部屋に響きわたっていたあの泣き声が思い出される。

蕗子は階段をおりていった。

対面式キッチンの照明が暗闇に慣れた目には痛かった。あり得ないほど深い角度でのけ

ぞって、シンクへ頭を突っこんでいる母親の体があった。というのも、乳房の下のところでブラウスごとぱっくりと割れているのだ。母親の体は仰向《あおむ》けに二つ折りになって、シンクの縁にひっかかっている状態なのだ。

切断面はてらてらと赤黒く、ぎっしりつまった中身が盛りあがってきている。シンクの中では髪の毛を振り乱した頭が、首をほぼ九十度に折り曲げ、コップを倒し鍋を押しのけ窮屈そうにおさまっている。髪の毛の隙間から眼が、まばたきのしない眼が、こちらを凝視している。

充満しているのはむせるような血のにおいだ。吸いこむと胸の中で液体にもどって、ひたひた喉もとまでせりあがってくるにおいだ。血だまりに妹がぺたんと尻をつけて放心している。あれではジーンズを通りこしてショーツにまでしみているだろう。

「だってね」蕗子は言い訳した。

「ほんとによく切れるハサミなの、ラク〜に、切れば切るほど、ほんと切れちゃうの」

のろのろと蓮子の顔があがった。すると蕗子のハサミを持った右手もそちらへと伸びていく。じょぷじょぷじょぷじょぷじょぷじょぷ……

これが終わったら、最後までやりとげたら、もう一度漠市へ行ってやすらぎ文具店を訪ねよう。大丈夫、ハサミは今度こそ返せるはずだ。だって、これさえすめばきっと呪いは解かれるんだもの。だってわたし、もの凄く頑張ったもの。

じょぷじょぷじょぷじょぷ……ハサミの開閉は繰り返され、
じょぷじょぷじょぷ……それはドラムロールのごとく、
じょぷじょぷじょぷ……背骨に響いて腰骨にじんわりたまって、やがて体じゅうに満ち満ちていく。

浅田《あさだ》彰吾《しょうご》は携帯端末機で受取状のバーコードを読み取ると、トラックの荷台のドアをしめた。これですべての配達が完了だ。今日は夜間指定の荷物が多くて、こんな時間になってしまった。早く帰ってビールを飲みたい。今夜はかみさん特製の大根とサツマイモのチキンカレーだ。でもそのまえに娘の寝顔にただいまの挨拶をしなきゃ。もうすぐ一歳になる娘が初めて浅田をパパと呼んだのは、つい昨日のことだ。あまりに感激して、嫁になんか行くな、一生パパのそばにいろよお、と悶絶したら、かみさんにバーカと笑われた。

闇は黒というよりも、紫の生地を湿らしたような色だった。その紫が、なんだか皮膚にぺたりと張りついてくるようで、思わず首をさすってしまう。それに静かすぎやしないか。まるで家や街路樹が息をつめ、じっとこちらを窺っているようだ。そんな気がするのは、ここが漠市のせいだろうか。

いやいやと浅田はかぶりを振った。静かなのは夜の住宅街だからだ、ごく自然なことだ。トラックに乗りこんで、発進するまえに室内灯を点けて地図を確認する。

漠市には通ってはいけない場所がある。

浅田が勤める宅配会社では、仕事用の携帯電話や住宅地図などの支給はなかった。けれども配達の担当エリアが漠市にかわったら、この地図をわたされた。ところどころ赤でマークされているのは、点だったり、線で囲ってあったり、そこがアタサワだと教えられた。漠市にあるこれら決して入ってはいけない区域、近づいてはいけないものの総称を、アタサワというのだそうだ。

浅田はつい笑ってしまった。しかしエリア支店長は大真面目だった。もし君がアタサワと接触して何かあったとしても自己責任だから、会社からの補償はないから、いや、補償しようにもたぶん無理だから、補償とかそういうレベルじゃすまないから。浅田も漠市の噂は知っている。けれど、いくらなんでもやりすぎじゃないか?

しかしまわりを見まわすと、同僚のドライバーたちはみな、漠市を走るまえには必ずその地図で厳重にチェックし、細心の注意を払って配達ルートを決めていた。それが浅田の会社では当然のことだった。そしてなにより浅田を真剣にさせたのは、会社の人間は誰一人として漠市の話をしない。ひと言たりとも触れない。面白がって漠市の噂をするのは、仕事でもプライベートでも漠市に出入りする必要のない者だけだ。

トラックを発進させようとアクセルを踏む。瞬間、ブレーキペダルに踏みかえた。ガクンと車体が揺れ、浅田はひやっとし、腹立ちまぎれにクラクションを叩いて鳴らす。音がい。

闇を貫いた。ところが、フロントガラスの向こうを横切っていった人影は振り向きもしな

危なかった。轢《ひ》くところだった。でも悪いのは向こうだ。ヘッドライトが点いているっていうのに車の前に出てくるなんて、どういうつもりだ。

その人影は角を曲がって細い通りへと入っていく。浅田はべつの汗が出てきた。おいおい待てよ、ヤバいんじゃないか？

そっちへ行っては駄目だ、地図に書いてある、そっちにはアタサワがあるんだ。

エンジンを切って、トラックから飛び降り、人影を追う。通りへ入っていったのは女性だった。ヘッドライトの前を横切ったとき見えたのは大学生くらいの、それもかわいい子だった。うちの娘だって二十年後はきっとあんな美人だ。

だが、通りにはもう女性の姿はなかった。というか、街灯もなくて暗いからよくわからない。並ぶ家々は塀や垣根が馬鹿に高く、窓灯りがさえぎられている。浅田はそろそろと歩いていき呼んでみた。「あのう、誰かいますか？　そっちは行かないほうが――」

――じゃない。

声が聞こえた。女性の声だった。

――やすらぎ文具店じゃない。どうして。小鳥屋ですらない。

文具店だって？　文房具屋なら通りの先にあるはずだ。店の名前はわからないが、地図

に記されていた。今その店はシャッターがおろされている。だが女性の声がしたのはそこではなく、道を挟んで向かい側の建物からだった。建物の窓の格子に、赤や緑にチカチカ光るクリスマスの電飾みたいなやつが巻きつけてあって、弱い光ではあったがおかげでかろうじて見えた。

後ろ姿だった。女性は建物の壁の前で、壁に向かって、立っているのだった。それも壁の間近に、壁に鼻の頭が触れるほど間近に、立っているのだ。

それ以上、浅田は近づけなかった。壁に鼻をくっつけて立っている女なんて絶対におかしい。地図によると、女性のいる建物こそが、アタサワだ。

女性が喋っている。はっ、と息だけの笑いを漏らし、

結婚相談所って、文具店でも小鳥屋でもなく、やすらぎブライダルって、どういうことよ？

壁のモルタルに直に書かれた文字が、チカチカ光る電飾に照らし出されている。確かに『やすらぎブライダル』とある。ハートも描かれてある。微妙に歪んだハートが。

だからどうしてハサミを返せないの？　呪いはまだ終わってないってわけ？

ガツッとつまった音がして、浅田はびくんとなり、壁のモルタルの欠片《かけら》がポロリと落ちた。

女性が壁に突き立てたのはハサミだ。なぜハサミなんか持っているのだろう。それもハ

サミの握りに指を入れて握りしめ、まるで今から切り始める、もしくは今いろいろと切っていたところ、というように持っている。その手がおもむろに持ち上げられた。ハサミが女性の顔の横まで来て、そして刃の開閉が始まった。

じょぷじょぷじょぷじょぷ、音は連なって、闇の中を蛇行しながら浅田のところまでやってくる、じょぷじょぷじょぷじょぷ。

そうかもね、終わってないのかもね、じゃあ今から本当のこと言うから。

じょぷじょぷじょぷじょぷ鳴らしながら、女性は話し出した。もちろん浅田にではない、アタサワである建物の壁に向かってだ。

実はわたし、じょぷ、万引きなんてしてないの、じょぷ、あっこのハサミのことじゃなくて昔の話、小学二年のときのこと、じょぷじょぷ。万引きしたのは妹のほう、スーパーで干支のヘビの置物を盗ったの、よりによってなんでヘビ、なんで干支と思うでしょ、きっと親の気を引きたかったとかそういうことだと思う、あの子昔からなにやってもわたしにかなわなかったから。でもね、じょぷじょぷ、もしかしたらね、じょぷじょぷ、妹の言ってたとおりだったのかもしれない、ほんとは盗ったんじゃなく、ヘビが棚から落ちるかなにかして偶然レッスンバッグに入っちゃったのかも、今日ちょうど似たようなことがあったのよ、じょぷじょぷじょぷじょぷじょぷ……

この人は何を言っているのだろう、呪いって何だ。浅田にはさっぱりわからなかった。

じょぷじょぷという響きの行列が、靴の先から巻きついてのぼってくるようだ。

でもわたしが言いたいのはそんなことじゃない、じょぷじょぷ、あれは呪いだった、じょぷ、あのとき誰かが呪いを解かなきゃならなかった、じょぷじょぷ。息苦しい部屋、じょっ、重たい空気、んじょっ、そしてギャンギャン泣き叫ぶ声、んじょっんじょっ。あくまで妹が自分じゃないと言い張るなら真犯人はほかにいなくてはならない、責めを負う者がいなくてはならない、そうすればみんなが救われる、解放される、わたしにはわかる、みんながそれを望んでいる、だから言った、わたし言ってやった、顔をあげ、じょっ、胸張って、んじょっ、高らかに、んじょっんじょっ、わたしがヘビを妹のバッグに入れましたあ、んじょっぷにぃぃぃぃぃぃ！

ヤバい、逃げろ！　浅田は回れ右をした。走らなきゃならんのに膝がガクガクする。地面から靴の裏をはがすようにしないと足があがらない。あれ鼻か？　女が喋りながらハサミで切ったあれ、自分の鼻か？　いや見なかった、俺は見なかった、俺は、なんにも、見なかった。

じょっぷにじょっぷに、だけどがっかりだった、呪いが解けて世界が救われた瞬間て、なんだこんな感じかってがっかりだった、万引きして妹に罪をなすりつけたってことになったんだから罰は受ける覚悟だった、わたしはみんなを救うために犠牲になったんだから誰に知られなくても満足だと思った、だけどなかった、感動とか喜びとか達成感、全然なかった、そもそも誰も喜んでなかった、急にみんなバタバタと謝ってお辞儀して挨拶して、わたしは親にひっぱられて帰った、それだけだった、わたしには罰すらなかった、そう、これこそがわたしの呪い、このときわたしは呪いにかかった。だって、じょっぷに、そうでしょ、じょっぷに、自分のことは我慢して、いつもまわりのこと考えて、みんなのためを思って色々やってるんだけど、でもその割にわかってもらえない、ねえ成果って、頑張ったら頑張っただけ出るものでしょう？　でも喜びとか達成感とか、わたし味わえてない、頑張れば頑張るほど味わえてない、それは足りないから？　努力がまだ足りないから？　呪いだってだから解けないの？　ねえ、じょっぷにじょっぷに、どれだけ切ればいい？　じょっぷに、あとどれだけ切れば呪いは解ける？　じょっぷに、親友も切っちゃったし母親や妹も切ったし、あと残っているのも切るから、これも切るから、すぐに切るから、頑張って全部切るから、じょっぷに……

振り向いてはいけないとわかっていながら浅田は、通りから抜け出すときに後ろを見てしまった。

しかし見えなかった。街灯もなく家々の高い塀に阻《はば》まれ窓灯りもとどかないから、通りの奥にあるアタサワと女のようすは暗闇に閉ざされてしまっている。生まれて初めて浅田は闇に感謝した。

だが耳を澄ませば、あの音が忍び寄ってくる。

そして、ぼとっ、びちゃっ、という、何か重さと弾力があって水気もあるものが、次々と落ちる音。

耳をふさいでトラックへ飛び乗った。エンジンをかけ急発進する。アクセルを踏む。ひたすら踏む。手を洗わなきゃ。どこかで手を洗わなきゃ。会社からアタサワの地図を支給されるとともに、手洗いの徹底も言い渡されていたのだ。手を洗わなきゃ、手を洗わなきゃ、帰宅して家に入るまえに。

でも、手を洗ったくらいでどうなるっていうんだ？　通りの奥に充満していたのは、得体の知れない言いようもない禍々しさ。どろどろとどす黒いのが体の中まで浸食してくるような不吉。

手を洗えばいいって、それ人間が勝手に言っていることだろう。あれは、通りの奥のあれは、そんな人間の道理なんて知ったこっちゃないんじゃないか？　去年の冬、俺はけっこう頑張って手洗いしたけど、予防接種だって打ったけど、インフルエンザにかかったぞ？　妊娠中だったかみさんにめちゃくちゃ怒られたぞ？　だけど同僚は、予防接種どころか手もろくに洗わずに握り飯を食っていたのに、風邪一つひかなかった。

それでも唱える、手を洗わなきゃ。他にすがるものがないから人の道理にすがる、手を洗わなきゃ。娘の寝顔を、もうすぐ一歳になる娘のぷっくりとした頰を、ただそれだけを思い浮かべ、手を洗わなきゃ、手を洗わなきゃ、手を――

この夜のハサミ女のことを浅田は誰にも話していない。幸いなことに――あるいは手の皮がすりむけるまで洗ったおかげか――あれから身のまわりで特に変わったことはなかった。異常なことも起こらなかった。でも、だからこそ話せない。話したら最後、今までなんとか守られていたものが、たちまち塵《ちり》となって消えてしまうような、得体の知れない何者かによって無残に踏みつぶされてしまうような、そんな気がするのだ。考えすぎだろうか。だが、会社で漠市の話がいっさい出ないのは、おそらくそういうことなのだ。娘が一歳の誕生日を迎えた。

浅田の配達エリアがかわった。浅田から会社へ願い出たわけではなく、漠市の担当は定期的にかわるのだ。今でもハサミを見ると、腹の中で内臓が逃げ道を求めて軋《きし》みだす。そんなとき浅田は大急ぎで自分を騙《だま》す。なんでもない、なんでもない、俺は何も知らないし、見なかったし、そもそも何も起きなかった。

こうやって、これから先もおおむね平穏に生きていくのだ。

だあめんかべる

猛然と進むその車椅子を見たとき、田村《たむら》は厭《いや》な予感がした。

車椅子の上で老婆は目を血走らせている。早く早くと前のめりになっている。椅子を押すのはインターンシップの学生。トイレか？　排泄の介助はするなと言ったのに。ところが車椅子はトイレを素通り、廊下を曲がって行ってしまった。まずい、これはもっとまずい、『アネモネ』に行く気か。

田村は追った。が、走るのは原則禁止。せいぜい大股になって早歩きして、やっと『アネモネ』の共同生活ホールまで来たら、

「このどろぼう猫めがッ」車椅子の老婆がげんこつを振り上げている。

「わしの政蔵《せいぞう》さんはどこだッ」怒鳴っている相手は『アネモネ』の老婆だ。

「政蔵さんを出せようッ」

すると怒鳴られた老婆は何を思ってか、この暑い盛りになぜか巻いているマフラーを、はずしてさし出した。

「マフラーなんかいらんわッ、わしは政蔵さんがほしいんだよう」

「待ってください須間《すま》さん」田村はなだめにかかる。「勘違いしちゃったかな、ここは『アネモネ』ユニット、ご自分のユニットに帰りましょうね」

老人ホーム『はるさわ苑』の介護スタイルはユニットケアだ。入居者が十人で一つのユニットを組み、そこに専任の介護スタッフがつく。入居者はいつもの仲間とともに日々の生活を送り、それをいつもの人がお世話をして支えるのだ。

須間さんのユニットは田村が担当する『さくら』だった。田村は須間さんをつれて早く『さくら』にもどりたかった。なぜなら『アネモネ』ユニットにはあいつがいる。

「さあ帰りましょう」

「うるさいッ、政蔵さんをよこせよう」

職員が集まってきた。須間さんはブンブン腕を振り「わしは知っとるんだ、このババアは政蔵さんをかくしとるんだ」田村は焦る。まずい、あいつが来る、まずい——

強引に車椅子を押して離れようとした。しかし田村は見た。マフラーの老婆が自分の口に何かを押しこんでいる。

「今このかた、口に！」

職員たちの顔色が変わった。老婆を囲んで「出して、お願いだから飲まないで」

だが老婆はつぐんだ口にさらにマフラーをあて、ふさいでしまう。頬の皮が内側からポ

コッと押しあげられ、それを指さし須間さんが、

「ほーれ見ろ、やっぱりかくしていやがった」

俺の責任だ。

須間さんをつれてきたのは学生だが、指導係はこの俺だ。窒息死なんてことになったら始末書くらいではすまされない。いや始末書もクソもあるか、今の俺はただのパート職員。そろそろ定年って歳になって一大決心して、パートに甘んじてまで介護の職についたというのに。通勤時間を少しでも節約しようと家まで引っ越したのに。

「ちょっとお、あたしのユニットでなにしてくれてんのよお」

それは田村がもっとも聞きたくない声だった。

けれども職員全員にとっては、そして不本意ではあるがこの状況においては田村にとっても、天の救いの声だった。

あいつ。彩野真梨奈《あやのまりな》。『アネモネ』ユニットのユニットリーダー。

本人は茶髪と言い切っているが、どう見ても金髪。素肌感を究極まで追求したと自慢しているが、しみも毛穴もぬりつぶした厚化粧。ユニフォームのポロシャツは裾を切ってウエストをしぼってある。ツッパリが学生服を改造したみたいだと田村が言ったら、ツッパリなんて、生でマジ初めて聞いたと爆笑された。田村とは親子ほどの歳の差だが、この『はるさわ苑』では彩野のほうが先輩職員で、そして上役だ。

と首を振る。そこへ彩野が手を突き出す。孫が小遣いでもねだるみたいに。

すると老婆がマフラーをおろした。口があき、ぽろり、出てきた。彩野の手が受け止める。


おおー、感嘆の声があがった。神だ！　若い職員が感動している。『はるさわ苑』のカリスマ介護士、彩野真梨奈にまた伝説ができた。叱りつけたりせず、むろん力ずくでもなく、ただ手をさし出しただけで、頑固に拒絶していた入居者が口内の異物を吐き出した。

異物は緑色の玉だった。明るい黄緑色でピンポン玉くらいの大きさだ。一瞬、かぼすとか梅の実とか、そういう類《たぐ》いかと田村は思ったが、よく見ると毛が生えているようだ。短い毛で、それが老婆の唾液で濡れて球体の表面にはりついている。

「それ、なんです？」

しかし彩野は「危ないから没収！」ユニフォームのポケットにしまってしまった。すると性懲《しょうこ》りもなくまた須間さんが「わしのだよう、政蔵さんはわしのもんだよう」つい田村は口がすべってしまった。「いい歳した婆さんが」

「なんだって？」彩野が目をむく。

だが、田村は別のことに気を取られていた。彩野のポケットが変なのだ。ポケットは、マフラーの老婆から取り上げたあの緑の玉が入っているから出っぱっているのだが、その出っぱりが、行ったり来たりしている。あ、跳ねた。緑がちらっと見えたぞ。

「オヤジ、無視すんな、今なんてった？」

「えっ、いや、」見ると、いつの間にか須間さんを乗せた車椅子が、勝手に帰っていく。押しているのはインターンシップの学生だ。これ幸いと田村は追った。背後で彩野が、逃げんなヒキョーモノこの落とし前は絶対つけさせると騒いでいたが、聞こえないふりをした。

『アネモネ』ユニットを充分に離れてから、学生を呼び止める。

「こら、どこ行くの」

「『さくら』の共同生活ホールです」学生は車椅子を止めないから田村も並んで歩く。

「そういう意味じゃなく、それよりなんで須間さんを『アネモネ』につれてったんだ」

「入居者の希望を第一に考えて行動しましょうとマニュアルに書いてありました」

「そうかもしれないけど」

「かもしれないではなく、書いてあります」

「そういう意味じゃなくて！」

ホールに着いた。『さくら』ユニットの入居者たちが、エプロンをしてテーブルについている。午後のおやつの時間なのだ。車椅子から須間さんが、

「きょうはかぼちゃプリンだってさ」

しかし話しかけた相手は、手に持ったネームホルダーだ。ビニールが破れかけた使い古しのそれを愛おしそうに撫でながら「政蔵さん、プリンすきかい？」

「須間さんは認知症を患っていると説明したよね？」

小声になって田村が訊《き》くと学生は頷いた。

「だったら、たとえ行きたいと言われても、余所《よそ》のユニットへつれてったりしたら駄目だってわかるだろう」

「しかしマニュアルには、認知症の人の発言を否定してはいけませんとあります」

返事につまる。学生はスケジュール表を出す。「おやつを食べた人からうがい、四時に居室へ配茶、四時半から排泄介助だけどこれはインターンシップの仕事ではない」確認している。

まずは長所を見つけて認めてやること。サラリーマン時代、田村はそうやって多くの部下を育ててきた。

「矢崎《やざき》君はいい加減じゃないんだね、今どきそういうのは馬鹿にされたりするけど、真面目にものごとにあたるということは、とても大事な資質だと思うよ」

学生は田村を一瞥した。それだけだった。そして須間さんにどこの席がいいですかとまずたずね、車椅子を押していった。それは田村が指導したとおりの行動だった。

定例ケア会議は予想はしていたが、彩野の猛撃にほとほとまいってしまった。須間さんの『アネモネ』乱入事件については田村も自分の監督不行き届きだったと認める。けれども彩野が執拗に糾弾してきたのは、田村がついこぼした愚痴だ。

いい歳した婆さんがとはどういう意味だ、須間ちゃんの恋心を否定するのか、キモいとか思ってるんだろう、逆に若いコなら大歓迎って喜ぶんだこのエロオヤジ最低！

「論点がずれてるんじゃないですか」

「出たよ、オヤジの理屈」

「他人の女性観を、それも事実でないことを、今は議論する場じゃないってことですよ、だいたい議論にもなってない」

「ふふーん、足ひっぱるヤツほど理屈でごまかすんだよね」

少しは援護してくれてもいいのにと見まわすが、職員たちはみな目をあわそうとしない。笑いを噛み殺している者までいる。

「大変です！」会議室のドアが勢いよくあけられた。

「須間さんがまた――」

彩野の舌打ちは聞こえなかった。田村はすでに会議室を飛び出していた。

またしても現場は『アネモネ』ユニットだった。今度は居室だ。田村はあ然となった。

「政蔵さんはどこだ」「やめてやめて助けて」須間さんが馬乗りになっている。乗られているのはこの居室の住人で、ふくよかな大仏様みたいなありがたい顔のお婆さん、と田村も記憶している。床には服やら靴下やらが散らばり、ひっくり返っているのは須間さんの車椅子だ。

「須間さん、落ち着いてください、とにかく離れて」背後から抱えあげた。とたん「なにすんだッ」のけぞった須間さんの後頭部が田村の鼻を直撃した。

本当に星が光った。その星が目蓋《まぶた》の裏でくるくるまわる。それでも田村は踏んばって、須間さんを注意深く床へ降ろす。「わしの政蔵さんはどこだあッ」

と、ぽーんと弾んで転がってきた。

黄緑色の毛の玉だ。『アネモネ』の共同生活ホールで見たのと同じやつだ。

「政蔵さんだ！」須間さんが叫ぶ。

「ちがうちがう」と大仏顔のお婆さん。「あれはチロちゃん、わたしのチロちゃん」

「政蔵さあん、待っとくれよう」

毛玉が止まった。と思ったら、九十度曲がってこっちにやってきた。「おお政蔵さん！」

すると大仏お婆さんも負けじと「チロちゃんや、おいでおいで」

毛玉が方向転換する。お婆さんのもとへ引き返そうとする。

「政蔵さあん」

「チロやチロ」

呼ばれるたびに毛玉はそっちこっちと転がる。田村は鼻の痛みも忘れ見入る。よくできたおもちゃだ。うろうろと、なんだか迷っているみたいじゃないか。音に反応するセンサーでも組みこまれているのだろうか。

それを踏んで止めたのは、パープル色のスニーカーだった。磨いた爪の手が拾い上げた。彩野だ。またこいつのお出ましか。

大仏お婆さんが彩野にすがる。「チロちゃんを返してぇ」けれどもその耳もとに彩野が何ごとか囁《ささや》きかけると、とたんにベッドにさがって待機。まるで調教された犬だ。

「政蔵さあん」

須間さんも床の上から憐れっぽい声をあげた。同時にぷーんと漂ってきた。便臭だ。このタイミングで便失禁か。出かかったため息を田村は呑みこむ。

ともかく須間さんのおむつをかえてあげないといけない。

「ご自分の居室にもどりましょう」声をかけて田村は須間さんを抱えあげた。が、うっかりしていた。車椅子が倒れたままだ。

「彩野さん、すみませんが車椅子を起こしてくれませんか」

「あーあ、部屋がぐっちゃぐちゃ、どーすんのこれ」

「あとで私が片づけますから。車椅子、お願いします」

「あっ須間ちゃん、大事なもの落としてるよ」

いったん須間さんをおろし、自分で車椅子を起こせばいいのだ。だけどできない、やりたくない。意地でも彩野にやらせたい。腰が辛くなってきた。

「彩野さん、こちらの状況、わかりますよね？」

「まあね。自業自得ってやつ？」

いやにゆっくりと彩野は須間さんの首に、拾ったネームホルダーをかけてやっている。我慢も限界だった。腰も限界だ。怒声が喉まで出かかった。が、先に須間さんがネームホルダーをかなぐり捨てた。

「こんな写真いらんわッ、わしは政蔵さんがほしいんだよおおお」そんなに暴れたら便がおむつから漏れてしまう。

「いい加減にしてください！　政蔵さんはとっくに亡くなったでしょ」

しまったと思ったがもう遅い。一瞬静かになって、それから須間さんは声を張りあげ泣き出した。

田村は須間さんをおろすしかなかった。彩野の舌打ちが鳴った。「アンタには思いやりがないのか」それをおまえが言うのか。

「政蔵さんはねえ、須間ちゃんのアイドルなんだ、生きがいなんだ、なのに死んじゃって、かわいそうに須間ちゃん一気に認知症が進んじゃったんだ。今でも愛してるんだよ、さみしいんだよ、愛したくてしょうがないんだよ、そうゆう恋心、アンタわかんないの？」

それくらい知っている。担当する入居者のファイルはひととおり読んだのだ。もちろん須間さんのも読んだ。だが頭では理解しても気持ちがついていけない。政蔵さんは須間さんの長年つれそった伴侶ではない。青春時代の初恋の人、というわけでもない。政蔵さんは同じ『はるさわ苑』の入居者だった。須間さんは八十をすぎて老人ホームで政蔵さんと出会い、ひとめぼれしたというのだ。政蔵さんがまだ元気だったころ、須間さんは毎日のように自力で車椅子を転がしてはエレベーターに乗って、男性ユニットのあるフロアへあがっていったという。なのに話しかけることもできず、物陰からそっと見つめるだけだったという。今でも職員からもらったお古のネームホルダーに、政蔵さんの写真を挟んで肌身離さず持っている。

「女ってさ、恋したらみんな乙女なのさ」

しかし、その乙女の排泄物にまみれたおむつを、俺はこれから交換しなくてはならない。

「なにその顔、バカにしてんだ」

現実を見ているだけだ。

「須間ちゃんの気持ち、わかろうともしないんだ」

認知症患者をどう理解しろというのだ。理解できなくても俺は充分に慮《おもんぱか》っている。

「さあ帰りましょう須間さん」彩野に背を向け、車椅子を引き起こす。だけど須間さんはいやいやをする。

「早く帰ってトイレに行きましょうよ」

「やだよう、わしは政蔵さんといっしょがいい、政蔵さん、政蔵さあん」

「わかった」彩野だ。

「須間ちゃんがそこまで言うんなら、あたしが政蔵さんを持ってきてやるよ、約束する」

持ってくるって何だ、日本語もまともに喋れないのか。だいたいいくら相手が認知症だからといって、できもしない約束をしていいのか。

といっても須間さんだって五分もすれば約束したことなど忘れてしまうだろう。自分が起こした騒動もきっと記憶に残らない。そしてまた政蔵さんを探して騒ぎ出すのだ。

そこで田村は思いあたった。彩野が持ってくると言ったのは、あの緑の玉のことか？

「それ、なんですか？」

「はあ？」

「緑色の毛玉のことですよ、ポケットに入れたでしょ」

「早く行けば？」

「昼にも『アネモネ』のべつのかたが持ってましたよね」

「行けば？」

なぜごまかす。

「あ、須間ちゃんは『アネモネ』に引き取るから。ユニット替えってことで、ヨロシク」

「なんだと？」

だが彩野が告げた相手は田村ではなく、小野寺《おのでら》だった。『はるさわ苑』の数少ない男性職員で、田村より十以上若いが、『さくら』ユニットのユニットリーダーだから直属の上司だ。

小野寺はようすを見にきたのだろう、廊下からこちらを覗いていたが、いきなり彩野にユニット替えを言いわたされ、眉が跳ねあがった。しかし、退《しりぞ》けることはしなかった。

「まさか須間さんを本当に『アネモネ』に移すつもりじゃないでしょうね」

当然ながら田村は抗議した。会議室に残っているのは田村と小野寺の二人だけだ。

「そりゃ私にも不手際はありましたよ、けど勝手にユニット替えって、彩野さんにそんな権限ないでしょう」

「すみません」深々と小野寺は頭をさげる。「田村さんのお怒りはもっともです」

「いや、そういうことじゃなく私は施設全体の問題だと言ってるんです。同僚をアンタ呼ばわり、入居者様はちゃん呼ばわり、でも誰も注意しない、そういうゆるさが彼女を増長させてるんじゃないですか、カリスマだかなんだか知らんが守るべき規律があるでしょう」

「田村さんはここに来てどれくらいになります、一年半？」

「は？」

「まえは建設会社でしたっけ、有名企業なんですよね。早期退職されて老人ホームへ転職とは、人生の大きな決断をされましたね」

「いや、そんなたいそうなことでは」

「だって家まで引っ越されたんでしょう、わざわざ職場近くに。さすが意気込みが違いますよ、でもお一人ですもんね、信念に従った生きかたができてうらやましい」

独り身のオヤジが暇をもてあまして自己実現の真似事をしている、とでも思われているのだ。そんな気楽な立場から意見されてもありがた迷惑と言いたいのだ。

「いやいや、私にも家族がいるんですよ、子どものころ両親が亡くなって、伯母が私を育ててくれたんです。その伯母もだいぶ弱ってきましてね、心配で、それで思い切って会社を辞めたってわけです。恩返しというか、介護の技術も伯母のために身につけたかったし」

それはそれは孝行息子ですね、と小野寺はひとしきり感心してから、

「じゃあ須間さんの件はひとまず上と相談してみますから」

「相談するんですか！」

「一応、相談だけ、すみません」

「それもこれも彼女がカリスマ介護士だから？」

そもそも疑問はそこなのだ。カリスマ介護士？　介護歴三十年のベテランというのならまだしも、元ヤンだかギャルだか知らんがあんな小娘がどうして。

何か裏があるんじゃないのか？

しかし時間切れだった。田村は手早く帰り支度をして外へ出た。西陽に頬を炙《あぶ》られる。五時をすぎてもまだ暑い。見あげると『はるさわ苑』の窓の内側に黄色いものがちらついていた。彩野の金髪だ。これから夜勤なのだ。

夜勤の大変さは昼間以上だと田村も聞いている。人手が少ないところへもってきて徘徊や失禁、寝てくれない入居者がひっきりなしに鳴らすナースコール。ところが彩野が夜勤のときの『アネモネ』は平穏そのものらしい。トラブルなど一度として起こったことがない。それがまたカリスマともてはやされる所以《ゆえん》なのだ。

そんなはずあるまい。カリスマなんてそうそういるものじゃない。いたとしても相当な努力と鍛錬を経て、ひと握りの人間だけがそう呼ばれるようになるのだ。それが世の中ってものだ。彩野は何か不正な手を使って年寄りを操っているのではないか。大仏顔のお婆さんも耳打ちされたとたん大人しくなった。買収？　弱みを握られている？

ふと、例の緑色をした毛玉が浮かんだ。いったいあれは何だったんだろう。

だが、考えるのはそこまでだった。悠長に物思いにふけっている暇はなかった。車に乗りこむと田村は慌ただしくエンジンをかけた。

翌朝は出勤時刻ぎりぎりになってしまった。自動ドアがあいたとたん、冷気とともに田村の目に飛びこんできた。彩野と小野寺が立ち話をしている。笑っている。なんか厭な感じだ。彩野がこっちに気づいた。

「いいよねえ、パートは朝もゆっくりで。こっちは夜勤でヘロヘロだってのにさ」

俺だって好きで遅れたんじゃない。パート勤務も仕方なくだ。言い返すのは胸の中だけにしてスタッフルームへと急ぐ。

そして夜勤当番との申し送りが始まり、田村はまさかと思っていたことが現実になったと知った。須間さんのユニット替えが確定していたのだ。すでに夕べのうちに『アネモネ』ユニットに移ったという。

突然のユニット替えだが抗議する者はいなかった。もともと須間さんには手を焼いていたから、みなほっとしているのだろう。おばさんヘルパーなど、彩野ユニットリーダー様様だわと大喜びだ。しかし田村は承服できない。小野寺へひと言言ってやりたかったが、トイレ誘導が始まる。

インターンシップの矢崎が入居者の手をひいてくる。排泄介助は素人にはさせられないから、田村がトイレで交代する。

このお婆さんはかなり体格がいい。お婆さんということはつまり女性だ。だが関係ない。

頭にあるのはお婆さんを支える際、腰を痛めないようにということだけだ。このかたは自分でできるので見守りでいい。ズボンとリハビリパンツをおろしたのを確認し、便座に座ったのも確認する。女性である。が関係ない。八十をすぎたお婆さんである。

「終わりました？」しばらく待って覗いたら、便座に座っていたはずが、しゃがんで床に出しているではないか。「そこは駄目です！」便を出しきっていないまま立った。便はゆるめで足につき、伝いおりていく。

ゴム手袋をつける。清拭布《せいしきふ》だけでは間にあわず陰部洗浄用のお湯も使う。女性である。だが関係ない。やっと洗い落としたと思ったら放尿された。思いのほか勢いがあって、飛沫が壁まで跳ね散る。ウンコの臭いとオシッコの臭い、どっちがましだろう。オシッコは鼻の奥に突き刺さり、目にまで沁みる。ウンコは鼻から喉をおりて胸じゅうに広がって、いつまでも黄色くたまる。田村は息を止め黙々と作業を続ける。

入居者の昼食が終わり、ようやく休憩時間となった。休憩室では小野寺が食事中で、入ってきた田村を見ると腰を浮かして片づけだした。

「どういうことですか！」

田村は思わず声が大きくなってしまった。観念したように小野寺がまた腰をおろす。

「すみません、ユニット替えの件ですよね。昨夜は試しにってことだったんですよ、そしたら須間さん、『アネモネ』ですっかり落ち着いちゃって。朝まで問題なくお部屋ですごされたっていうし、だったらこのままいこうかと」

「夕べの『アネモネ』の夜勤は彩野さんでしたよね？」

「いやあ、彼女、やっぱりすごい」

「しっかりしてくださいよ小野寺リーダー。問題なかったって、それ、彼女が自分で言ってることでしょ、夜勤は一人で見るんですよね、夕べも彼女一人だけだったんでしょ」

小野寺の顔が険しくなった。

「どういう意味ですか、ほんとは須間さんが騒いだのに彼女が嘘ついたとでも？」

「いや騒いじゃいないでしょうが、むしろ騒がなかったのが変だと――」

「確かに夜勤スタッフはユニットにつき一人です。けどユニット間で連携してるし、医務室には看護師だっています。だから入居者二十人に対してスタッフ三人はいるんですよ、そこを取り違えないでいただきたい」

何を勘違いしてかくどいほど説明してくる小野寺を横目に、田村は昼食をかっこんだ。こうなったら『アネモネ』ユニットへ行って、須間さんのようすをこの目で確かめてやる。

昨夜夜勤だった彩野は朝帰っていったから、顔をあわせるおそれはない。今は午後の自由時間で、お年寄りたちは共同生活ホールで思い思いにすごしている。

須間さんはテーブル席にいた。なんと、その横に座っているのは、昨日須間さんが居室に乱入して取っ組みあった、大仏みたいな顔のお婆さんだ。そして左隣のお婆さんは、どろぼう猫と罵《ののし》った相手じゃないか。今日のマフラーは毛糸がもこもこでさらに暑苦しい。

「須間さん」

声をかけると須間さんは、相変わらず田村のことを初めて見るような顔をした。けれどもいつもは誰だこいつはと目をすがめるのに、今日はどなたかのうと頬をゆるませた。

「田村ですよ、『さくら』の田村。須間さん、ユニットをかわってどうですか」

須間さんはまず大仏お婆さんと顔をあわせた。次に反対側のマフラーお婆さんと見交わし、それから三人でくすくすと笑った。

「『アネモネ』は居心地いいですか?」

また笑う。三人でつつきあって笑う。女学生の仲良しグループみたいに。

「このかたたち、今朝からずっとこうなんですよ」背後から声をかけられた。『アネモネ』ユニットの女性職員だ。「みなさん、『アネモネ』三人娘ですもんねー」

ねー、と老婆たちも三人そろって首を倒す。

なんだなんだ、この変わりようは――

一瞬、不覚にも、彩野がカリスマ介護士というのは真実だったのか、と思ってしまった。しかも純白の衣をまとった女神姿まで脳裏に浮かび、田村は慌てて頭を振る。

「須間さんは騒いだりしてませんか?　政蔵さんのことで」

しかし女性職員はにっこりして「いいえ全然。ほんと手がかからなくて大助かり」

見まわしてみるとホール全体が穏やかさに満ちていた。同じ要介護度の年寄りなのに、『さくら』とのこの差は何だろう。今ごろあっちでは、金を盗まれたと訴える人や畑に行くと言ってきかない人が、さぞかし職員を手こずらせているだろう。頭から記憶がどんどん抜け落ち混乱し、その不安から逃れるため残った記憶にますます執着する、そういう人たちの混沌と騒乱。それが老人ホームの日常ではないのか。

「須間さん」

『アネモネ』の職員が去ってから田村は訊いてみた。

「どうしてそんなに人が変わっちゃったんですか、『アネモネ』でなにがあったんですか」

まともな返事が返ってくるとは思わなかった。ところが須間さんは言った。

「あったよ、うふふ」

「えっほんとに？　なにがあったんですか」

「ふふ、あのね。いっしょだったんだよ」

「一緒、誰と？」

「きまっとるよ、政蔵さんだよ。夕べ政蔵さんといっしょだったんだ、いっしょにね、ね、た、の」

なんだと、寝た？　どういうことだ。

ところが、しー、両側から老婆たちが人差し指を立てる。

須間さんも、おっといけないと口を押さえる。そしてまた笑う。三人でくすぐったそうに身をくねらせて。

ふと、においを嗅《か》いだような気がした。それは田村が日頃なじんでいる糞尿のにおいではなかった。熟れた果実のにおいだった。熟れ切って落ち、地べたで腐り続けながらもなお発するにおい。

しー、しー、三人の老婆たちが指を立てている。

『アネモネ』ユニットをあとにしても、田村の頭の中では須間さんの言葉が繰り返されていた。政蔵さんと一緒だった。一緒に寝た。どういう意味だ。寝たというのは、つまり同《どう》衾《きん》したということか？

まさか嘘だろう、信じられない。だが須間さんの変わりようはどうだ。昨日までは政蔵さん政蔵さんと目をギラギラさせていたのに、今はすっかり満ち足りたようすだ。求めていたものが得られたから？　でもどうやって。だって政蔵さんはとっくに死んでいる。

彩野だ。

彩野の仕業だ。他に考えられない。彩野が須間さんに男をあてがった？

いやいや、いくらあいつでもそこまでは――

でも、上階には政蔵さんも生前暮らしていた男性高齢者ユニットがある。そこのお爺さんを夜中こっそりつれてきて、政蔵さんだよと言えば、認知症が進んだ須間さんなら簡単に騙《だま》せるだろう。

体が衰えようが、恍惚の人になろうが、色欲だけは忘れない者がいる。田村は以前、実習先の施設で目撃したことがあった。布団をめくったら、お爺さんとお婆さんが抱きあってキスしていた。互いに腕をまわしてしがみつきあい、でも背骨が曲がっているから完全には密着できず、もどかしげに足をからませあっていた。

しー、しー、うふふ。忍び笑っては身悶えする老婆たち。

うっとなって田村はこみあげてきたものを懸命におさえる。入居者用のトイレはあちこちにあるが、職員用は遠い。走ってはいけないから足を精一杯伸ばして進む。トイレへ駈けこむなり吐いた。

げっそりとなってうがいをしていると、背後から声がした。

「洗濯に出すものの仕分けがすみました。次は洗濯されてきたものをたたみますか」どうしましたかとか、大丈夫ですかという言葉はない。

「矢崎君、洗濯物くらいいちいち訊かずにやってくれたまえ」

「でも、ホウ、レン、ソウと教わりました」

そうだった。須間さんの車椅子を『アネモネ』へ押していった一件でこの学生に、何をするにもまず報告、連絡、相談してくれと指導したのだった。

「矢崎君、これを君にあげるよ」田村はポケットからたたんだ紙を出してわたした。

「私の自作のマニュアルだ。君用に考えたんだよ、昨夜まとめて書いてみた」

読み始めるなり矢崎は唸《うな》った。「これは凄い」

紙をめくっては頷き、また最初にもどって読み返しながら、

「インターンシップ初日に支給されたマニュアルは記述が曖昧で役に立ちません。お年寄りの気持ちを理解しましょう、信頼関係をつくりましょう、入居者が主役でスタッフは脇役、どれも抽象的すぎます。しかしこのマニュアルは具体的でいい。なるほど、お年寄りからの言葉はたとえ意味が通らなくても関係のないことでもさえぎらずに最後まで聞きましょう、なるほど、話しても相手が理解してくれない場合は、とにかく三回は話してみましょう、なるほど三回か、三はいい数字だ」

「気に入ってくれて嬉しいよ、夜なべした甲斐があったというものだ」

矢崎がじっとこっちを見てくる。

「あ、夜なべなんて言葉、若者は知らないか」

「本で読んだことがあります。実際に使う人がいるとは」

「古い人間で申し訳ないね、君は大学三年生だっけ？」

「院の一年です」

「そうだっけか、『はるさわ苑』に来たのは福祉に興味があって？」この学生は真面目で

はあるのだ。それは長所だし、うまく介護に生かせれば社会に出てもやっていけるかも。

「興味はありません。インターンシップはゼミの教授が適当に割り振りました。自分が夏休みをとりたいだけだろうと毎年院生たちからは不評です。僕がここになったのは下宿に一番近かったからでしょう」

「洗濯物をたたみに行きたまえ」

矢崎はマニュアルを読みながら行ってしまった。田村はじっくり考える必要があった。彩野の悪事を暴くためにはどうしたらいい？


「なんでアンタがあたしの『アネモネ』に来るのさッ」

血相を変えて怒る彩野に、田村はささやかな勝利を味わった。焦って怒鳴りちらすのは後ろ暗いところがあるからだ。

「おまけにこのロボットまでついてくんの？　なにこれ嫌がらせ？　あたしへのいじめ？」

〝ロボット〟とは矢崎のことらしい。僕が大学でそう呼ばれているのをなぜ知っているんですかと彩野に訊いている。

田村は『アネモネ』ユニットへの配置換えを願い出たのだった。カリスマとまで呼ばれる彩野ユニットリーダーの下で今一度介護の理念と技術を学び直したい、と神妙な面持ちで小野寺に申し出たら、指導中の学生も一緒にという条件で上と話をつけてくれた。なしくずしだった須間さんのユニット替えの件を、これでチャラにしてくれということなのだろう。

「一度でもミスったら出てってもらうからね、素人学生の面倒も見てやんないからね、あたしに逆らったらあらゆる手を使ってここにいられなくしてやる」

「さあ矢崎君、入居者様の居室の清掃に行こうか」

まずは須間さんの部屋を徹底的に捜索だ。男が出入りした証拠を見つけるのだ。

ところが捜索はものの二分で終わった。探す場所などほとんどないのだ。戸口脇に洗面台、部屋の中央にベッドという配置は全室共通。持ちこみ家具はカラーボックスのみ。不要なものは置かずにやたらスペースがあけてあるのは介護のためで、壁や床をいくら木目調にしてみても病室という印象はぬぐえない。

「探しているのはあの黄緑色の物体ですか」

「えっ」矢崎のやつ、いきなり何だ、黄緑色の物体とはあの毛玉のおもちゃのことか？

「探してないよ」そうさ、おもちゃは探してない。でも不審なものもなかった。

「彩野ユニットリーダーを詮索するのはやめたほうがいいですよ」

鋭い――。でも詮索じゃないぞ、疑惑の解明だ。

「あと二回」

「なんだって?」

しかし矢崎は掃除機をかけるのに集中していて、顔をあげない。

証拠がなければ証言だ。事態は須間さんだけではなくユニット全体に及んでいるはずだ。『アネモネ』のお婆さんたちから情報を引き出すのだ。

共同生活ホールでは、須間さんら『アネモネ』三人娘が例によって仲良く座っていた。田村はあたりを見まわし、彩野や他の職員がいないことを確かめた。

「須間さん、政蔵さんとは今度いつ会えるんですか」

老婆のたるんだ目蓋があがった。

「私も政蔵さんにご挨拶したいなあと思いまして」

須間さんが隣の二人を見た。二人のお婆さんは目配せして返す。そしてみんなでだんまりだ。予想したとおり堅く口止めされているようだ。

「そうかあ、残念だなあ、政蔵さんはもう来ないのかあ」

「来るよッ、政蔵さんは来る!」

声を張りあげた須間さんに、慌てて二人が、しー!

「やっぱり政蔵さんと会うんですね、いつです?」

しー、しー。

「お願いします、教えてくださいよ」

しいいいいいい！

「じゃ、彩野さんに訊くか」

あら知ってたの。老婆たちの警戒は簡単に解けた。

「彩野さんは今度はいつと言ってました？」

「ほんとはねえ」と大仏お婆さん。「この自由時間にって言ってたのよ」

マフラーお婆さんも「うざいさんとやらが移ってきたもんで、夜しかダメって言うんよ」

うざいさん、誰だ？　あっウザいか、俺のことかよ。

田村は勝利を予感した。想像したとおりだった。彩野はここ『アネモネ』で、お婆さんたちを手なずけるため不純異性交遊を横行させている。なんという唾棄《だき》すべき悪行！　しかも人目のある昼間にだなんて大胆どころか馬鹿じゃないのか。けど、さすがに俺がいるから夜に変更したってわけか。彩野が夜勤に入る夜ってことだ。

「次はいつ？」マフラーお婆さんにユニフォームを引っぱられた。

「アンタ、訊いといてよ、次はいつの夜、俊子《としこ》をつれてきてくれるんよって」

誰だって？　としこ？

大仏お婆さんも歌うように言った。

「チーロちゃん、チーロちゃん、チロちゃんはまだかしらん」

夜勤のときの彩野の行動を見張るべきだ。

『アネモネ』三人娘から証言はとれたが、入居者の話はなかなか信用されない。ならば現場をおさえるしかない。現行犯なら言い逃れもしらばっくれることもできない。

だが悲しい哉《かな》、田村はパートだった。パート勤務に夜勤はない。

それにこれも引っかかる。須間さん以外のお婆さんが、としことかチロとか言っていた。としこは女の名だ。それとも聞き違えた？　としこではなく、としひこ。そしてチロは一郎と言いたかった、年寄りは滑舌が悪くなるから——いやいや、さすがにこの解釈は都合がよすぎるだろう。しかし相手は認知症、それこそ真面目にとりあう必要はないのかも……。

ともかく夜勤だ。彩野の夜勤を見張る方法だ。次はいつだ？　明日か！　うーんと唸りながら田村がシフト表を睨《にら》んでいると、背後に立つ者がいた。

「今度はなんだね、矢崎君」

振り返ると矢崎がVサインを送ってきた。そして大真面目に言った。

「彩野リーダーをさぐるのはやめたほうがいいです。二回目です」

田村は矢崎を家族相談室へひっぱっていった。使用中の札を出し、ドアをきっちりと閉める。「矢崎君、あのねえ、誤解なんだ」

「あの人は漠市《ばくし》の住民です」

なんだ？　漠市だ？「ああ、あれか、このあたりで有名な都市怪談の――」

「都市伝説です」

「そう、都市伝説の――」

「伝説ではなく事実です。あれはおそらくトーロプでしょう」

話が見えない。トーロプ？　あの人とは彩野のことだよな？

「彩野さんが漠市の住民だからなんだというんだ、実際にある町なんだから住んでる人だっているだろう」

「います」

「そうだろう、いるだろう。で、その、なんだ、トーロプと言ったか？　彩野さんはトーロプだから危険だって言いたいのか？」

「違います」

「じゃあなんなんだ、私は忙しいんだ、くだらん怪談話している暇はないんだよ」

「彩野リーダーはトーロプではありません」

「だって妖怪村の住人なんだろ」

「漠市は妖怪の村ではありません。人口約一万七千人の市です。彩野リーダーはトーロプではなく漠市に住んでいる一般人です。トーロプとは黄緑色した球状の物体のことです」

あの毛玉か。ただのおもちゃじゃないのか。

「漠市の住民のほとんどは普通の人間ですが、よくないものも棲息しています。よくないものの棲息地や不可解なことが起きるスポットが漠市には集中しています。トーロプは、聞いた話ではある特殊な木に生《な》る実で、関わらないほうがいいです」

「実？　あれがか？　動いてたぞ」

「だからよくないもの、関わらないほうがいいものです。漠市ではそういう類《たぐ》いのものをアタサワと言います」

「アタサワ」

「あたらずさわらず」

いつまでこんな会話を続けなきゃいけないんだ。

「それで？　あの玉のどこが危険だというんだ、コロコロしてかわいいじゃないか」

「大家さんに聞いた話ですから詳しくは知りません」

なんだよ噂話か。そもそも漠市がどうのこうのいうのも噂じゃないか。

「僕は漠市に下宿しています。バスでここに通う際、彩野リーダーと一緒になることがあり、それでリーダーが漠市の住民と知りました。トーロプを扱っているということは、おそらく何代もまえからの住民でしょう」

だから何だというんだ。

「一つ、関わらない。二つ、漠市から無闇に持ち出さない、これは今の場合にはあてはまりませんが。三つ、石鹸で手を洗ってください、これもこの施設では手洗いが徹底されているので大丈夫でしょう。以上が経験と観察、伝聞から僕なりに導き出した対処法です。アタサワによって有効な対処法は異なりますが、とにかく関わらないことです」

「そうか、わかった」適当に話をあわせておけ。「ご忠告どうも。話は以上だ」

部屋を出ていきかけ、ふと気になった。

「そのトーロプとやらだけど、危険だというならこのまま放置して大丈夫なのか？」

「トーロプについて今話した以外に僕が知っていることはありません」

「なんだよ、不安だけあおっておいて無責任だな」

矢崎の返事はない。考えこんでいる。

「すまん言いすぎた、気にしないでくれ、どうせ怪談だろ、あ、伝説か、どっちでもいいや」

「三年前、大学の上級生が漠市からハサミを持ち帰りました。その後、上級生の友人らが重傷を負い、家族は切断死体となって発見され、本人は行方不明です。その上級生も僕のことを無責任と言っていました」

なんだなんだ、何を言い出した。

「もう一度言います。持ち出さないこと。無関心でいること。手を洗うこと」

「おいおい、脅かすなよ」

「彩野リーダーにはこれ以上関わらないように。三回目」

三回目って。何のゲームだ？


くだらないことで時間を無駄にしてしまった。要するに問題は、彩野の夜勤日である明日が尻尾をつかむチャンスなのに、パートの自分は夜勤ができないということだ。ならば、かわりに誰かに彩野を監視してもらうしかない。シフト表には『さくら』ユニットの明日の夜勤は小野寺と記されていた。しかし、どう説明したものか。

「また彩野さんともめたんじゃないでしょうね」

家族相談室で二人きりになると小野寺は苦笑した。田村は単刀直入に言うことにした。

「実は施設内で不純異性交遊が横行しています、元凶は彩野さんです」

小野寺の顔が笑ったまま固まる。

「ショックなのはわかります、ですが小野寺リーダー、早急に対処しないといけません、こんな不祥事もしマスコミにでも嗅《か》ぎつけられたら、」

「なんか大袈裟だなあ……」

「だって施設内不純異性交遊ですよ？　あなた明日、彩野さんと夜勤で一緒ですよね？」

「さて、そろそろトイレ誘導の時間だな」

「待ってください、問題から目をそむけないでください、これ以上彩野さんを野放しにするつもりですか」

いきなり小野寺がテーブルを蹴った。

「ちくしょう！」

また蹴る。蹴って、蹴って、椅子まで蹴り倒す。

「そんなに人を陥《おとしい》れたいかッ、『アネモネ』に移りたいっていうから無理して調整してやったのに、このクソ爺い、ふざけやがってよくも、クソッ、クソッ」

こんな小野寺は初めてだった。田村はあっけにとられ眺めるばかりだ。落ちた花かごが造花をまき散らし転がっていき、それを小野寺の靴が踏みつぶした。


何の手だても浮かばぬまま時間はすぎ、日付けも変わった。彩野の夜勤は今夜だ。考えたすえの結論はこれしかなかった。もう一度小野寺を説得する。機嫌をとってでも頼みこむ。

ところが、この朝もまたもや遅刻すれすれとなり、ユニフォームのボタンをはめながら朝の申し送りにすべりこみ、田村は驚いた。小野寺が忌引きになっていた。親戚に不幸があり、しかも場所は離島だから一週間の欠勤届けが出ているという。

もう自分でやるしかないのか。だけど夜間にコソコソ忍びこんで、もし見つかったらどう釈明すればいい？　それに家には伯母もいる。夜中に目が覚めて俺がいなかったら——

だがしかし、はびこる悪徳にただ手をこまねいているだけでいいのか！

深夜も零時をすぎ、田村は車のエンジンを止めた。見咎められぬよう『はるさわ苑』の駐車場ではなく、少し離れた路上だ。こんな時間になってしまったがなんとか来ることができた。車を降りる。暗闇にいきなりセミが鳴く。ぎくっとなったが、セミはひと声だけで、あとはまた蒸された闇だ。

通用口から入る。ロックされているが職員はナンバーを知っている。

夜中にエレベーターが動いたら気づかれてしまう。階段をのぼる。フロアのほうから老人の罵声と、それをなだめる声が聞こえてくる。ピロロ、ピロロと鳴っているのはナースコールだ。

最大の難関は『さくら』ユニットの廊下だった。居室の並ぶこの長い通路を通らないと、『アネモネ』ユニットへは行けない。巡視は一時間に一回、今はちょうど合間、足音を殺して進む。

突然ガラッと戸があいた。

数歩先の居室だ。隠れねばならなかった。トイレがあった。が入居者用のトイレだ。入ると同時に点灯し中にいることがわかってしまう。「ですからナースコールは用があるときだけ――」居室から職員が出てきた！

田村は狭い暗がりで息をつめ、去っていく足音を聞いていた。トイレ脇の介護資材室にすべりこんだのだ。おむつとリハビリパンツに感謝だ。

足音が聞こえなくなっても、一分待つ。

よし、そろそろいいだろう。戸をあける。人がいた。

口から心臓が飛び出るとはこのことだ。あまりのショックにここの老人たちより先にあの世行きかと思った。立っていたのはお婆さんだった。「よるごはんー、まだですかー」

「ご飯はあっちですよ」田村はやさしく背中を押してやった。老婆は歩いていき、やがて『さくら』の職員が呼び止めるのが聞こえてきた。しばらくはかかりきりになるだろう。

この隙に『アネモネ』へ急ぐ。

『アネモネ』ユニットは静まり返っていた。徘徊する人もいない。ナースコールも鳴らない。眠りの底に横たわる深夜本来の静けさ。だが、この静けさは高齢者介護施設では異常だ。こっそりスタッフルームを覗くと、奥の休憩室にスマホをいじっている彩野の姿があった。メッセージでも打っているのか、すさまじい指の動きだ。田村はスタッフルームを離れ、須間さんの居室へ向かう。

まずは戸に耳をあて窺った。中でぼそぼそ喋っている。政蔵さん、よう来たよう来た、さみしかったよう……、須間さんの声だ。

予想はしていたがいざ現実となると、みぞおちがズンと重たくなる。見たくはないが見なくてはならない。そろそろと戸をあける。暗い。電気は消されていて、窓から射す月あかりにぼんやりとシルエットが浮かんでいる。

人影は一つだった。ベッドの上に横向きに寝ていて、その丸い背中は須間さんだ。あと一人は？　政蔵さんは？　田村は部屋の中へ踏みこんでいって、闇に懸命に目を凝らす。しかし、それらしき人物はどこにもいない。

「きょうもいっしょにねるかい、政蔵さん」

次の瞬間、視界が真っ白に灼《や》けた。痛む目をこじあけ振り返る。彩野が戸口に立って照明のスイッチを押していた。

「誰かと思ったら田村！　夜中に女性の部屋に忍びこんでなにする気ッ」

「ま、待て、違う」

「なにが違うよ、しらばっくれてもムダだからね、現行犯だからね、痴漢、ヘンタイ、誰か来てえ」

「やめろ、違うんだ」

視線をさまよわせるが、やはり政蔵さんと呼ばれていた人物はいない。かわりに見つけたのは、ベッドから身を起こした須間さんが持っているあれだ。黄緑色の毛玉だ。

だがそれは以前田村が目撃したものと違っていた。色と形と毛が生えているのは同じだが、サイズが大きかった。ソフトボールくらいだ。

「誰か警察呼んでぇ」

「待て、あれは、あれは、トーロプだろう！」

彩野の叫びがぴたっと止まった。

「アンタ、なんで知ってんのさ」

「君は漠市に住んでるんだろ？」


「あたしの祖母《ばあ》ちゃんが言うんだ、耄碌《もうろく》してどうしようもなくなったらトーロプを持たせてくれって。むかしっからうちの近所では、そういうしきたりがあるんだよ」

夜ふけの休憩室に響くのは彩野の声と、そして空調の唸りだけだった。

「あたしンちの裏に山があるんだけど、トーロプはそこからとってくる、山にトーロプの木があって、町内会で管理してるんだ」

テーブルにはトーロプが置かれてあった。大きさはピンポン玉くらい。これは木からもいできたばかりだという。持ってみるとけっこう持ち重りがして、毛はふわりとやわらかく、田村の手の中でときどき痙攣みたいに震える。

「このトーロプとやらは生長するのか？　須間さんが持ってたのはもっと大きかったぞ」

「そうだね、須間さんのはそのうち新しいのと取りかえてやらないと」

須間さんはそのソフトボール大になったトーロプを抱きしめ、頬ずりして、政蔵さん政蔵さんと呼びかけていた。寝た、というのはただの添い寝のことだった。不純異性交遊などではなかったのだ。トーロプだった。『アネモネ』のお婆さんたちを従順で扱いやすくしていたのは、この得体のしれないトーロプだったのだ。

「時間がもったいない、手短に説明してくれ」

「んー、要するにトーロプを持たせてやると婆ちゃんたちがすごく落ち着くってこと」

「それはわかってる、もっと詳しく」

「ちっ。だからあ、歳とっていちばん大変なのは認知症でしょ、歩けないとかトイレができないとかだったらサポートすればいいけど、徘徊や暴れたり怒ってきたらヤじゃん、困るじゃん。そういうときトーロプがいいの、トーロプを持たせてやるの、そしたらイライラしなくなって、いい婆ちゃんになるんだよ。トーロプは代理みたいなもんなんだ、政蔵さんの代理、飼い犬のチロちゃんの代理、生まれてすぐに死んじゃった娘の代理」

マフラーお婆さんが俊子と呼んでいたのは、亡くされた娘さんだったのか。

「アンタさ、今まで生きてきた中で心残りみたいなものある？　あるでしょ？　だけどもう体も動かないしあとは死ぬばっかかってなったら？　頭の中わけわかんなくなっちゃって、でもぼんやりした頭にそれだけがはっきり残ってるの。悲しい、悔しい、死ぬに死ねないって残ってるの。そんなものかかえて穏やかでいられる？　暴れて怒鳴って誰かを殴ってやらなきゃ気がすまないよね？　トーロプはそういう婆ちゃんたちのためにあるんだ、トーロプがぽっかりあいた穴を埋めてくれるんだ、うちの近所ではむかしっからそういう婆ちゃんたちをトーロプ愛好会っていうんだ」

「さっきからお婆さんの話ばかりだが、お爺さんはどうなんだ」

「爺ちゃんとトーロプはあんまりあわないみたい。トーロプが厭がるみたいで」

「トーロプに意思があるのか？」

「さあね。でも、誰が自分を欲しがってるか敏感に感じ取るよ、だからユニットの違う須間ちゃんにバレちゃった。須間ちゃんも政蔵さんを求めてたけど、たぶんトーロプのほうも須間ちゃんを呼んだんじゃないかな。そういうこともあるから、扱いには気をつけなきゃならんとうちの祖母ちゃん、うるさく言ってるよ、色々と面倒くさい決まりがあってさ。でも、あたしはべつに悪いことはしてないからね」

「トーロプを使って入居者を都合よく従わせ、カリスマ介護士の地位と権力を得たのに？」

「なんだそりゃ。婆ちゃんたちはハッピー、職員は楽ちん、それのどこが悪いってのさ、カリスマなんてまわりが勝手に騒いでるだけだし」

とか言って、おまえだっていい気になっているだろう。

「アンタさ、」唇をひん曲げて彩野が笑った。

「あたしのこと嫌いだよね？　バカにしてるよね？　こんな小娘に大きな顔されて屈辱、とか思ってるよね？　大人しくしてればけっこうかわいいのに、とかも思ってるよね？　女のくせに若いくせにバカのくせに、思ってるよね？」

否定できない。反論もできない。黙るしかない。

「まあいいや。あたしもそうゆうおっさん連中や、見かけで決めつけるオバサンたちを見返してやりたくて、トーロプを持ってきたってとこあるしね。で？　どうすんの？　このことみんなにばらす？　当然だよね、でなきゃ夜中に忍びこんだりしないよね」

しかし田村の考えは変わっていた。

「安心しろ、このことは誰にも言わないでおくから。そのかわり条件がある」

交渉は数分ですんだ。十分後には田村は車に乗って自宅へ向かっていた。車を飛ばしていたのは急いでいたからだけではない。問題が解決した喜びと解放感に、気が大きくなっていたのだ。

そして彩野が消えた。

田村が深夜『アネモネ』に忍びこんだ翌日は、彩野は夜勤明けの休みであるから姿がなくても不思議ではなかった。しかしその次の日、彩野は来なかった。無断欠勤だった。そのまた次の日も出勤してこない。連絡はない。電話しても出ない。

だが田村は気にならない。トーロプがあるかぎり『アネモネ』ユニットは安泰だ。

トーロプの扱いかたについては彩野からひととおり聞いてある。けれども自分のほうがもっとうまくやれる。たとえばトーロプの存在を彩野は隠したが、逆に目につくよう持ち歩くのだ。同僚からそれ何ですかと訊かれたら、

「いやね、うちの伯母が手芸が趣味で、ボケ防止だって言ってどんどん作るんだよ。あんまり増えたもんで『アネモネ』のみなさんにプレゼントしようかと」

これでたとえお婆さんたちがトーロプを持っているところを見られても、あああれか、くらいにしか思われない。どうだ、俺は中々の策士だろう？

おかげでお婆さんたちも人目を憚《はばか》ることなくトーロプをかわいがれるようになった。田村も常時そばについて周囲を警戒する必要はなくなった。田村が決めたルールはシンプルに一つだけだ。トーロプを居室の外に持ち出さないこと。そのかわり部屋の中なら好きなだけかわいがってあげていいですよ。

政蔵さん、もう離さないよ。チロちゃんや、ママが抱っこしてあげる。俊子、俊子、かわいい俊子……。他にもトーロプを孫のかわりにしたり、憧れの銀幕スターに見立てたり、中にはヘソクリだと言って手提げ金庫にしまいこむ老婆もいる。

それは例外としても、緑の毛玉を両手で包んで頬ずりして、撫でて囁《ささや》きかけ、転がし

て遊んでやって、至福にひたる老婆たちはまさにトーロプ愛好会。

彩野の無断欠勤は続いた。だが田村は気にしない。

今やお婆さんたちは彩野のかわりに田村に従う。それで自然と田村はユニットで采配をふるうことになる。職員たちの態度も変わった。以前は彩野と一緒になって理屈オヤジなどと陰口を叩いていたくせに、今は何かにつけ頼ってくる。『さくら』ユニットは小野寺の忌引きでてんてこ舞いのようすだった。こちらは充分余裕があるので時々応援にいってやった。たいそう感謝された。

主任からユニットリーダーの代理を頼まれた。なんならリーダー就任をとまで言われた。つまりパートから常勤職員へ格上げだ。常勤となると夜勤だけでなく休日出勤もある。が、問題ない。全然ない。

田村は満足だ。もうあれこれ苛立《いらだ》たされることも、悶々と悩まされることもない。

「彩野ユニットリーダーに連絡するべきでは」

矢崎だった。どうしてこいつはいつも唐突なのだろう。

「彩野リーダーはなぜ出勤しないんですか」

「そんなこと知らんよ」

「彩野リーダーに連絡すべきです」

「君はトーロプのことを言ってるんだろうが心配ない、私だってちゃんと考えてるんだ。

あれは木に生る実なんだろ？　つまり植物だ、植物なら嚙みついたりしない、したがって年寄りに危害を加えることはない、だから、」

安心したまえ、と言い終わるまえに矢崎は背を向けていた。「四回目は無用か」ぶつぶつ言いながら去っていく。おい、返事くらいしろよ。

だが怒る気になれない。田村は満足だ。万事順調だ。

「ペンかしとくれ」今度は須間さんだった。「持ってきて、はやくはやく」

ペンを持って居室に行くと、須間さんは膝の上にマフラーの塊をのせて待っていた。トーロプだ。最近はこうやって大切にくるんでいるのだ。マフラーはマフラーお婆さんがくれたらしい。

須間さんはマフラーから覗いたトーロプの頭の、緑の毛を丁寧にかきわけると、ペンの先端をあて、ぐりぐりと描いた。

「なんですか、その点は」

すると須間さんは、ほれ、と首にかけたネームホルダーを突き出してきた。

「えっ見ていいんですか？　感激だなあ」

ネームホルダーに挟まれていたのは、直径三センチほどの円に切った、顔だけの写真だった。もとは集合写真だったのを切り抜いたらしい。へえ、これが政蔵さんか。ハンチングをかぶって洒落《しやれ》ている。帽子の下の額に、けっこう目立つ黒い点がある。ほくろか。

「さ、できたよ、政蔵さん」

須間さんは唇に皺《しわ》をいっそう寄せてとがらせて、トーロプへ、黒々と描いたほくろへ、チュッチュッとやりだした。田村は目をそむける。あまり見たくない光景だ。これとはいえ、政蔵さんに執着するあまり餓鬼の形相だったときを思えばまだましだ。これもトーロプのおかげ、いや、俺の管理がうまくいっているからだ。

田村は満足だった。もう無性に苛立つことも、おのれの無力さに打ちのめされることもない。

「あっ」須間さんの声とともに、どすんという音が聞こえた。振動すら感じた。振り向いた田村はぎょっとなる。

床に落ちているあれは何だ、トーロプなのか？　でかすぎる、スイカくらいある――トーロプは転がらなかった。のろい動きで右に左にと揺れて、そして止まった。

まったく知らなかったわけじゃない、薄々気づいてはいたのだ。だけど深刻に受け止めなかった。まだドッジボールくらいじゃないか、むしろ抱っこするのにいい大きさだ、などと軽く考えていた。

矢崎に言われたように、彩野に連絡するべきか。そういえば彩野は言っていた、そのうち須間さんのトーロプを取りかえなきゃと。取りかえないとどうなるんだ？

それにしてもなんだって須間さんのトーロプばかりが目立って生長するんだろう。大仏お婆さんのチロは桃どまりだし、マフラーお婆さんの倹子だってせいぜい夏みかんだ。でも、スイカといっても滅茶苦茶大きいってわけじゃない。大中小でいったらまだ中サイズ、もう少しようすを見よう。もしかしたらこれ以上でかくならない可能性も——頼む！　どうか、でかくならないでくれ！

すると祈りが通じたのか、意外にも予想があたっていたというべきか。

その日、田村が須間さんの居室を覗くと、ひどく甘いにおいがした。南国のフルーツが熟れたようなにおいだった。人によっては何か腐ってるんじゃないのと顔をしかめそうだ。

部屋のあちこちには緑色の和毛《にこげ》が落ちていた。トーロプの毛だった。トーロプはいつもの定位置であるカラーボックスの上だ。マフラーにくるまれ、頭だけ覗かせている。

異変はその見える部分からでも明らかだった。毛はまばらで、須間さんが描いたほくろが透けて見えるほどで、そして露出した地膚《じはだ》はどす黒い緑で、しかもへこんでたりするのだ。

傷《いた》んでいるんだ。

なんだ、そうか、あとは朽ちていくだけか。

心配することなんか、なかったじゃないか。田村は足どりも軽くなって、掃除機を持ってきて散乱している毛を吸い始めた。

完全に枯れてしまったら須間さんに新しいトーロプが必要になる。次の気がかりはそれだった。

うっ。何だこれは――

須間さんが抱いているこれは何なのだ――

油断していた、あとはもう腐るのだとばかり思っていたのに。

においが居室に充満している。熟れきって落ちたのに、なおも熟れてゆくにおい。鼻腔の奥まで侵入し、猛烈に膨《ふく》らむにおい。

においにとっぷりと浸《つ》かって須間さんは、ベッドの上でトーロプを抱きしめている。田村は窒息しそうになりながら、立ちつくすばかり。

トーロプは毛がすべて抜け落ちて裸になっていた。色は、じめついたコンクリにはびこる黴《かび》の色だった。そして形、これが最も異様なのだが、腐ってあちこちへこみだしたのが凹凸となって、ある形をつくっている。

首だ。

人の首。

大まかで芝居の小道具みたいなしろものだが、耳に鼻に口。不自然な頭頂部の形は帽子をかぶっているからだ、ハンチング。そして帽子の下の額には、トーロプが黒ずんでしまっているからわかりにくいが、光のあたる角度によってペンで描いた点が光って見える。

須間さんが愛おしげに呼びかける。

「政蔵さあん」

トーロプが変容したのか？　政蔵さんの首になったというのか？

しかし、なぜ首なんだ？

写真か。ネームホルダーの写真か。須間さんがいつも愛《め》でていた写真が政蔵さんの顔だけだったから、トーロプも政蔵さんの首になった――

こんなもの誰かに見られたらまずい。「あっなにすんだよう」取り上げたはいいが、これどうしよう、どうしたらいい？　「どろぼう、かえせよう」

捨てる？　どこへ？　生ごみと一緒に出していいのか？「痛ッ」

思わず放り出すと、トーロプは鈍い音をたて床に落ちた。手を見ると親指の腹に血の点が膨らんでいる。刺された？

トーロプは沈黙している。顔面を上にして転がっている。

と、その眼が、両眼が、眼の形にでこぼこしたところが――

田村は息を呑む。

眼が開いていく。左右の眼が開いていく。しかしその開きかたといったら、目蓋があがるのではなく、まるで目頭からファスナーをひっぱってあけるようだ。そして現れたのは闇だ。真っ暗な深い穴だ。暗緑色の顔面に眼の形をした穴が二つ。

「政蔵さんをかえせよう」

「駄目です！　絶対に駄目です！」

須間さんを抱えてベッドから車椅子へ移す。車椅子を戸口までバックさせる。廊下へ避難させようかと思ったが、外で騒がれたら困る。

ともかくトーロプを隠そう。ベッドからシーツをはがす。トーロプにかぶせる。が、そのとき見てしまった、トーロプの穴の眼がひくついているのを。新たな変容の前兆なのか、穴の周辺の皮だか果肉だかが、ふるふると震えていたのだ。見なかったことにして手早く包んでベッドの下へ突っこむ。

「政蔵さあん」須間さんが車椅子を進ませてくる。「駄目です」車椅子を押しもどす。「政蔵さあん」「頼むから須間さん」「政蔵さああああん」

するとベッドの下からシーツが、トーロプが、転がり出てきた。来るな！　駈け寄って蹴りもどす。

「政蔵さあん」

「しー！」田村は指を立てた。「静かに！　政蔵さんは寝るそうです」

「ねるのかい？」

「そうです、疲れたから寝ますって、しー、しー」

つられて須間さんも、しー。が、

「ねるならマフラーでつつんでやらんと」

「駄目ッ」

「なんでだよう」

「なんでだろう、だって、そう、マフラー暑いでしょ、汗疹《あせも》できちゃうでしょ、しー、静かに寝かせてあげましょうね」

ふうん、と納得したのか、していないのか。それでも須間さんは車椅子を動かさずにいてくれた。「ホールへ行きましょうか?」訊いたが返ってきたのは大きなあくびだ。

ベッドの下を窺う。トーロプが出てくる気配はない。須間さんは目をとろんとさせている。急いで田村は部屋を出た。

廊下の先に矢崎の後ろ姿があった。田村は追いかけていってつかまえた。「まずいことになった、どうしよう」

こんなに焦っているというのに、矢崎はおもむろにユニフォームのポケットから取り出した。何かと思ったら、矢崎のためにつくってやったマニュアルだ。

「なにやってるんだ、一緒に来てくれ」

「今の場合にあてはまる項目を探しているんです」

「それどころじゃないんだよっ」

「先日僕はこのマニュアルどおりに行動せず田村さんに四回目の忠告をしました。田村さんは余計なお世話だという反応でした」

「傷ついたなら謝るから」

「なぜ。田村さんのマニュアルが正しいと確認できたんですよ」

「それはよかった、来てくれ」

だが矢崎はぶつぶつ言っている。「忠告は四回してしまったし」

田村は矢崎からマニュアルを奪った。めくって、目的の文を見つけ、突きつける。「見ろ、ここに書いてあるだろう、緊急事態のときは実力行使と」

「確かに。では緊急事態とはどんなとき?」

「命の危機、もしくはそれに準ずるとき、つまり誰かが助けを呼んでるときだ、俺が助けてと言ってるんだ!」

折しもそのとき聞こえてきた。「なあに、このにおい」振り返って見ると女性職員が、須間さんの居室の戸をあけているではないか。

「待て! 入っちゃいかん!」田村は走る。施設内で走るのは禁止ですと矢崎の声が追ってくる。

女性職員は田村の指示を守ってくれた。戸口に立ったまま指をさし「あれ、なにかしら」

部屋の中では須間さんが、どうやって車椅子から降りたのか床に座りこみ、ベッドの下からひっぱり出している。だが幸いなことにトーロプはまだシーツにくるまれている。しかし妙な動きをしていた。転がるならわかるが、シーツの塊はあちこちが出っぱったり引っこんだりしている。

田村は部屋に入り、須間さんを抱えあげ車椅子に乗せた。政蔵さあんと須間さんが手を伸ばすが、かまわず廊下へ出して職員へ預ける。「危険だから離れてください」

そうしておいて自分は中にもどり、戸を閉めたかったが、職員がじっとこっちを見てくる。仕方なくやっと到着した矢崎を、少しでも陰になるように立たせた。

「あー猫だ、どこから潜りこんだんだろ？」と田村はことさらのん気な調子で、廊下へ聞こえるよう声を張りあげた。すると「猫？」戸口に女性職員の嬉しそうな顔が覗いた。しまった、猫はまずかった。「違う、ヘビだ、ヘビと猫のケンカだ！」キャーいやー、顔がひっこむ。

「ヘビを捕獲するまでここを閉め切ります」戸を閉めるまえに忘れずに矢崎を部屋にひっぱりこんだ。

「これを見てくれ」

田村はトーロプからシーツをはぎとろうと手を伸ばした。その瞬間、シーツを突き破って飛び出てきた。

一瞬、本当にヘビかと思った。だが細めの紐くらいの太さしかない。色もピンクというか肉色で、ぬらぬらと光って田村の腕に巻きついた。「うわッ」湿っていて、ぺたりとくっついてくる。「うわッ、うわーッ」

腕を振ったら、紐が飛び去ると同時に痛みが走った。点々と血が盛りあがって赤い線になる。引っ掻《か》かれた？

くねくねとシーツから伸びている肉色の紐の先端に、鋭い棘がついている。目の醒めるようなイエローだ。

田村は用心深く紐をよけながらシーツの端をつかみ、ひっぱった。ごろんと中身が出てきたが、転がった拍子に紐は消えた。

「なんですかこれは。人間の頭の形をしてますね」

矢崎は少なからず驚いたようだ。そのようすに田村は満足感を覚えたが、この状況においてはまったく意味も益もないと悟り「トーロプだよッ、トーロプがこんなになっちまったんだよ！」泣き声になって「どうしよう、どうしたらいい？」

「彩野さんに電話するべきです」

そうだった、矢崎は最初からそう言っていた。ポケットから携帯電話を出した。操作して、呼び出し音にじりじりしながら待つ。

——なに？

彩野だ！　救いの女神だ！

「今どこにいるんだ、なんで出勤してこない」

——アンタに関係ないでしょ。

「それより大変なんだ」事情を説明した。彩野は怒り出した。

——婆ちゃんたちにトーロプを持たせっきりにしたの？　バカじゃないのアンタ、そばで見てやれるときだけって言ったのに！

「それは見つからないよう周りを警戒するためだと思ったんだ。なんなんだこれは、木の実じゃなかったのか」

——実だよ、でもトーロプだよ、アンタ甘いよ。

「とにかく助けてくれ、どうしたらいい？」

——全部回収して。できるだけ早くそっちに行くから。

「でも、こいつ刺すんだ」

——知らん、なんとかしろッ。

電話は切れた。

田村は床のトーロプを見た。視線はどうしてもトーロプの眼に吸い寄せられる。眼の形をした空洞だ。底知れぬ闇だ。するとその奥に光が瞬いた。いや、光ではなく中で鮮やかな黄色が蠢《うごめ》いているのだ。出てきた。くねりながら出てきた。さっきの棘つきの紐みたいなものだ。触手か——？

触手は一本ではなかった。うじゃうじゃと出てきた。左右の眼からうじゃうじゃと。

矢崎が部屋を出ていこうとしていた。田村は叫んだ。「逃げるのかっ」

「洗濯の仕分けが残っています。だいぶ時間をロスしてしまいました」

「逃げるんだろ？　頼むよ、助けてくれよ」

「見たところ、これなら片づけるのは一人で充分でしょう」

「これがか!?」無数の触手が互いにからみあいながら先端の棘を持ち上げてくる。

政蔵さあああん！　部屋の外から須間さんの絶叫が聞こえた。するとトーロプの触手がいっせいにそちらを向いた。

「矢崎、俺を助けろ！」

「それは命令ですか」

「俺のマニュアルに書いてあっただろ、緊急事態には実力行使、これが俺の実力行使だ！」

矢崎は恐ろしく冷めた一瞥を田村によこした。そしてくるりと背中を向けると出ていってしまった。

おい？　嘘だろ？

ぺたりと腕に触れた。田村は思わず飛びあがった。この触手、どこまで伸びるんだ——

あとはもう自力でなんとかするしかなかった。シーツをトーロプにかぶせるが触手が押しあげてくる。手で押さえこもうとしたら棘がシーツを突き破る。破って飛び出てきたのが目に刺さるところだった。とっさによけたら頬を裂かれた。鉄錆《てつさび》のにおい。自分の血のにおい。それもたちまち腐臭の甘さにかき消されシーツはもうびりびりだ。ゆらめく触手。濡れて光る触手。先端の棘の凶暴なまでのイエロー。鮮やかすぎる。涙が出るほど鮮やかすぎる。

戸が開いた。田村の前にどんと置かれた。特大ポリバケツだ。蓋もついている。蓋には黒の太字で、『便汚れ専用』と書かれてある。

「洗濯室から借りてきました。あとで洗って返してください」矢崎だった。

「そうか、これならあの棘も防げる、ありがとう矢崎君、もどってきてくれたんだね」

が、矢崎は踵《きびす》を返し、

「では僕は仕分けが残っているので。田村さんもあと十三分で配茶の時間ですよ」

戸が静かにしめられた。

昼間の熱が残るアスファルトの上を、田村は台車に特大ポリバケツを乗せ、押していった。バケツの蓋はガムテープで厳重に密閉してある。中から音がする。須間さんのトーロプの触手が棘を打ちつけているのだ。そのたびにバケツも震える。

須間さんのトーロプ以外は、まだ変異する段階ではなかったのは幸いだった。といっても大仏お婆さんのチロは、毛は抜けずに白と茶が混じり出していた。ヘソクリだといって金庫にしまわれていたトーロプは、四角く変形していた。札束か。

駐車場に軽自動車が停まっている。そのシャンパンピンクの車体に西陽が反射してまぶしい。腰が今ごろになって痛い。車のドアがあいた。降りてきた彩野が田村を睨み、何か言いたげに唇を歪める。

けれども先に田村がすまんと頭をさげると、ため息をついた。

「トーロプはあたしが漠市に持って帰って、祖母ちゃんにきいて始末するから」

「本当にすまん」

彩野が車のトランクをあけた。そこへバケツをつめこもうとして、田村は気づいた。助手席に誰か座っている。

「えっ小野寺さん？　えっなんで？　忌引きだったんじゃ――」

「アンタのせいだからね」バタンと彩野がトランクを閉じる。

「アンタ、この人にあたしのことチクったでしょ、不純異性交遊？　はあ？　いつ時代の言葉だよ？　この人、不倫がバレたと勘違いしてさ、あたしに逃げようって、駈け落ちしようって、駈け落ちっていつ時代の話だよ？　でもあたしもアンタにいろいろバレちゃったし、まあいいかと思ってさ。ディズニーランド行って、ハウステンボス行って、温泉泊まって、飽きたから今日ちょうど帰ってきたところ。アンタ、ラッキーだったね」

田村は返す言葉がない。

「で？　これからどうすんの？」田村ではなく、小野寺に投げかけた問いだった。

小野寺が車から降りてきた。「金がもうない」

「あっそ。あたしは辞めよっかなあ、さんざん無断欠勤したし、施設はほかにもあるし」

「僕は忌引きだから」

ちっ。彩野の舌打ちだ。

小野寺は『はるさわ苑』へと歩き出した。彩野は車に乗りこんだ。二人とも田村になんの挨拶もなかった。だが田村のほうは彩野に訊きたいことがあった。運転席の窓を叩き、

「待ってくれ、須間さんのトーロプがほかと比べて異常に生長したのは、やっぱり政蔵さんへの愛情が深かったから？」

田村は須間さんの嘆きように胸が痛かった。トーロプの入ったポリバケツを運び出すときも、車椅子で追いかけてきて、バケツにとりすがって泣いた。そうすると中でトーロプも反応して、バケツを打つ音がいっそう烈《はげ》しくなった。

「愛ならいいんだけどね」彩野の妙に老いたような声だった。

「うちの祖母ちゃんが言ってたよ、トーロプを生長させるのは欲求や執着だから、やっかいなんだって」

施設まで走ってもどった。屋内に入ったとたん汗が噴き出す。ぽつんと矢崎が立っている。無視するわけにもいかず田村は声をかけた。

「珍しいな、いつも五時きっかりに帰るのに」

「今日がインターンシップの最終日です」

「あっそうか、矢崎君にはいろいろと面倒をかけたね、助かった、感謝してる、ご苦労様、じゃあ学業も頑張れよ」

「お礼を言おうと思い待ってました」

「うんわかった、じゃあ」

「今回の一番の収穫は田村さんの自作マニュアルです。今後はあれを他人とのつきあいの基本ルールとします。あなたは正しかった、忠告はやはり三回、四回目のときはもう遅い、そのまえに行動するべきでした、トーロプがああなるまえに」

皮肉か？

「おかげで洗濯物も満足のいく仕分けができず、そのあとの仕事も押せ押せになりました」

苦情か。

「二度とこんなことのないよう、田村さんのマニュアルを充分に活用させてもらいます」

反省だ。

この風変わりな学生とはもう会うこともないだろう。だが、去っていく背中をしみじみと見送っている余裕は、田村にはなかった。

車庫に車を入れ、玄関まで走る。鍵をさしこむのももどかしく、ドアをあけ靴を脱ぎ捨て自宅に駈けこむ。

どうしよう、聞こえない。

だあめんかべたい、と叫ぶ声が聞こえない。

そのかわり、むうっと、においが押し寄せてきた。糞尿の臭気はこの家にすっかりしみついてしまっている。しかしさらに、それを泥絵の具で塗りつぶすかのように充満しているのは、甘ったるいにおいだ。地に落ちてもまだ貪欲に熟し続ける果実のにおい。成熟と腐敗との境界線をも融かすにおい。

ああ、あちこちに緑色の毛が落ちていた。その毛を蹴散らして進む。和室の戸をあける。

ああ、と田村は顔をおおった。

遅かった――

伯母にトーロプをあたえたのは間違いだった。それは認める。だけど、トーロプがこんなことになるとは、こんなにでかくなるとは、形も、形も、いったいこれは何だ?

田村が深夜『はるさわ苑』に忍びこみ彩野の秘密をつきとめたとき、他言しないかわりに出した条件は、トーロプを一つよこせというものだった。彩野から手に入れたトーロプを、田村は伯母の絹子《きぬこ》に持たせたのだ。

絹子は九十一歳、認知症が始まったのは三年前、買い物先で転んで足を骨折したのがきっかけだった。症状の進行はさながら階段を一気に飛び降りるかのようだった。幼児じみた呂律《ろれつ》で、だあめんかべたい《ラーメン食べたい》、と駄々をこねる伯母に、田村は愕然となった。

田村は退職した。少しでも長く伯母のそばにいてやりたかった。田村が実の両親を亡くしたのはまだ小学生にもならないときで、葬儀もそこそこに親族が、孤児となった田村の処遇でもめた。当時伯母は三十八歳、辛気くさいいかず後家とこちらも厄介者扱いで、親戚連中が引きあげたあと残されたのは、正座して俯いたきりの伯母と、座布団の上で寝入ってしまった幼い田村だった。

トーロプは人間の子ども、小学生くらいの大きさにまで生長していた。形も人の形といえばそう見えなくもない。頭は無いが。

球体だったのがいつしか楕円になり、もっと長くなり、片方の端が四つに分かれだし、その中側の二本がさらに伸び、たとえるなら『こんな大根を収穫しました、宇宙人?』などという見出しで新聞の投稿欄に写真が載るような形だ。ただし色は緑。ドブの底にへばりついた苔ともヘドロともつかぬ暗緑色。

伯母は洋裁の仕事で生計をたてていたが、他にも内職を増やして田村を養ってくれた。田村が小学校へあがると、親戚が伯母に就職口を世話してくれた。デパートの紳士服売場の店員だ。ところが三日で辞めざるを得なかった。客の男性に話しかけられ、さらには採寸もせねばならず、相手の体に巻き尺をあてるうちどうにも動悸がおさまらず汗も出て、悲鳴をあげて逃げ帰ってきたのだ。顔をつぶされたと親戚からは縁を切られた。

伯母が自分で見つけてきた仕事はパート工員で、ネジをひたすら選別する仕事だった。それが終わるとすぐに商店街の精肉店に行き、冬も夏も汗を流しながら黙々とコロッケを揚げた。内気で口下手な伯母ではあったが、田村が学校での出来事を話すと笑った。ひっそりと笑った。ちゃぶ台に置かれたおかずは売れ残りのコロッケ、ウスターソースの香りはちょっと酸っぱく、蛍光灯の光は温かい。

熟した果実のにおいにむせかえる。エアコンが作動しているはずなのに、汗がにじみ出てくる。伯母は布団の上に横たわっている。肌掛け布団を跳ねとばし、寝間着も脱ぎ捨て、下着も、リハビリパンツも、紙おむつも、散らばっている。紙おむつは汚物で汚れている。便が畳にべっとりついている。

布団の上で伯母の絹子は裸だ。

伯母のしもの世話は辛かった。暴言を吐かれるのも悲しかった。殴りかかってきたときは黙って耐えた。年寄りでも力いっぱい打ちおろす拳《こぶし》は痛い。痣《あざ》になったこともある。でも伯母は俺を育ててくれた。必死になって育ててくれた。伯母は俺の母親同然だ。だから伯母の世話は俺がする。当然のことだ。

布団の上で伯母の絹子は裸だ。垂れた尻に便がへばりついている。うんこは汚い。おしっこも臭い。手につくとぞっとして震えあがった。おむつから漏れて下着や、布団まで汚され、おまけに伯母は洗ってやろうとしても厭がって暴れて、このクソバカヤロウなどと罵ってくるから、思わず怒鳴り返してしまった。俺を引き取って育ててくれたのに。俺の母親なのに。子どもの俺が寝小便をしても叱ることなくパンツを洗ってくれたのに。こんな情けない話、誰にも言えない、言えやしない。風呂で伯母を洗ってやりながら、肉も脂肪も垂れ落ちてずだ袋のようになったその体に涙が出た。

布団の上で伯母の絹子は便のへばりついた尻をこちらに向け、手足をトーロプにからませている。

介護職員の研修を受け『はるさわ苑』に再就職したのは、情けない自分を鍛え直すためだ。介護のプロならうんこまみれで殴ってくる手だって、やさしく受け止められるだろう。日中はヘルパーを頼むとして、だが夜勤は到底無理だから、パート勤務しかなかった。一日の仕事が終わったら急いで帰宅して、息つく間もなく食事をつくって、だあめん、だあめんと喚《わめ》く伯母に食べさせ片づけて、風呂に入れて着がえさせ、洗濯機をまわし干して伯母が散らかした部屋も片づける。そのあいだにも伯母は呂律のまわらぬ口で筋も脈絡もない話をまた始め、それさっき聞いたよと言っているのにまた最初から話し出し、適当な受け答えをしようものなら湯呑みを投げつけられた。

破片を片づける指が震える。『はるさわ苑』に勤めたのは何のためだったのか。糞尿も平気になったのに、無性に叫びたくなるのはどうしてなのか。だが伯母を施設に預けるなんてできない。そんな選択をしたら負けだ。だから彩野からトーロプの効能を聞いたとき、これしかないと思ったのだ。トーロプが伯母に及ぼした効果は絶大だった。あいかわらず言動はとんちんかんだったが、昔の伯母が、内気で控えめでやさしい伯母が、もどってきた。

布団の上で伯母の絹子は全裸になって、トーロプと抱きあっている。白髪を汗でうなじにはりつかせ、トーロプとセックスしている。

田村が離婚したのは元妻の被害妄想が原因だった。元妻は陽気でしっかりもので、人を中傷するような女ではなかった。そう田村は思っていた。伯母との同居も快く承知してくれたのだ。だが、ほどなく別居したいと言い出した。理由を訊いても返事は曖昧で、だから気にせずにいたらセックスを拒むようになった。わけを問い質《ただ》すと、とんでもないこたえが返ってきた。あの人が夫婦の寝室を覗くから。あの人とは伯母のことか！　なんて汚《けが》らわしい言いがかりだ！　田村は伯母との二人暮らしにもどった。再婚はしなかった。する気になれなかった。

においにむせかえる。舌の奥に甘い味が粘りだすほどだ。においはどこから発せられているのだろう。トーロプ？　それとも伯母？

お願いだ。

いつものように言ってくれ。

だあめんかべたいと駄々をこねてくれ。

しかし伯母の絹子はトーロプを抱えこんで、腿のあいだに挟んで、足をしっかりと巻きつけている。その裸体は妙に白い。冷めた肉まんじゅうみたいだ。中身がしぼんで皮があまって、皺が太いのや細かいのや縦横に這っている。

いっぽうトーロプはどす黒い緑で、小学生くらいの大きさで、形は頭部のない人体のようで、その足とおぼしきものの付け根あたりが、ちょうど絹子の腿に挟まれている。

絹子が息を吐いた。長い息だった。笑うときも声を出さない伯母は、悦楽に感極まったときも、息だけなのか。

息とともに絹子が身じろぎしたから、抱えこんでいるトーロプとのあいだに隙間ができ、そこに田村は見た。トーロプの足の付け根、股の部分、裂けて出てきている。あの肉色の触手だ。

絹子の体と密着しているから長く伸びる必要はないのだろう、幾十もの短いのがうねうねと蠢いている。

あれはいつのことだっただろうか、伯母がテレビの画面を食い入るように見ていた。教育番組だった。爬虫類の生態を紹介していた。トカゲか何かの生殖器が映っていた。それはいちどきに現れた幾つもの突起で、生肉のピンク色をしていて、その中心に一本とりわけ鮮やかなイエローのが立っており、そのさまはまるで種の異なる生物が寄生したかのようだった。伯母はまばたきもせず凝視していた。

今、伯母の絹子は目を閉じている。うっとりと閉じている。目蓋の裏に何が映っているのだろう。いつか見たトカゲの交尾の映像だろうか。「してみたかったの、死ぬまえにいっぺんでいいからしてみたかったの」

トーロプの触手は絹子の股にがっちりと取りついていた。何本かは膣へ侵入しているようだが、多くは薄く貧相になった恥毛のあたりや、太腿の内側や、後ろへまわって便で汚れた尻などに、あの黄色の棘でもって刺して深々と潜りこんで、股全体をわしづかみしている状態だ。潜りこんだ無数の触手がくねって震えて、絹子を股の内部からもみくちゃにする。

絹子があえいだ。絹子の裸の胸が上下した。乳房も揺れた。しなびて垂れた乳房が——いいや！　しなびてなんかいない。垂れてもいない。脂肪で張りつめ、その脂肪が皮膚を透かして輝いているかのようで、乳首もぷっくりと立って、とても老婆の乳房とは思えない。手足も木の根みたいだったのがしなやかに伸び、腰はくびれ、そこから優美に丸く二つの尻の丘が盛り上がっている、便をつけたまま。

死をまえにした老婆たちの欲求や執着がトーロプを生長させると、彩野は言っていた。だから田村は、伯母の体に取りついているトーロプを見て、養分となる欲求と執着を直に吸い取っているのだと思った。だから吸いつくしたら、トーロプも終わりだろうと期待していた。吸いつくすまえに老婆の寿命がつきる場合だってある。

だけど、あとは死ぬばかりだった老婆が活力をとりもどしたら？　死とともに欲求と執着も消えるはずだったのに、若返ってしまったら？　トーロプは養分を吸い取っているのではなく、逆に送りこんでいるのか？　共生生物のように互いに存続し続けるために。においが、熟れすぎた果実のにおいが、いよいよきつくなる。絹子が息を吐くごとに押し寄せてくる。

矢崎に助けを求めるべきか。それとも彩野に電話するか。

駄目だ、さんざん面倒をかけたばかりだ、これ以上頼めるものか。第一こんな伯母の姿、とても見せられない。

田村は台所へ行った。伯母がさわらないようにと隠しておいた包丁を出した。もう考えまい。何も考えまい。

和室に取って返す。布団の上で連結している伯母と物体のかたわらにしゃがみこむ。考えまい。何も考えまい。

包丁の刃を連結部分へあて、力をこめて押し下げた。

切れた触手は踊り狂い、切り損ねた触手も抵抗しているのか烈しくくねり出す。それを一本ずつ断ち切っていく。切り口から蜜のようなものがしたたった。手にかかった。熱くて火傷したみたいにひりついた。が、かまってはいられない。すべての触手を切断しトーロプを除去しなくては。いったいなんだってこんなことになったんだろう、ということは考えなかった。伯母が求め執着していたものは何なのか、ということも考えなかった。これが俺の伯母なのか、こんなの俺が知っている伯母じゃない、俺を育ててくれた伯母は、俺の母さんだった伯母は——、考えなかった。

触手がすべて切断できたら大根星人の形をしたトーロプを伯母の体から引き離す。最初伯母はしがみついてきたが、巻きついた腕を田村は梱包でも解くようにほどいた。トーロプを取り去ると伯母は脱力して四肢を投げ出した。トーロプは市の指定ゴミ袋に入れ、一枚や二枚では不安だからありったけ全部使い、ガムテープできっちり封をして、さらにプラスティックの衣装ケースに入れ、蓋の留め具も忘れずにはめた。

次は伯母の体に残った触手を引き抜く番だ。トーロプの汁がつかないようゴム手袋をはめてから、伯母の足を開かせた。一本一本抜いていった。切断された触手はもう動かなかった。ただ引き抜くたびに伯母の白い体が痙攣した。抜いたあとに点々と穴が残った。

こういった作業を田村は淡々とこなしていった。それは『はるさわ苑』で入居者たちの排泄の介助をこなしていくのと、なんら変わりなかった。

そうしてすべてをやり終えたとき。

田村は神経が擦り切れ、魂はそげ落ち、外見こそはこれから始まる第二の人生に胸膨らませる年代の男だったが、内面はことごとく老いさらばえ、屍《しかばね》同然だった。

そうしてかたわらの布団を見ると、絹子がゆるゆると顔をあげ、起きあがっていた。

黒々とした髪を跳ねあげる。

はちきれんばかりの裸体を惜しげもなくさらす。

絹子は腕をくねらせ後ろへまわし、尻についた便をこそげとった。そして、

「だあめんかべる」

と言って口に入れた。

くれのに

駈けこんで叫ぶ。「助けてくれっ」

が、三池《みいけ》はあっと息を呑んだ。

家具がない。テレビも、電子レンジも、鍋や皿、パソコン、本、全部ない。アパートの部屋に、なんにもない。

「なんだよこれ、どうしちゃったんだよ……」

まさか夜逃げ？　だって先週訪ねたときはいたじゃないか。ここで一緒に楽しく飲み会したじゃないか。突然黙って消えるなんて、そんなに追いつめられていたのか。オレら、親友だろ？　就活がうまくいってないのはオレだって同じだ、悩んでいたならなんで打ち明けてくれなかったんだ。

いや待てよ。ここは漠市《ばくし》だ。さすがのあいつもとうとう漠市の闇に呑みこまれたか――

「矢崎《やざき》、どこ行っちまったんだ、オレを助けてくれよお！」

一週間前のその晩は十月にしては寒かった。昼間はそれほどでもなかったけれど、夜になって急に冷えこんできて、三池はやっぱり母親の言うとおり上着を持ってくるんだったと、首を縮こませて歩いていた。隣で吉岡《よしおか》も背を丸めている。暗闇に、ふっと触れたかのように甘い花の香りがした。が、すぐさま消えた。「やっぱり矢崎は迷惑そうだったよ」吉岡が言うから、三池は声が大きくなった。

「なんで？　オレら親友だろ？　いいか、既卒の就活のいちばんの敵は孤独なんだ、オレら助けあわなきゃ、卒業してもいまだに中途採用ねらって就活してんのオレらだけなんだからさあ。三人で集まって情報交換してさ、酒飲んで愚痴言いあってさ、あってでもおまえは第二新卒なんだよな、オレらなんかよりぜんぜん余裕だよな、だいたいさあ、せっかく就職できたのになんで辞めるかな、もったいねえ。夢とかほんとにやりたい仕事とか、それ絶対ワガママだと思う」

吉岡は笑って返すだけだ。

「だいたいおまえは大学院に進んだ理由からして違ってたもんな、オレなんか単に就活先延ばししたかっただけだもんな。いーい？　オレ就職はしたいの、働く気まんまんなの、でも就活はヤなの、苦手なの、あー早く決めてえ、明日の最終面接、決めてえ」

「矢崎は就活、順調なのかな、喋ってたの僕たちばかりだったよ、やっぱり誘うのはもうやめたほうがいいんじゃないかな、ビールも全然飲んでなかったし」

「吉岡ちゃーん、もっとゆっくり歩こうよ」

「でもここ、漠市だし」もごもご言って足をゆるめないから、三池も小走りになる。

街路灯が青白く燃えている。建ち並ぶ家々は眠っているというより、じっと息をひそめているかのようだ。吉岡の足がますます速くなる。「終電、間にあうかな……」

「でもさあ」三池はまた走って追いついて「矢崎のやつもさあ、この流れで帰れって、ふつう泊まってけだろ？　酒とか食うもんも買ってったのにさ、ゴミは持ち帰れって小学校の遠足かッ」ビールの空き缶が、手にさげたスーパーの袋の中でカラカラいう。

「それくらいいいじゃない、部屋に入れてもらえただけでも奇跡だよ、帰るときだって、手を洗えとか色々教えてくれただろ」

「ちゃんと手え洗いましょうって小学生かッ」

「だいいち泊まったら駄目だろう、三池は明日、面接なんだから」

「午後からだから平気だもーん、石鹸使って洗えってインフルエンザかッ、漠市菌かッ」

「いや、矢崎の話によるとウィルス的なもんじゃないみたいだよ、穢《けが》れをはらうとか……。思うに、マーキングを消すってことじゃないかな、禍々《まがまが》しいものが追ってこられないように」

「あ、ネットカフェみつけ、もう今日はここに泊まってこうぜ」

その店舗は道を曲がったとたん忽然《こつぜん》と現れたのだ。夕方ここを通ったときにこんな建物はあっただろうか。看板を照らすスポットライトがせわしく明滅し、『やすらぎのネットカフェ』という文字が闇に浮かんだり消えたりしている。

「駄目だよ、ヤバいよ」なぜか吉岡が小声になる。「こんな家しかない狭い通りにネットカフェなんて、どう考えても怪しすぎる。だいたい矢崎が言ってただろう、安易に店に入るなって」

「でした、でした、そうでした」

「三池、酔ってるな。帰ろう、明日に備えて早く寝なよ」

「うーす、了解っす」

敬礼して返事したのに吉岡は見てくれず、ネットカフェを通りすぎていく。三池はふらふらと、カフェの壁に設置された自動販売機へと寄っていった。吉岡の背中へ「矢崎はほかになんか言ってたっけかあ?」

「金を払うなって——」

そう言って吉岡が振り向いたのと、三池が自販機に硬貨を入れたのと同時だった。機械の中を硬貨が落ちていく音がする。

「なにしてるんだ三池っ」

「だって」

ドリンクの選択ボタンのランプがいっせいに点く。「だってなんか飲もうかなって」早く選べと言わんばかりにランプの光量が増してくる、ような気がする。

「えっ、これヤバい？　オレ金払ったことになるの？」

「どうだろう、お金を払うなっていうのも店に入るなっていうのも、要は誰かと喋ったりして関わりを持つなって意味だと思うけど。相手が自販機なら——、でもここは漠市——」

「どうしよう、まずいかな？」

「まずい、たぶん」

「そうだっ、もしかしてこうすりゃいいかも」

三池は取り消しレバーをひねった。しかし自販機は沈黙している。救いを求めて吉岡を見る。吉岡は憐れむような目だ。次の瞬間、軽やかな音とともに硬貨が釣り銭口に吐き出されてきた。二人一緒に安堵の息をつく。

「早いとこ駅へ行こうぜ」

三池は硬貨を財布にしまった。足はもう動き出している。が、財布に入れたつもりの百円玉が落ちた。おまけにそれを歩き出していた自分の足が蹴った！

百円玉が跳ね、闇にキラッと光り、アスファルトを転がっていく。

三池は追いかける。転がる。追う。転がる。その先に待ち構えていたのは側溝で、側溝には鉄格子の蓋がしてあって、格子の隙間へと百円玉が落ち——る寸前、つかまえた！

と思ったら、チャリンチャリンと小銭がばらまかれた。財布の口をしめていなかったのだ。チャリンという音にまじって一つ、何か別種の、でもどこかで聞いたことのある音がした。お正月に神社にお参りに行って投げる賽銭の音だ。

いかにも、そこにあったのは賽銭箱だった。祠《ほこら》がたっていたのだ。お地蔵様でも祀《まつ》ってあるのだろうか、民家の塀と垣根に挟まれて、つい見すごしてしまいそうなコンパクトなやしろだ。かろうじてとどく街路灯の光に、影が薄くのびて闇へとつながっていく。

三池は泣き笑い顔になって訊《き》いた。

「こん中にオレの金、入ってないよな？」

申し訳なさそうに吉岡がこたえた。

「ごめん、入ったの目撃した」

この場合、金を支払ったことになるのか？

とりあえず落とした他の硬貨は回収した。祠はちんまりとうずくまっている。高さは三池の腰くらい、屋根に張られたトタンは錆《さび》だらけ、前面の格子扉も朽《く》ちかけており全体的に傾いている。なのに、なぜかしめ縄は真新しい。紙垂《しで》の白さも闇ににじみ出すかのようだ。

「なにが祀ってあるのかな？」

そう言って、三池が腰をかがめ覗こうとしたときだ。

ガタッといった。格子扉があいた。飛び出てきた。ひゃあ、悲鳴をあげて三池はひっくりかえる。

「ごめんなさい、ごめんなさい、ごめんなさい」

「落ち着け三池、自然に転がり落ちてきたんだよ、祠が斜めになってるから」

恐る恐る三池は目をあけ、自分の足のあいだに転がっているものを見た。

なんだ、これ。

なんだ、このぽよよんとしたものは？

吉岡も首をかしげ、

「祠にあったということは、御神体……？」

うーん、と二人して唸《うな》る。

「子どものいたずらだろうか」

「現代アートかも、なんとかトリエンナーレとかさ、町中に展示するんだよ」

フィギュアだったのだ。大きな頭をした三頭身の人形が、短い両手でなにやら印を結び、これまた短い足の片方をラインダンスよろしく振りあげている。白と黒、同じ人形が二体あった。頭のてっぺんから爪先まで真っ白のやつが、同じく全身真っ黒のやつの上に重なっている。ちなみに頭髪はない。アホ毛もない。あっ違った、よくよく見たら一体だった。

背中あわせに白黒二つの体がくっついている。

「異形の神とか……」

「いやあ、ゆるキャラだろ」

「クレって書いてある……」

上になっている白いほうの腹に記されていた。『クレ』。マーカーで、しかも書き殴った字だ。

ふたたび三池は吉岡とともに唸った。これはどう解釈すればいいのか？　てゆうか、真面目に考えることか？　ただのゆるキャラのフィギュアじゃん。

「とりあえず祠にもどしときゃいいか」

三池が人形をつかんだ。ひゅっと吉岡が息を呑む。

「なにビビってんだよ、あとで手え洗えばいいんだろ」

「でも矢崎はこうも言ってた、ケースによって対処法が違うからすべてに通用するかわからない」

「でもこのままほっといたらばちがあたったりして」

「でもとにかく関わらないことが一番だって矢崎が」

「でももう関わっちゃった」

ほら、と三池が人形を持った手を突き出す。吉岡は飛びあがってさがる。

もともと吉岡は漢市にある矢崎の下宿を訪ねることに乗り気ではなかった。帰り道も逃げるみたいに歩いていた。今だって悲痛な表情になって、人形と三池を見比べている。

「もー、おまえがそんな顔すんなって」三池はわざと無造作に人形を祠に納めながら「もし祟《たた》りがあったとしても、おまえは大丈夫だって。賽銭箱に百円入れちゃったのオレなんだし」

人形は二体が背中でつながっているから、片足をあげたポーズでも祠の中で立たせることができた。パタンと格子扉を閉じる。

黙りこんでいた吉岡が口を開いた。「あのね、考えたんだけど、」

三池は明るく返事してやる。「はいはい？」

「金を払うってなにかを買うってことで、つまり取引だろ。金を払うなというのは取引するなって意味なんじゃないかな。賽銭箱に賽銭を入れたら普通は願いごとをする、それが取引だろ。だったら――」

「そうか、願いごとしなければいい！」さすが吉岡！

あとは駈け足で駅を目指した。最終電車にはなんとか間にあった。急いで列車に乗りこんで、やれやれと座席に腰をおろし、そういえば、と三池は思い出した。人形を祠にもどしたとき見たのだ。黒いほうの人形の腹にも書いてあった。『ノニ』。

黄色い文字で、『ノニ』。

地の黒色が透けない不透明インクのマーカーで書かれた、やはり乱暴な字だった。

それを吉岡に話したら、こう返された。

「もう忘れよう、あれはたぶん、なんでもないことだったんだ、就活に集中しようよ」

そう言いながらも吉岡は正面を向いたまま、三池のほうを見なかった。


ともかく何でもいいからさっさと手を洗ってしまおう。深夜の町はひっそりと寝静まっている。

駅から自宅までの道はむかしは商店街だった。今でも何軒かは商売を続けていて、三池もたまに学校帰りに立ち寄る。その店は三池が小学生のころまで豆腐屋だった。代替わりして今は不動産屋なのだが、店先の水道は残っている。

ちょっとお借りしまーす。店の閉じたシャッターへ一つ頭をさげてから、三池は蛇口をひねった。

「うー、冷てえ」

足もとで水が跳ねてパンツの裾を濡らすが仕方ない。ただ、石鹸がない。まあいいかとも思うが、矢崎は石鹸を使えと言っていた。普段、滅多に自分から喋らない矢崎がだ。

それにもし石鹸を使って洗わなかったと吉岡が知ったら、あいつのことだ、いつまでも気に病むだろう。

街路灯の灯りを頼りにあたりを見まわす。けれど石鹸など、むろんあるはずもない。

ありさちゃん、どうしようか？　不動産屋のシャッターの前の、のぼり旗に問いかけた。十年前から同じ宣伝の旗が立っているのだ。印刷がすっかり褪《あ》せて、端も擦り切れているけれど、魔女っ子の扮装をしたアイドルの笑顔は全然色褪せていないと三池は思う。大ファンだったのだ。ＣＤも中学生の少ない小遣いで買った。一発屋だったから一枚きりだったけれど。

魔法の杖を振って賃貸アパートを出した美少女アイドルの横で文字が躍っている。あなたのお願い、なんでもきいちゃう！

お願い、ありさちゃん、石鹸出してくれぃ。

なーんちゃって、と蛇口をひねって水を止めた。ハンカチを持っていないから手を振って水を切る。と、そのとき、夜の闇にスポイトで蛍光色をたらしたように、電子音が鳴った。

変なメロディーだ。なにか気に障るメロディーだ。甘いんだけど、そこはかとなくイカの塩辛の味がするホイップクリーム、みたいな。

誰？　誰のスマホ？　と三池は首をまわして探す。しかし闇を透かし見ても人影はない。

着信メロディーが消えた。

同時にそれは起こった。

ドサドサと頭になだれ落ちてくる。うわっなんだなんだと頭をかばって、でも遅れてきた最後の一つがこつんと頭頂部にあたって、三池の手に着地した。

え、石鹼？　えええっ？

それは今どきあまり見かけない固形石鹼だった。ミルク色で、ねっとりした艶の、角のない四角いやつが二十個か三十個、道路に散らばっている。なんで？　誰が？　見あげるが、店の二階は雨戸がしまっている。隣の家と向かいは平屋で、屋根の上に誰かがいる、なんてこともない。夜空の高いところで星が静かに瞬いている。

「おい、おまえ！」

いきなり怒鳴られた。

「おまえだよ、おまえ、なにやってるんだ、ここは公共の道路だぞ」

中年の男が立てた指をブンブン振って近づいてくる。けれども真っ直ぐ歩いてこられず、止まったら止まったで体がぐらぐらしている。「なんだあ？　これは石鹼かあ？　なんでこんないっぱいあるんだ」

それはオレが聞きたいよ、と三池は胸の中で返す。

「片づけろ、すぐに片づけろ、グズグズせんで片づけんか！」

男の言葉より酒臭い息を避けたくて、三池は石鹼を拾い始めた。手に持つとわずかに粘つくようなこの感触、やっぱり普通の石鹼だ。ビールの空き缶を持ち帰ってきた袋につめていく。

「そっちにもあるぞ。ほれ、こっちも」男が指図してくる。「ズルしようたって俺様の目はごまかされんからな、ふん！」

すべて拾い終わって、ずっしりと重くなった袋をさげ、三池はさっさと男から離れようとした。

「おい、逃げる気か」

しつこいな。

「おまえ、ほんとは盗品だろう、石鹸、盗んだんだろう」

「はあ？」

「正直に言え、盗んだんだろうが」

「こんなもん盗むわけないでしょ」

「じゃあなんで大量に持ってるんだ、俺の目はごまかされんぞコソ泥が。おまえみたいなヤツがな、日本をダメにしてるんだ、わかってるのか？　反省しろ、謝罪しろ、土下座して謝れ、こらドロボー逃げるな！　おまえみたいなヤツはなあ、いっぺん痛い目にあわんとわからんのだ、通報してやる、今、今、一一〇番してやるからな」スマホを出している。

「ちょっと待てよ、やめろよ」

「通報してやるぞう、痛い目にあわせてやるぞう」

いい加減にしろ、この酔っ払いが、おまえこそ痛い目にあえばいいのに。

闇に蛍光色の泡が噴き出したように、電子音が鳴り響いた。

さっきの着信メロディーだ。おっ焼きそばだ、と喜んで口に入れたら輪ゴムの山盛りだった、みたいな、騙《だま》されたような裏切られたような不快さが漂うメロディーだ。酔っ払い男が一心不乱にスマホを覗きこんでいる。

なんだ、あいつのスマホだったのか、趣味悪い——


人形が踊っている。

白い人形と黒い人形が、かわるがわる踊っている。

白い人形が短い腕を胸の前であわせ、パッ、パッと印を結ぶ。足も短いのを器用に振りあげて、ジャンプ、ジャンプ。

そして、くるっと半転して、今度は黒い人形が現れる。

黒も同じく短い腕をひねっては手を組みかえ、足は右へチョン、左へチョン、キックキック、ターン。

ターンするとふたたび現れたのは白い人形だ。黒白の二体が背中あわせにくっついているのだ。

鳴り響いている電子音は、どこかで聞いたメロディーだ。調子っぱずれになるのをぎりぎりのところで踏みとどまって、だけどやっぱり何かが決定的に狂っていて、聞く者の脳味噌を人形たちとともに踏み荒らす。

曲にあわせて歌声が流れてきた。甲高く張りあげた子どもの声だ。幼児の合唱だ。

白はクレちゃん、黒はノニちゃん
二人はなかよし、いつでもいっしょ
クレちゃんがいるところには、かならず、ぜったい
ノニちゃんもいる
ぜったい、ぜったい
ノニちゃんもいる……

目をあけると壁に残った画鋲《がびょう》の穴が見えた。

子どものころ、そこに戦隊もののカレンダーをかけていたのだ。カレンダーは小学校の六年間買ってもらったから、穴は六つある。三池は布団から起きあがった。

耳の奥で幼児の歌声がまだ鳴っている。クレちゃん？　ノニちゃん？　夕べはあれからどうしたんだっけ？　服も着がえずに寝たらしく、パーカーもパンツも昨日のままだ。

酔っ払いには通報されずにすんだんだよな？　石鹸は？　石鹸のせいで酔っ払いにから

まれたんだ、石鹼が空から大量に降ってきて——

しかし、その石鹼を袋に拾い集めたはずなのに、部屋を見まわしても袋はない。もしかして最初からだよな、そうだよな、石鹼が降ってくるなんてこと、あるわけない。もしかして最初から、祠のところから、全部夢だったとか？　漠市が見せた悪夢、なーんちゃって。吉岡に訊いてみよう。

ところが、スマホを見るなり三池は青くなった。

三分で顔を洗ってスーツを着る。ネクタイを鞄に突っこんで玄関へ走る。「まったくもう、遅くまで飲んでくるから」母親の小言がついてくる。「財布持った？　定期持った？　受験票とかは？」

「持った、全部持った」

「昨日、近所で事件があったんだって、オヤジ狩りだって」

「じゃ、行ってくるわ」

「あんたも夜道は用心なさいよ、面接頑張って」

母親の声を背中で聞いて、三池は全速力で走る。なんとしても十二時四十一分の電車に乗らなきゃならない。やっと最終面接までこぎつけたのに、ここで遅刻なんてあり得ない。うわッとなった。横っ飛びしてバランスを崩し、でもなんとか転ばないようこらえる。角を曲がったら人がいたのだ。足を止めずに首だけねじって「すんませんっ」

しかし黒っぽい服装のその男は返事もせず、電信柱の陰に入る。そのやけに素早い動きが気になった。このあたりでは見かけない男だ。一瞬、母親から聞いた昨夜のオヤジ狩りの話が頭をよぎる。が、時間がない、突っ走る。

歩いて十三分かかるところを四分で走った。肺が灼《や》ける。心臓が破裂しそうだ。だが駅の前まで来たちょうどそのとき、電車が滑りこんでくるのが見えた。改札は地下だ。

足がもつれそうになりながら階段を駈けおりる。改札から人がぞろぞろ出てくる。それをよけながら改札を抜け、今度はホームへの階段をのぼる。足が重い。筋肉じゃなくて砂がつまってるみたいに重い。頭上からフォンが鳴るのが聞こえた。発車の合図だ。待って、ちょっとだけ待って、今行くから、すぐ行くから、

頼む、電車、待ってくれえ！

しかし振り仰げばコンクリートの階段はまだまだ残っていて、まるで一生かかってものぼりきれないいんじゃないかと思うほど残っていて――

そこへピキパキッと極彩色の亀裂が入った。そんなふうに鳴った。

着信メロディーだ。昨夜耳にして、夢にまで出てきたメロディーだ。針で刺されるみたいにある瞬間音程がはずされ、リズムも唐突に、崖っぷちでそらよっと背中を押されたみたいに狂うメロディーだ。

階段にいるのは三池一人だった。膝にがっくりと手をつき荒い息を吐き、まさかと思い

ながらスーツのポケットからスマホを出した。

メッセージが来ている。そんな設定にはしていないのにディスプレイに表示されている。

リョーカイ
なんだ？　リョーカイって了解か？　了解って何が？　差出人は、クレ、とある。

クレ？　クレって、白い人形のクレ？

相手のＩＤを確かめようと思った。そのとたん、メッセージの文字が右端から一文字ずつ、画面下方に落ち出した。落ちて消える。パラパラと見る間に消える。

スマホのディスプレイは通常の設定にもどった。

なんだったんだろう？　目の錯覚か？　夢でも見たのか？

だがそんなことより就活先に連絡しなきゃいけない。どうしよう、寝坊して遅刻しますなんてとても言えない。足を引きずって残りの階段をのぼる。

すると驚いた、ホームにまだ電車がいるではないか！

三池はそそくさと乗りこんだ。それを待っていたかのように、電車のドアが閉じた。車内アナウンスが告げる。

——信号機のトラブルのため、乗客の皆様には大変ご迷惑をおかけしました……

ゴトン、とひと揺れして電車が発車した。ラッキーだったと単純に喜んでいいのだろうか。こめかみあたりにもやもやと疑念がまとわりついている。

三池はもう一度スマホを操作し、履歴を確かめてみた。あの妙な着信メロディーが、夕べも自分のスマホが鳴らしたものならメッセージがとどいていたはずだ。

しかし保存されたメッセージの中にそれらしきものはなかった。そうだ、さっきも読んだそばからメッセージの文字は消えていた——

電車は快調に進んでいく。窓の向こう側でのどかな陽射しを浴びた家々と、黄色くなった田んぼが流れ去る。


「まず、当社を志望した理由を聞かせてください」

「はい。わたしは御社の将来性に非常に魅力を感じており」何十回と同じ回答をしているので言葉が滑るように出てくる。

「寝具メーカーとして御社は歴史あるばかりでなく、新製品開発や海外進出にも」ところが三池は気づいた。面接官は三人いるのだが、三人とも聞いていない。右端の女性はブラウスの襟ばかり気にしているし、左端の男性は何かメモしているけれど、あのペンの動きは落書きじゃなかろうか。そして真ん中の年配の男性、半白髪をきっちり七三分けにしたこのおじさんが三人の中でいちばん偉い人のようだけど、頬杖ついて目をつむっている。

「実は昨夜、変な夢を見たんです」わっ、言っちゃったぜオレ。けど三人ともこっちを見た！

「それが本当に変な夢で、白と黒の人形が踊って歌っているんですけど、夢見が悪いとはまさにこのことで、それで目が覚めてから考えたんです、こんな変な夢を見たのはせんべい布団で寝たせいじゃないかと。枕もいつも肩のここんとこが痛くなるし。つまりわたしの言いたいことは、人間は一日の三分の一の時間を睡眠にあてます、そのあいだ夢を見ます、つまり人の人生の三分の一は夢なんです。ということは、人生の三分の一を楽しくすごせるかどうかは寝具によって決まる、それは責任重大で、けどやりがいに満ちていて、わたしはたくさんの人に幸せな夢を見てもらいたい、そういう仕事がしたいんです！」

言っているうち、本当にそんな気持ちになってきた。拳《こぶし》まで握っている。落書きしていた面接官の手が止まり、女性のほうもしきりと頷いている。

いいぞ、これはいけるかも。

三池は懸命にアピールした。業界について問われればつめこんだ知識を総動員し、今まで最も辛かった経験はと訊かれたら、高校のキャンプですのこの上で寝たときの苦しみを面白おかしく語って寝具のありがたみを熱弁した。ぷっと女性面接官が吹き出した。落書きの面接官はもう部下を見守る上司の顔になっている。いける、オレ、ついに採用かも。

だが、ぎくりとなった。半白髪七三分けの面接官が腕組みをしている。両脇の二人が喜べば喜ぶほど、眉間の皺《しわ》が深くなってくる。

「では最後になにかひと言あれば、どうぞ」

「あっはい、えー、わたしはとにかくなによりも寝るのが大好きです。そんな至福の時間を、御社の寝具でより多くの人にも感じてほしい、それがわたしの夢であり目標です！」

やる気と熱意のこもった三池の言葉に、面接官二人は微笑みかけてくれた。けれども七三分けはそっぽを向いている。フン、と鼻を鳴らした。

嫌われた、オレ完全に嫌われた――

退室してドアをしめると、追い打ちをかけるかのように中から聞こえてきた。なんだあのふざけたやつは、けしからん！

駄目だ、もう絶望だ。あの七三分けのおっさんはたぶん課長とか部長とかだろう。他の二人がどんなにオレを推してくれても、あのおっさんがいるかぎりオレ、不採用だ。

――のに。

――ればいいのに。

――あのおっさん、いなくなればいいのに。

すると鳴った。三池のポケットの中で鳴った。さながら天使のラッパのごとく例の着信メロディーが。天使かラッパかのどちらかが、あるいはその両方ともが、実は真っ赤なニセモノでした！　と嘲笑うかのような音調で。

電源は切っておいたはずなのにスマホにメッセージが表示されている。

リョーカイ

しかし差出人が違う。ノニ、とある。クレではなく、今度はノニ。いったいこれはなんなんだ、どういうことだ？　と思う間もなく、メッセージは右端の文字からこぼれ、消えていった。

あれ？　なんでオレ、ここにいるんだろう？

三池の目に映っているのは、自分の部屋の壁の、六つの画鋲の穴だ。蛍光灯が点いている。時計を見ると、デジタル表示が21：05から06に変わった。窓の外は真っ暗、間違いなく夜だ。手にさげた鞄が重い。スーツを着ているということは、今帰ってきたところなのか？　でも面接が終わったのは昼間の二時すぎ。そのあとオレ、どうしたんだ？

思い出せない。記憶がない。そこだけ消しゴムアイコンをクリックして削除したみたいに真っ白だ。

オレ酔ってんのか？　面接が絶望的でヤケ酒飲んだ？

鞄を放り出し「母ちゃん、オレってさあ――」が、ドスンという予想外の振動が、部屋を出ようとしていた三池を振り返らせた。

畳に放り出された鞄はファスナーがあけっぱなしだったので、資料書類やら就活ノートやらが飛び出ている。それらに挟まれ、異質なものが覗いている。

蛍光灯を反射し、ぎらついた光を放つそれ。金属。何か細長いものの突端。握ってひっぱり出す。ずっしりと重い。スパナだ。でかい。

一瞬、事態を飲みこめなくて三池は見入ってしまい、それから、うわっと叫んで投げ捨てた。鈍い音とともにスパナは畳の上で小さく跳ね返った。「血だ!」

スパナの頭部、二つに分かれたあごでネジをがっちりとくわえこむ部分が、血にまみれていたのだ。血は乾いていた。赤黒い斑《まだら》はほんのわずかな厚みがあった。

な、なんでこんなものがオレの鞄に——

いたずら? 嫌がらせ? いったい誰がいつの間に——

しかし財布を確かめると出てきた。レシートだ。まったく知らないホームセンターの名とロゴが記してあって、スパナNC－L、¥8,146とある。

どういうこと? オレが買ったってこと? 八千百四十六円って、そんなにするのこのスパナ。

もう一度手に取って、鼻に近づけにおいを嗅《か》いでみた。ペンキか何かだったらいいなと思ったのだ。

血腥《ちなまぐさ》い。

吐きそうだ。

居間に入ると母親が一人でテレビを見ていた。三池の顔を見て「なあに直也《なおや》、スーツ着がえなさいよ、シワになるよ」

無視して三池はチャンネルをかえる。リモコンのボタンを次々と押していく。母親はリモコンを取り返そうとしたが、考え直したようだ。声をやわらげ「まあ、また次の会社頑張ればいいじゃない、ご飯食べるでしょ、すぐあっためるから」

「黙って！」

テレビの画面に映し出された写真は、昼間の面接官だった。アナウンサーの口調は淡々としている。

——帰宅途中に何者かに背後から金属製の鈍器のようなもので殴られ、倒れているところを発見されました。

顔写真は何年か前のものらしく、白髪の割り合いが今日会ったときより少ない。でもやはりきっちりと七三に分けている。

——さんは病院に運ばれましたが、頭蓋骨を骨折するなど全治二か月の重傷です。意識はあり、犯人の顔は見ていないと言っています。

「母ちゃん」声がうわずってしまう。

「母ちゃん、なあ、母ちゃんってば！」

台所から母親が顔を出す。「なに、呼んだ？」

「昨日、ここらでオヤジ狩りがあったって言ってただろ」

「そうそう、酔って帰ってきた人がやられたらしいわ。ほら、不動産屋の前の道、あんたも通るでしょ、気をつけなさいよ、財布盗《と》られたって、石鹼暴行魔だって」

「石鹼」

「そう、被害者ボコボコにして、無理やり石鹼を口に入れて食べさせたんだって」

「石鹼」

「犯人は石鹼マニアかしらねえ、何十個も袋に入って落ちてたって」

自分の部屋に駆けもどって机の引き出しをあける。全部あける。棚もひっかきまわす。タンスもあける。服をかきわけて探す。出てきた。財布だ、男ものの財布。紙幣よりポイントカードかなんかでパンパンになっている、見知らぬ財布。

三池は畳に尻を落とし、頭を抱えた。


考えろ、考えろオレ、よおく考えろ。

もとはといえば漠市の賽銭箱だ。賽銭箱にオレが百円玉を落としたからだ。祠に祀ってあったフィギュア、白黒の神様、クレとノニ。

夢で聞いた歌がよみがえる。

白はクレちゃん、黒はノニちゃん
二人はなかよし、いつでもいっしょ

クレちゃんがいるところには、かならず、ぜったいノニちゃんもいる……

石鹸をくれとオレが願ったら、願うつもりなんかなくただ思っただけだったけれど、本当に石鹸が降ってきた。クレが願いをかなえたってことか？　そうして次は酔っ払いに痛い目にあえばいいのにと思ったら、本当にオヤジ狩りにあってしまった。ノニか。ノニが願いをかなえた？　いいや、願いというより、こっちは呪いだ、しかもオヤジ狩りはオレが自分でやったっぽい。ああああ、嘘だろ？

「直也あ、ご飯できたよう」台所から母親が呼んでいる。

クレがいるところには必ずノニがいる――。クレとノニはセットなんだ。クレが願いをかなえたら、今度はノニが必ずオレに呪いを実行させる、ということなのか？

「直也、どうしたの、大丈夫？」母親が部屋の前まで来たらしく、ドアをノックする。

今日だって願ったとおりに電車の発車が遅れた。そのあとつい、面接官がいなくなればいいのにと思ってしまったら、やっぱり病院送りになった。たぶんこのオレにスパナで襲われて――

けど、本当にオレがやったのか？　単なる偶然じゃないのか？　そう、きっと偶然が重なっただけだ。見知らぬ財布はどこかで拾った。飲みすぎたせいで憶えていないだけで財布は拾ってきたんだ。そして血のついたスパナは、スパナは、

「直也、そう落ちこむことないって」ドアの向こう側から母親が言う。「面接試験もね、縁だって言うよ、実力とかより面接した人と気があわなかったってこともあるんだって」

それどころじゃないんだ母ちゃん、もうあっち行っててくれよ。

そう思ったとたん、着信メロディー。

そしてメッセージ、**リョーカイ**。

と、蛍光灯が消えた。真っ暗になった。

「停電？」ドアの外で母親がつぶやく。

が、すぐに灯りは点いた。明るさがもどる。しかし、

「えっなに？　なになに？」母親の声。

この家の中で大勢が騒いでいるのだ。そんな物音が、部屋の壁をへだてて三池にも聞こえてくるのだ。早口のお喋りにどっと沸く笑い。茶化してまぜっかえして大爆笑。「なんなのよもう」バタバタと母親の足音が走り去っていく。

いなくなった、オレの願ったとおりになった！

部屋のドアをあけると騒音がクリアになった。廊下に反響するのは、大音量の音楽、そして商品をお勧めするお馴染みの文句。テレビのコマーシャルだ。テレビがボリュウムを最大限にまであげられ、がなりたてているのだ。

それだけではなかった。一定のリズムで繰り返されるこの機械音は、洗濯機が回転して

いるのだ。電子レンジのタイマーが切れチンと鳴り、湯沸かし器の合成ボイスが、設定温度が四十度に変わりましたとアナウンスする。チン、設定温度が四十一度に、チン、四十二度に、チン、チンチンチン！

クレの仕業だ。クレが願いをかなえたんだ。

クレとノニ、本当に本当なんだ。

母親が家じゅう走って電源を切ってまわっている。三池は部屋にひっこみ、スマホを持って検索する。オヤジ狩りとスパナで殴打事件、ニュースを指ではじきとばしていく。警察の捜査はどこまで進んでいるのか、目撃者はいないのか。

どちらの事件も特に新しい情報はなかった。だけどオヤジ狩りの被害者は面接官ほどの重傷ではないらしく、少しだけほっとした。

はたと思い出す。窓へ寄り、カーテンの隙間からそっと外を覗く。

やはりいた！　この家から三軒目の角の電信柱、黒い人影が見える。今朝ぶつかりそうになった男だ。あれからずっと立っているのか。警察？　張りこみ？

今朝会ったということは、オヤジ狩りの捜査をしていたんだ。オレ、捕まるんだろうか。そんな、なんで、まったく記憶にないのに。でも証拠の財布がここにある。それだけじゃない、スパナも、血がべっとりついたスパナも持ってる。

犯人確保《かくほ》ー！　手錠がカチャッ。フラッシュ閃《ひらめ》く中ひったてられていくオレ。ノニの仕業なのに、ノニにやらされただけなのに、でも取調室でこんな話をしても誰も信じてくれない。

いきなり部屋のドアがあいたものだから、三池は飛びあがって財布とスパナを背中に隠した。

「あんた、なにのん気にスマホなんか見てるのよ」ずかずかと母親が入ってくる。「ちょっと一緒に来てよ、テレビと洗濯機と湯沸かし器も、もう怖いわあ」

「今、無理……」

「とにかくコンセント抜きまくってさ、どうしよう、もうコンセントもどしても大丈夫かな、ちょっと来て、一緒に見て」

「無理……」

「無理って、あんたねえ。たまには役に立ったらどうなのよ、就活が大変だろうと思って気を遣ってやれば甘えちゃってさ、夕飯だってせっかく温めたのに食べにも来ない。あのねえ、苦しいのはあんただけじゃないのよ、みんな就活には苦労してるの、こんなこと言いたくないけど、あんたはねえ――」

言いたくなかったら黙ってりゃあいいじゃん、もう、母ちゃんなんか口利《き》けなくなればいいのに。

氷の手が一気に背中を撫《な》でおろした。しまった、タンマ、今のなし……

堕天使の高笑いさながらに着信メロディーが鳴る。

スマホの画面に表示されている。

リョーカイ
視界が暗くなった。母親はまだ何か話していたが、その声が遠のいていく。駄目だ、意識を手放しちゃ駄目だ。懸命に三池は滑り落ちていく自分を止めようとしがみつくが、つかんだもの自体がずりずりとさがっていくのだ。

体が勝手に動く。やめろ、やめろ、頭の中で叫ぶが、体はすでにプログラムが書き換えられ、忠実にそれに従っている。

母親を突き飛ばす。倒れたところを髪をひっつかんで引きずっていく。そして居間へ入って、あれを探して、見つけて振り返ったら母親が這《は》って逃げようとしていたから、その足首をつかんで引き戻し——

そこでぷつりと、三池の意識は切れた。

父親に伴われて母親が病院から帰ってきたのは、翌日になってからだった。

居間で両親と向かいあって座った。三池は深く頭を垂れ、母親は大きなマスクをしている。

「直也」父親の重々しい声だった。

「父さんたちは反省している、おまえがこれほど追いつめられていたなんて知らなかった。無理してたんだな、就活、大変なんだな、わかってやれなくてすまなかった」

両親は三池の母親への暴行を、就活に悩むあまり一時的に錯乱してのこと、と解釈したらしい。

「わたしが悪かったの、あんたの気持ちも考えずにガミガミ怒っちゃって」

母親の声は聞き取りにくい。マスクをしているからだけではなく、口を動かすのが辛いのだ。マスクの下がどんな状態になっているか、知るのが怖い。

昨夜遅く帰宅した父親は、母親の惨状に腰を抜かした。どうした、何があったと訊いてもむろん母親はこたえられず、そのときには三池はすでに自分の部屋にもどっていて、大変だと父親が駈けこんできてようやく我に返ったのだった。

母親の口は安全ピンでとめられていたのだ。母親の口に安全ピンがずらっと五本、上唇と下唇を刺して、貫いていた。

「就活は無理しないで気長にやればいい。安心しろ、大丈夫だ、父さんたちはおまえのことを信じているから、直也を最後まで応援するから」

自首しよう。

三池は決心した。

自首して、信じてくれるかどうかわからないけれどすべてを話して、それから罪を償ってやり直すんだ。

その男は思ったとおり、今日もやはり三池の家から三軒先の電信柱の陰に立っていた。紺色のコートを着て、柱に寄りかかって、スマホを見ているというごく日常的な行為を装いながら、油断なく周辺を探っている。

三池がそばに寄ると男がスマホから顔をあげた。ドラマで見たとおり刑事の服ってよれよれなんだな、とぼんやり三池は思った。

「すみません、オレがやりましたっ」

頭をさげた三池に、男は険しい顔になった。そして背中を向けダッシュした。

反射的に三池は男のコートをつかむ。それを振り切って男は立ち去ろうとする。しかし三池はコートを決して離さず「信じてください、オレ悪気はなかったんです、てゆうか、あんなことする気はなかったってゆうか、意識がなかったってゆうか」

眼前に花火があがった。チカチカ脳裏を飛び交った。男の拳が顔面にめりこんだのだ。点々と鼻血がアスファルトに落ちる。涙にかすむ視界にパトカーが停まり、警官が走り寄ってくる。

あ然とする三池の前で、連行されていったのはコートの男だった。電信柱の立っている家の主婦につきまとっていたストーカーだったらしい。

パトカーは走り去った。三池は顔を押さえてとぼとぼと家に引き返した。

さあ、知りません、わかりません、オレはただ通りかかっただけです、もちろん男から暴行なんか受けてもいないし、鼻血は下向いて歩いてて電信柱にぶつかったんです――

警官に何を問われても、三池はこう言い通したのだった。


もう二度と願いごとはしない。〇〇してくれと思わない。

そうすればクレが願いをかなえることはないから、セットであるノニの呪いも実行されない。これからオレは心静かに生きていくんだ。常に謙虚で慎ましくストイックに生きるんだ。そうしてめでたく寝具メーカーに就職したあかつきには、一所懸命働いて、給料をもらったら真っ先に、オレがオヤジ狩りをしてしまった被害者とスパナで襲った被害者のかたに、きちんと治療費を払う、匿名でだけど。だから、どうかどうか警察だけは勘弁してください。証拠の財布とスパナは処分させていただきました。

きっぱりと、三池は心を入れかえた。たとえコンビニのレジが長蛇の列でも、前に並んだ年寄りが自分の番になってからゆっくりゆっくり財布を出していても、早くしてくれよ、などとは決して思わない。たとえバイト仲間がオーダーを間違えても、伝票をごちゃまぜにしても、提供するテーブルがわからず料理の皿を持ってウロウロしても、またかよ、いい加減仕事に慣れてくれよ、なんてこれっぽっちも思わない。

それどころかコンビニのお婆さんには重たそうな買い物袋を持ってやり、粗忽者《そこつもの》のバイト仲間には先回りしてフォローしてやった。なんだ、簡単じゃないか。ちょっと我慢して、ちょっと骨を折ればいいんだ。それだけで自分は穏やかに暮らせるし、おまけに、お婆さんからは感謝されツナのおにぎりをもらったし、バイト先はトラブルが格段に減って雰囲気がよくなった。いいぞ、この調子だオレ、就職してからも頑張るぞっ。

しかし、採用の通知がまだ来ない。

待てども待てども、寝具メーカーからの電話はない。

最終面接ではいい感触を得られた。ただ一人オレを嫌っていた面接官は、こんな考えはよくないけれど、ノニの呪いでいなくなったのだから障害はないはずだ。

まさか不採用とか？　そんなの困る。ここでまた就職できなかったら、オレの将来どうなる、被害者へ治療費だって支払わなきゃいけないのに。

中途採用の場合、連絡が遅いのは不採用だって噂、本当だろうか。

ないない、不採用なんてあり得ない。だってオレ、呪いを実行したんだぞ。ノニに操られてスパナでガツッてやっちゃったんだぞ。そこまでさせておいて不採用だなんて、あり得ないだろう。

スマホはうんともすんとも言わない。ブルッとも動かない。

ぷうんとカレーのにおいがしてきた。台所からキャベツをきざむ音が聞こえてくる。コールスローサラダ付きカレー、今夜も三池の大好物だ。昨日は豚肉の天ぷらに大根おろしをかけたやつだった。一昨日はナスのミートグラタンだった。ここ最近、母親は三池の好きなものばかりつくってくれる。あんな目にあわせられたというのに。唇を安全ピンでとめられたというのに。大丈夫よ、直也はきっと就職できる、お母さん信じているから。

あと一回、あと一回だけクレに――

いいや駄目だ、絶対に駄目！

でも、もし、このまま一生就職できなかったら？

そのときハッと閃いた。

なあんだ、最初からこうすりゃよかったんじゃん。思わず笑ってしまう。

三池は姿勢を正した。両手を組んで祈るポーズになって天井を仰ぐ。

「クレ、頼む。採用の電話、来てくれえ！」

願うやいなや、例の軽薄なメロディーが鳴り響いたかと思うと、**リョーカイ**のメッセージを三池が確認する間もなく、スマホのバイブが電話の着信を知らせた。はたして電話は寝具メーカーからで、面接官だった女性の明るい声が採用を告げる。

やった、ついにやった！　三池はスマホを握りしめる。

だが、喜びにひたるのはそこまでだ。これからが正念場だ。

窓へ歩み寄り、カーテンを勢いよくあけた。夕陽の名残りの下でおぼろげな影絵となった町並みを見わたして探す。

犬の散歩をしているおばさん、駄目。自転車を立ちこぎして家路を急ぐ小学生、駄目。遠く光の列となって流れていく電車、もちろん駄目に決まっている。

猫を見つけた。このあたりでよく見かける野良猫だった。よし、あれだ。

「さてノニよ、今から言うぞ、よおく聞け。あのにゃんこ、丸坊主になればいいのに！」

みずから手をくだすとしても、これくらいならＯＫだ。ごめんよ、にゃんこ、おわびに煮干しをたんとあげるから。

着信メロディーが鳴るまで若干、間があったのは気のせいだろうか。猫を睨んで待っているのになぜだか意識がなくならない。目はぱっちり、頭ははっきり、猫は塀へ飛び乗って反対側へと消える。

スマホを見て、ノニからのメッセージを確認する。絶句した。

ゴマカサレナイ

それからも三池は思いつくかぎりの、○○のに、を試してみた。今晩のカレーが最悪になればいいのに、ナベに焦げつけばいいのに、真っ黒になればいいのに、コールスローもべちょべちょになればいいのに、あの窓割れちゃえばいいのに、なんなら家じゅうの窓ガラス、割れちゃえばいいのに。

スマホは沈黙している。

いったい何がいけないんだろう。最初から振り返って考えてみる。酔っ払いに痛い目にあえばいいと思ったときも、面接官がいなくなればいいと思ったときも、深く考えたわけじゃない。意識せずぽろっと出てきた。つまり本音ってことか。本心から願わないとノニは聞きとどけないのか。

ならば、これならどうだ。オレは今、心底思っている。もうまいった、勘弁してほしい、「こんなこと、もう終わりにしてくれればいいのに！」

やった！　着信メロディーだ、来た！

だが、とどいたメッセージに、三池はがくりと膝をついた。

ソレ、ノロイジャナイジャン
呪いじゃないと駄目なのか――

「三池」

いきなり呼ばれ心臓が跳ねあがる。

「なつなんだ、いつ来たんだ」

吉岡が部屋のドア口に立っている。

「何度も声かけたんだけど。どうした、顔色悪いね、風邪？　おばさんもマスクしてたけど」

「なんでもないよ」

「具合の悪いときにごめん、メールでよかったのになんか舞い上がっちゃって。すぐ帰るよ、内定とれたんだ、志望してたところ、それだけ言いたかったんだ」吉岡は口もとを引きしめているが、喜びがにじみ出ている。

「そうか、よかったなあ。前の会社辞めてまで、そこ狙ってたもんな、夢がかなったなあ」

それは三池の心からの言葉だった。しかし、言ったとたんに言葉はくるりとめくれ、裏側を見せた。いい気なもんだな。

一つ裏返ると次も裏返る。オレがこんなに悩んでいるのに。裏返る。ひとの気も知らないで。裏返る。なんでこいつばかり。裏返る裏返る、オセロゲームの大逆転みたいに裏返る。

在学中の就活ではオレは一コも内定がとれなかった。けれども吉岡は幾つも決まって、その中でいちばんいいところを選んで、だけど自分のやりたい仕事じゃないってあっさり辞めちゃって、でも結局こうして本当に入りたかった企業に再就職できた。オレだって寝具メーカーの内定もらったけど、それは入りたいんじゃなくて入れそうな会社で、しかも採用はクレのおかげだから次はノニの呪いが待ちかまえていて、せっかく就職してもオレは一生ノニに怯え続けなきゃならない。なんでオレばっかりこんな目にあわなきゃならないんだ、なんでオレばっかり、なんで——

不幸になればいいのに。

吉岡も不幸になればいいのに。

夢も希望も何もかも、なくなっちまえばいいのに。

とたん、着信メロディーが鳴った。死霊の踊るサンバのごときメロディーが。

しかしそれよりも三池の耳を占めたのは、おのれの体じゅうの血が凄《すさ》まじい勢いでくだる音だった。ああっオレはなんてことを――！

「出てけッ」吉岡を突き飛ばした。

「出てけ、帰れ、オレの前から消え去れ！」

なに、どうしたのと戸惑う吉岡を部屋から押し出し、玄関へ追いやり、外へ放り出す。

「もう二度と、永遠に、オレの前に現れるなッ！」玄関の戸をしめ鍵をかける。

その瞬間、闇が落ちてきた。


救急車のサイレンが鳴っていた。

足がブレーキペダルを踏みこみ、タイヤの摩擦音とともにガクッと体がつんのめって、そのショックで三池は頭がはっきりした。握りしめているのはハンドルだ。なんでオレが――？　運転なんて免許をとったきり一回か二回くらいしかしていないのに。

フロントガラスの外は暗闇だった。街灯に照らされた街路樹も、マンションの整列した窓灯りも、知らない景色だ。車内には缶詰タイプの芳香剤、シートカバーはストライプ、これは父親の車だ。

サイレンが鳴っている。血が凍る。

サイレンが近づいてくる。凍った血流が血管をえぐって進む。

サイレンが――

帰れ！　今すぐアクセル踏んで帰れ！　そして布団かぶって寝て、朝になったらテレビの流すニュースに親と一緒に驚けばいい。そうしてそのあとは寝具メーカーに毎日真面目に出勤して、帰りは上司に誘われれば居酒屋でチューハイを飲みながらお世辞言ったり訓示を拝聴したり、たいして面白くはないが平穏な人生を送るのだ。さあ、とっとと帰れ！

三池は、一歩、また一歩、と歩いていくのだった。

赤い光線が夜の闇にまき散らされていた。サイレンはすでに止められていて、パトカーの赤いライトだけが無言で回転しているのだった。そのせわしく瞬く光を浴び、三池は歩いていくのだ。

救急車も停まっている。人が集まって歩道で遠巻きにしている。現場は強烈なライトに照らされ色がとび、けれども救急隊員の動作には緊迫感はなく、どこか後処理をしているといったような余裕が見られる。

ひき逃げらしいよ、即死だって。

酷《ひど》いな、あんなにふっ飛ばされて。

ブレーキもかけなかっただろうって。

横断歩道から六、七メートルは離れたところに、吉岡の体は横たわっていた。ライトのせいで耳から垂れている血が墨汁のように見えた。眼は開いたきりまばたきもせず、眼球に映りこんだ白い光が修正ホワイトを垂らしたようだ。

それを見物人たちの頭のあいだから確認し、三池は不思議と胸に安らぎを覚えたのだった。自分の運転していた車のボンネットがひしゃげているのを知ったのは、目立たぬ路地に駐車して降りたときだった。目蓋の裏に絶望が映った。だけど今、同じ目蓋の裏に仄明るく灯っているのは希望の灯だ。

大丈夫。まだ間にあう。

まだ方法はある。

吉岡の体が持ち上げられ、ストレッチャーに載せられ、だらんと腕が垂れる。

お願いだ、クレ。

死なせないでくれ、吉岡を五体満足で返してくれ！

能天気な曲が、底抜けの能天気さで底なしの不安をおしゃれにラッピングしたようなメロディーが、鳴った。

見なくてもわかる。スマホには、**リョーカイ**というメッセージがとどいている。

驚嘆の声があがった。救急隊員だ。そして人々のどよめきが起こる。いっせいに掲げられるスマートフォン。その長方形の光。撮影しているのだ。そうしたようすを見守りながら、三池は人垣からさがる。

救急隊員の声はいまだ動揺を隠せず、野次馬たちの興奮はさらに増し、反対にいささかのんびりした調子の吉岡の返事が聞こえてくる。「はあ、大丈夫ですけど。ええ、どこも痛くありません、あのう、なんで救急車に乗せられてるんでしょうか」

ゆるゆると安堵の幕が三池の頭上におりてきた。

それも束の間、裏返ってたちまち暗黒に変わる。


助けてくれ。

晴れわたった空を雲の群れが悠々と旅している。

助けてくれ。

風に吹かれて落ち葉が道路の上で笑い転げている。

「助けてくれ、矢崎！」

ところが駈けこんだアパートの部屋に、親友の姿はない。それどころか家具、電化製品、日用品、全部消えている。

夜逃げ？　嘘だろ、先週ここで一緒に楽しく酒を飲んだばかりなのに。

どうすりゃいいんだよ、矢崎、なんでいないないんだよお。

——のに。

——ればいいのに。

「うわあああっ」頭を抱え三池は突っ伏す。「バカッ、考えるなッ」畳の上で転げまわってぼかすかと自分を殴る。

「矢崎い、もどってきてくれよお、親友だろ、助けてくれよお」

すると「親友じゃない」

玄関のドアがあいて入ってきた。

「矢崎！　もどってきてくれたか、夜逃げはやめか、聞いてくれよ、オレもう駄目だ……」

「夜逃げじゃない。大家さんに最後の挨拶に行っただけだ」

「えっ、じゃあなんだ引っ越し？　なんでまた」

「通勤に不便だから」

「えっ、じゃあ就職決まったの？　よかったなあ！　おまえが就職できるなんてホントよかった、オレもラッキーだ、おまえが引っ越すまえにギリギリ会えた」

矢崎は目を細める。「僕はアンラッキーだ」

三池はこれまでの経緯を矢崎に説明した。祠に祀られていた白黒二体の人形から始まり、吉岡が即死したくだりになり、奇跡的に再生したくだりになり、だが矢崎の反応は薄い。

「おい、ちゃんと聞いてんのか？　だからオレ、もう絶対に〇〇のにって思っちゃいけないんだよ、あのときの吉岡の姿、死んだ顔、絶対に思っちゃいけないんだよ！」

あれから三池はバイトを辞めた。同僚のミスが、以前はしょうがないなあですませられたミスが、どういうわけだかどうしても許せないのだ。そしてバイトだけでなく、コンビニでレジに並んで待たされただけでも、無性に腹立たしい。ならばイライラの原因にあわぬようにと、どこにも出かけず部屋にこもっていたら、今度は過去のあれこれが、忘れていたのになぜか詳細に思い出されてきて、ふつふつと腹が煮えてくる。とにかく余計なことは考えまいと、十年ぶりくらいに部屋の掃除をしだしたら、母親がいたく感激してしまい、それがまた癇《かん》に障ってしょうがない。

なぜだろう。〇〇してくれと願わないより、〇〇のにと呪わないでいるほうがずっと難しい。

頭から邪念を追い払うため今度はゲームをした。無心でいられる単純なゲームだ。一円玉を立てて並べる。トランプでタワーを作る。しかしすぐに飽きた。もともと飽きっぽいのだ。そもそも、こんなこと一生やっているわけにはいかない。来月は初出勤なのだ。やっと就職できたというのに、こんな状態でまともに仕事ができるのか。

あれに似ている。押すと世界が消滅するボタン、あれと同じだ。呪ってはいけないと思えば思うほど、考えてしまう。もういっそ呪ってしまったらどうだろう。呪えば楽になる。

クレとノニ、一セットが終わったら、あとはもうクレに願わなければいいんだから。小学校のとき、クラスのボスにイジメられたことがあった。自分だけでなくクラス全員がイジメられていた。今でも夢に見る。あいつにノニの呪いを使ったらどうだろう。イジメられていたみんなもさぞかしスッとするだろう。あいつだって自業自得、バカッ、考えるなッ、吉岡の顔を思い出せ、吉岡の死んだ顔を――

「矢崎、助けて」

三池は取りすがる。

「オレどうしたらいい？」

矢崎は思案しているようだった。そしてくるりと背を向けた。

「どこ行くの、見捨てないで」

「頭を整理してくる」

矢崎は出ていき、三池は空っぽの部屋に取り残された。このまま新しい引っ越し先に行っちゃうつもりじゃないだろうな？

が、わりと早く矢崎はもどってきた。手にスーパーの袋をぶらさげて部屋に入ってくると、その袋からブルーシートを出し、畳の上に敷き始めた。

それからまた袋から、新聞紙で包んだ細長くて平たいものを取り出した。くるくると新間紙をといていくと、現れたのは、先の尖《とが》った包丁だ。

握りしめ、矢崎はおもむろに包丁を振りかざすと、三池へめがけ振りおろした。

空気を切る音がした。風も感じたような気がした。とっさに身をひねって逃げていなければ、ぐさりとやられていただろう。

「な、なにするんだ」

「考えた結果、これが最良の解決策だ」矢崎は包丁を構え直す。

「ま、待て、オレを殺す気か」

「神を滅ぼすより、おまえを殺したほうが早い。死ねば呪うこともないだろう」

狙いを定め、えいやっと突き出してくる。切っ先が真っ直ぐ腹に来る。三池は飛びすさるが、ブルーシートにすべって尻もちをついてしまった。矢崎が立ちふさがる。背後は壁だ。

「ちょっと待って、こんな解決策ってあり？　あっわかった、わざとだな矢崎、そうやってオレを追いつめて、ノニの呪いをおまえに対して使わせようとしてるんだろ？」

矢崎は包丁を捨てた。

「大家さんから借りてきたけど、やはりドラマのような展開にはならないようだ」

「やめてくれよ、いくら親友だからってそんな自己犠牲、いらないよ」

「親友」

　シャツの下からひっぱり出したまな板を置くと、矢崎は見おろしてきた。しみじみと、こいつは何者だろうという面持ちで。

「初めて会ったときから三池が親友を名乗るのが不可解だった。それで機会があるたびに観察したが、わかったのは三池という人間の中途半端さだけだ。今回の災厄も中途半端が原因だ。クレとノニのシステムを理解したのに、内定をクレに願うべきではなかった」

「言われなくてもわかってるよっ」

「親友と言いつつ、志望した先に就職できた吉岡を呪うという矛盾」

「いちいち分析するなっ」

「吉岡を生き返らせたのも失敗だった」

「なんだって？」

「吉岡の死でクレとノニのサイクルは終了だったはずだ」

「おまえ、本気か、本気で言ってるのかッ」

「簡単な道理がなぜわからないんだろう。中途半端な人間だからだろうか」

「おまえ――、あのまま吉岡が死ねばよかったっていうのかッ」

　グラグラ煮えていた脳が沸点に達した。シュウシュウ蒸発して頭の中が空っぽになった。

その空洞の奥から響いてくる。

黒はノニちゃん、黒はノニちゃん
いつでもいっしょ、どこでもいっしょ

真っ黒に塗装されたフィギュアがやってくる。丸い腹に黄色でノニと書き殴った人形がやってくる。短い腕がちょこまかと印を結び、短い足が蹴って跳ね、そのリズムが、振動が、三池のがらんどうになった頭蓋骨を震わせる。

かならず、ぜったい、ノニちゃんは
ぜったい、ぜったい、ノニちゃんは

墨汁。

墨汁が垂れる。

吉岡の顔は強烈なライトに照らされたせいで色がとんでしまい、耳から垂れる血はまるで墨汁のようだ。

離れない
離れない

ノニちゃんはおまえから離れない

歌に電子音のメロディーが重なった。三池のポケットの中で鳴っているのだった。そして当然ながらスマホの画面には、ノニからのメッセージがこう表示されていることだろう。

リョーカイ

たちまち三池は視界が真っ暗になった。眼球に墨汁が注ぎこまれ、たっぷりと満たしたように。

が、しかし、一分もたたないうちに三池は意識を取りもどした。

おのれの手が握っているのは包丁だ。鈍く反射する刃が血に濡れている。畳をおおっているブルーシートにも、ぼたぼたと滴《したた》り落ちている。

眼前には矢崎が、普段よりもほんの二ミリほど目を見開いていた。わずかな変化だが、かなり驚いているのは確かだ。こんな矢崎、初めてだ。三池は声をしぼりだした。

「でもオレ、こうするしかなかったんだ……」

自分という存在すべてが左の手に集約され、その手は苦痛の塊だった。この激痛が三池の意識を引きもどしたのだった。左手の指、三本がなかった。人差し指と中指と薬指がブルーシートの血だまりに、カタカナのシみたいな形に浸かっていた。

「おまえのこと、思わず呪いそうになった、矢崎の言うとおりだ、オレは中途半端なヤツだ、どうしようもないヤツだ、こんなオレこそ酷い目にあえばいいのに！ ってオレそう思ったんだ、痛い、痛いよお」包丁を落とし、左手を押さえる。

なるほど、と矢崎は頷いた。

「予想外の結末だが結末には変わりない。これでクレとノニのサイクルは終了だ」

「ははは、オレ、もうなにも考えられない……」

痛い。猛烈に痛い。失くした三本の指のかわりに痛みが生えているみたいに痛い。

矢崎が救急車を呼んでくれた。でも病院にはついてきてくれなかった。引っ越し先の新しい住所も、むろん教えてくれなかった。


三池が矢崎と再会したのは、それから三年後のことだ。

夜の大通りはネオンにあふれ、クラクションや会話や音楽にあふれ、どこからか揚げ物のにおいも漂っていた。車の窓をおろし名を呼ぶと、矢崎は振り返ったが、あいかわらずの無感動さだった。

三池は運転手に待つように言って、よっこらしょと降りた。磨きあげられたリムジンの長い車体に、赤や黄の光が鏡のように映っている。

「久しぶりだなあ、今どうしてるの」

矢崎は、道行くサラリーマンたちと同じような色あいのスーツを着て、同じようなビジネスバッグをさげて、おそらく同じように帰宅する途中なのだろう。

いっぽう三池は、あつらえたタキシードは見るからに仕立てが良く、生地は光沢があってしなやかで、胸ポケットにたたまれたスリーピークスのチーフはリネンだった。

働いていないから仕事帰りというわけではない。といって、こうして車で外出したのは目的があったわけではない。人と会う約束もない。でも電話すれば十人や二十人、すぐに飛んでくるだろう。今夜はクラブを借り切ろうか、ホテルのスイートルームでもいい。

「三池か」やっと矢崎がこたえた。

「なんだよ、今ごろわかったのかよ」

矢崎はまだじろじろと眺めまわしてくる。そしてこう言った。

「ずいぶん多くの望みを願ったようだ」

すっと三池は視線をそらし、それからこう返した。

「じゃあオレ行くわ、忙しいし。またな」

リムジンのドアがあいた。三池はふたたび、よっこらしょと車に乗りこみ、シートに杖を置いた。

左足が膝までしかないから、ちょっとした動作にも苦労するのだ。手をついて支えられればいいのだが、左腕もない。肩のところからない。残った右手も指が二本なくなっている。ひらひらするスーツの袖やパンツの裾を車のドアに挟まないよう、注意しなくてはならない。

車が発進した。耳をかこうとして三池は思い出した。耳も失ったのだった、両耳とも。なのに、どうしてときどき痒《かゆ》くなるのだろう。

三池は体をひねり、リアウィンドウ越しに外を探した。右眼しか残っていないから、よく見ようとすると首を左右に振ることになる。

街は人工の光とシルエットが入り乱れ、その混沌に矢崎の姿はすでに溶けこんでいた。

ざむざのいえ

娘がいない。

光がひと筋、薄暗い部屋を横切っている。光はカーテンの合わせ目からベッドへ、床のカーペットへ、そしてまたのぼって学習机へ。ベッドはカバーがきちんと掛けられ、脱いだパジャマはたたんで枕もと。でも机の上には楽譜が置きっぱなしだ。

トンポの散歩にでも行ったのだろうか。貴子《たかこ》はカーテンをあける。一気に光が射しこんで部屋をすみずみまで洗う。窓から見おろすと、ふさふさ尻尾を振ってトンポが庭を嗅《か》ぎまわっていた。

「亜美《あみ》、どこ?」

階段をおりながら貴子は、さっきも返事がなかったのに娘を呼んでみる。もういっぺん洗面所を覗く。トイレもノックしてみる。やっぱりいない。和室にもいない。リビングのドアをあけたら悠斗《ゆうと》がテレビの前で突っ立っていた。まだパジャマのままだ。

「こら、子ども会に遅れちゃうよ」

今日は新入生歓迎会なのだ。役員のお母さんたちが引率して市内の公園へ遠足に行く。今年一年生になった悠斗の、初めての子ども会の行事だ。

そして亜美も今日は市民音楽劇のリハーサルがあるのだ。だから二人分のお弁当が必要だ。いったい亜美はどこへ行ったのか。

時計を見たら七時半をすぎていた。貴子は急いでキッチンに入って冷凍食品をチンする。残りのおむすびも握る。そういえば楽譜に記入する蛍光ペンがどうとか、夕べ亜美は言っていた。コンビニに行ったのかもしれない。「こら、悠斗！」

Tシャツを頭に通したきり、またテレビに釘づけになっている。「テレビ消しちゃうよー」いつもの脅し文句で悠斗を急《せ》かし、惣菜パンを温め牛乳もコップに注いでやる。もそもそパンを食べだした悠斗へ、つめ終わった弁当箱を見せてやった。イエイ！　悠斗が親指を立てて返した。

リュックを背負った小さな背中が駈けていき、角を曲がるのを見とどけてから、貴子は家に入った。テレビの音がやけに響く。リモコンを取って消す。

亜美はまだ帰ってこない。

コーラスパートのリハーサルは十一時からだから時間はある。大事な練習を亜美が忘れるはずがない。中学生になったら絶対オーディションを受けると言いつづけ、この春、念願がかなった。中一で合格したのは亜美を入れて四人だけだ。

テレビをつける。やっぱり消す。

庭でトンポが、うわん！　と鳴いた。貴子ははっとなった。

しかし亜美が帰ってきたのかと思ったら、窓から覗くとトンポが見あげているのは空だった。電柱のてっぺんでカラスが黒々とした羽を広げている。

柴犬っぽい雑種をもらってきてトンポと命名したのは夫だった。当時大流行したゲームに出てくるキャラクターの名だった。亜美につきあって仕方なくプレイしているんだ、なんて言い訳していた。あの日の朝もこんなふうに夫の姿がなかったのだ。犬のトンポもいなかったから、散歩に行ったんだろうと思っていた。そしたら救急車のサイレンが聞こえてきて、交通事故らしいと聞いて見にいったら、トンポが知らない人にリードを持たれ吠えていた。夫は即死だった。四年前のことだ。以来、貴子は大学の事務の仕事をして、亜美と悠斗を育ててきた。

亜美が通学に使うスクールバッグには、今でも、カエルにリスの尻尾が生えたようなキャラ、トンポのマスコットがぶらさがっている。

やっぱりおかしい。

亜美が、あの子が、黙って出かけるなんておかしい。

中学校のクラス名簿をひっぱり出す。だが電話番号は記されていない。個人情報だからと住所も記載されていないのだ。だいいち亜美と仲の良い子って誰だっけ？　中学にあがって二か月になるけれど亜美の口から友達の名前を聞いた記憶がない。

ちーちゃん。

思いつくのはちーちゃんだけだった。亜美とちーちゃんは幼稚園から一緒で、小学校のときもよく遊んでいた。でも高学年になるとクラスがわかれ、習い事も忙しくて疎遠になった。けれども貴子が今わかる電話番号はちーちゃんの家だけだ。

呼び出し音が繰り返され、留守かと諦《あきら》めかけたとき、もしもしと女の子の声がこたえた。

「あっちーちゃん？　亜美のお母さんだけど」

耳にあてた受話器から息を呑みこむ気配がした。

「あのね、ちーちゃん、亜美そっちに行ってない？」

「来てないけど」

「そうだよね、おばさんもそう思ったんだけど。朝からあの子いないんだよね」

ちーちゃんは返事をしない。

「なんか知らないかな、どこか行くとか聞いてない？」

返事はない。

「お願い、知ってたら教えて、なんでもいいから」貴子は受話器を耳に押しあてる。

ようやくぼそっと細い声が言った。

「亜美ちゃん、かわいそう」

「えっなに？」

「よく知らないけど沙也菜《さやな》ちゃんたちが」

「沙也菜ちゃん？　沙也菜ちゃんて？　かわいそうってどういうこと？」

また無言だ。

「ねえ、ちーちゃん、まさかいじめじゃないよね？　もしもし、聞いてる？　亜美はその子に呼び出されたの？　ねえ、ちーちゃん、もしもし」

しかし返ってくるのは、ツー、ツーという音だけだった。


まさかうちの子がいじめられている――？

クラス名簿を見直したら沙也菜という名前があった。本田《ほんだ》沙也菜。どこの子だろう。連絡先も載せずに、これでは何のための名簿かわからない。学校に電話しようか。でも今日は日曜だ。それにまだ友達の一人が曖昧《あいまい》に言っただけで、いじめと決まったわけじゃない。

名簿を手にうろうろして、それから思いついて貴子は二階へあがっていった。

娘の部屋に入る。スクールバッグをあけて、教科書、ノート、手あたり次第に調べる。ほらやっぱり。落書きもされていないし破られてもいない、異常なしだ。でも待って。もう一度ペンケースをあけてみる。

消しゴムがなかった。あの子のお気に入りのシャーペンもない。芯の色を選んでセットできる三色ボールペンも。このまえ買ってあげたばかりなのに――

亜美に話を聞かなくては。亜美はどこに行ったのだ。あの子、何やっているの？　何に巻きこまれたの？

呼び鈴が鳴った。同時に庭でトンボが吠え出した。亜美！

ところが貴子が玄関のドアをあけると、立っていたのは子ども会の役員だった。なにやら不穏な雰囲気だ。役員の後ろから悠斗の顔が覗いた。えっ泣いてる？　と思ったら、バタバタと悠斗は家の中へ駈けこんでしまう。役員の大川《おおかわ》さんが、まるで重大発表でもするように言った。

「申し訳ないけどお宅の悠斗くん、遠足は無理です」

大川さんの訴えによると、目的地のわかば公園へ歩いていく途中、悠斗が友達とふざけだした。何度も注意したのにとうとう転んでしまい、膝の擦り傷はたいしたことないが、何を言おうが、どれだけ慰めようが、泣きやまない。

「子ども会は団体行動なんですよ、悠斗くんの面倒ばかり見るわけにはいかないんです、このままだとお互いのために良くないからあえて言わせてもらうけど、悠斗くんが甘えるのはおうちで叱られた経験が、あら、」貴子が目をいからせたのに気づいたらしい。「わたし子ども会にもどらないと」

待って、と貴子は大川さんを引き止めた。言いたいことはたくさんある。けれど思い出したのだ。この人、顔が広いことで有名だ。

「本田沙也菜ちゃんをご存じですか？」

家に入ると悠斗は自分で救急箱を出してきて、膝に絆創膏《ばんそうこう》をはっていた。甘やかしたおぼえなどない。ただ、夫の死後フルタイムで働くことになり、小学三年生だった亜美はもともとしっかりした子だったから心配はなかったが、悠斗は二歳になったばかりで急きょ保育園に預けることになってしまった。グズグズと泣くのはそのころからで、貴子は毎朝保育園での別れ際に切なくなったものだ。

救急箱をしまってから悠斗は落ち着かない。ばたっとソファに伸びたかと思ったら、あーあ、大きなため息をつく。

「悠斗、遠足行きたい？　公園でお弁当食べる？」

ぴょんと飛び起きた。

「じゃあ約束して。転んだくらいで泣かないこと」

「ころんだんじゃないもん、五年生の人がおしてきたんだもん、うしろからドンッて」

貴子は胸を衝《つ》かれる。悠斗はいそいそとリュックをしょって「クマくん持ってってい い？」

保育園で悠斗が泣かずに貴子を見送れるようになったのは、編みぐるみのクマくんのおかげだ。以来どこへ行くのにも持ち歩き、うっかり忘れようものなら大騒ぎになった。小学生になるんだから卒業しようねと言い聞かせ、徐々に手から離すようにし、どうにかおもちゃ箱にしまっておけるようになったところだ。

でも、このまま子ども会の遠足に行かなかったら、最初の一歩でつまずくことになってしまう。あの子は面倒な子だとレッテルをはられてしまう。

「よし、クマくんと一緒に行こう」

大急ぎで日焼け止めをぬる。メイクは眉を描くだけにして、バッグとスマホを持って家を出る。自転車の後ろに悠斗を乗せ、クマくんは前かごに入れ、貴子はペダルを踏みこんだ。わかば公園は先ほど大川さんから聞いた本田沙也菜の家と、ちょうど同じ方向だ。吹きつける風が気持ちいい。でも自転車をこぎ続けていると汗ばんでくる。

わかば公園は見晴らしがよく、丸太を組んだ遊具に子どもたちがよじのぼって歓声をあげていた。自転車を飛び降り悠斗が駆け出していく。貴子もついていき、さっそくロープにぶらさがった悠斗にほっとする。役員たちにも挨拶しておく。大川さんの厭味《いやみ》は聞き流す。自転車にもどると前かごに編みぐるみが残っていた。思わず声を出して笑ってしまった。

次は亜美だ。亜美はいったい何をしているんだ。心配を通りこし、自分でもよくわからない怒りがこみあげてくる。

編みぐるみをバッグにしまった。入りきらずに毛糸の耳がはみ出した。

本田沙也菜のマンションは三階建てで、明るいオレンジのレンガ調の壁が目立っていた。自転車をどこに停めようかと貴子が迷っていると、二人連れの少女が通りの先からやってきた。

そのうちの一人は毛先を巻いてばっちりスタイリングしている。てっきり高校生かと思ったら、近づいてきた子は顔立ちがまだ幼く、亜美と同じくらいの年頃だ。

「もしかして本田沙也菜ちゃん？」

貴子はマンションの壁に自転車を寄せて停め、たずねた。ゆるふわカールの子がじろじろと貴子の顔を見ながら頷く。それからちらっと隣の子と見交わす。

「亜美は？　うちの亜美は一緒じゃないの？」

女の子たちは今度は顔を見あわせ、視線だけで目まぐるしく会話していたかと思うと、突然身を翻した。

「待ちなさいっ、待たないと親に言うよ、学校に言うよ！」

沙也菜が止まった。もう一人の子も止まった。そして振り向いた沙也菜が、

「うちらは悪くないからッ。悪いのは全部亜美ちゃんだからッ！」怒鳴って、フン！　そっぽを向いた。

亜美ちゃんはナマイキだ。ワガママで自分勝手でそれにしつこい。音楽劇に選ばれたからって偉そうにしちゃって、どっか遊びに行こうってみんなで盛りあがってんのに、劇の練習とかリハーサルとか、なに自慢してんのって感じ。

「おばさん、見て。亜美ちゃんがやったの、亜美ちゃん、うちに暴力ふるったんだよ？」

突き出された沙也菜の手の甲には、ひっかかれたあとの赤い筋があった。だけど貴子は信じられない。亜美が他人に手をあげたことなど、これまで一度だってないのだ。だいたい沙也菜ももう一人の子も、こちらと目をあわせようとしない。

「亜美はどこなの？　あなたたち、亜美と一緒だったんだよね？　どこ行ってたの？　今帰ってきたところ？　どうして亜美は一緒じゃないの？」

沙也菜が押し黙ったので、もう一人の子へ貴子は視線を移した。この子は中学生らしく真っ直ぐの髪を後ろでしばっている。名前は藤原《ふじわら》えりかといった。睨《にら》み続けていると、えりかが消え入りそうな声で言った。

「ごめんなさい」

「そう思うんだったら教えて」

「ごめんなさい」

「だからどこに行ってたの」

「ごめんなさい」

「教えて！」

「ざむざの家……」

「ざむざの家？　あなたたち、ざむざの家なんかに行ったの？　もうっ、なんだって中学生にもなってそんなとこに行くのよッ」

ざむざの家はさまよう。

だから家は塀でかこってある。

だけどちょっとでも隙間があったら、家はさまよい出てしまう。

それがざむざの家にまつわる噂だ。むろん貴子もそんな噂など本気にはしていない。だけど、ざむざの家は隣町の漠市《ばくし》にあるのだ。

「べつにちょっと見に行っただけじゃん」沙也菜が唇をとがらせる。「言っとくけど全部、亜美ちゃんのせいだからね。でも、ざむざの家なんか、なーんもなかったよ、ねえ？」えりかに同意を求めるが、しかしえりかはつぶやく。ごめんなさい。

「それで？　亜美がなにしたっていうの？」

「しつこいんだよ、返せ返せって。だからうち、いっしょにざむざの家に行ったら返すって言ったんだ、そう言えばあきらめるかなって」

「返すってなにを」

「うちのトンポのマスコット」

「トンポのマスコットって、」亜美がいつもスクールバッグにさげているやつだ。「あれ亜美のものじゃない」

「うちのだよ、だってもらったんだもん、くれるって亜美ちゃんが言ったもん」

「ほんとに亜美が沙也菜ちゃんにトンポをあげたの？」

貴子がたずねた相手はえりかだ。

「あのね、亜美にとってあのマスコットはとっても大事なものなの、死んだお父さんの思い出がつまっているものなの。それを簡単にあげたりすると思う？」

えりかはうつむいたきりだ。横で沙也菜が「だったら学校に持ってくんなっつーの」なんて子だろう。しかし貴子は怒りをおさえ、

「亜美のシャーペンや三色ボールペンもないんだけど。それはどう説明するの」

「べつに。もらった」

「亜美をざむざの家に連れていって、それからどうしたの」

沙也菜は黙る。

「こたえて！」

黙りこんでいる。

こうなったら沙也菜の家まで行って親と話すしかない、とマンションの入り口を見たときだ。

「亜美ちゃんはざむざの家に入ってった」

思わず貴子は沙也菜の顔を見返した。

「亜美がざむざの家の中にっ？　どうして！」

「トンポをとりにいくって」

「どういうこと、なんでトンポがざむざの家にあるの」

「それは、うちが投げたから、塀の中へ――」

「なんだってそんなこと！」

「だって、とられるよりましだもん、亜美ちゃん暴力ふるったんだから、うちからトンポとろうとしたんだから、この傷、そんときのだから」ひっかき傷の手をまた突き出してくる。

「だからうち、トンポ投げて、そんなにほしけりゃ塀の中に入って取ってきたらって言ってやったんだ、できっこないって思ったし。そしたら亜美ちゃん、取ってくるって言うから、どうしても行くって言うから、だからうちら、台になってやって」

「あなたたち、台になって亜美に塀を乗りこえさせたっていうの⁉」

「だいぶ待ってたんだけど。でも、うちらもヒマじゃないし」

「なに？　亜美をざむざの家に入らせといて、置き去りにして帰ってきちゃったってこと？　なんてことするの、それ、いじめよ！」

ところがそれ以上貴子は続けられなかった。えりかが突然、泣き出したのだ。隣で沙也菜がまくしたてる。

「うちらだって待ったけど？　そういうとこ亜美ちゃんすっごい勝手。ざむざの家だって、リハーサルの前に行かなきゃって亜美ちゃんの都合じゃん、うち朝ご飯食べてないんだけど？　塀をこえるときもさ、亜美ちゃんすっごく重かった、劇に出るならもっとやせたら？」

えりかは泣き続けていた。地面にしゃがみこんで、拳《こぶし》を握って、まるで吠えるみたいに泣き続けていた。

なんて子たちだ、なんて子たちだ、怒りにまかせて自転車をこぐ。建物がまばらになって、畑が続いて、やがてコンクリートを打った何のための土地かわからぬだだっ広い敷地が現れた。

亜美も亜美だ、ざむざの家に入っただだなんて！　トンポのマスコットなんか、放っておけばいいのに！

ざむざの家はこのあたりでは有名な怪奇スポットだった。大人は分別があるから無関心でいるが、子どもや若者は面白半分に探検に行ったり、デートの場所に使ったりしているらしい。ざむざの家でデートすると一か月以内に別れる、いや死ぬ、いやいや結婚することになる、そして結婚したら家族どころか一族郎党全員が必ず陰惨な最期を迎えることになる等々、さまよう家の噂以外にもさまざまな話が囁《ささや》かれている。探検に行った子たちはたいていこっぴどく叱られた。ざむざの家というより、漠市に行くこと自体を親は厭《いと》うのだ。

とにかく漠市は避けたほうが無難。貴子も噂はともかく、そう考えていた。漠市については、結婚を機にこちらに移り住んでから折々耳にしてきた。ただの普通の町だと笑う人もいたし、ことさら忌み嫌う人もいた。通勤で毎日漠市を通る人もいれば、急ぎの用があっても漠市を避けてわざわざ回り道する人もいた。だけど、普通の町だと笑う人も通勤で通る人も、最後には決まってきっぱりとこう言ったのだ。でも住もうとは思わない。

国道が見えてくる。アンダーパスだ。自転車のブレーキを握りながら傾斜をくだる。ふっと、黒い湿った毛布に包まれた――そんな感じがした。出口をめざし、力をこめてペダルを踏み、傾斜をのぼる。住宅街が現れた。

なんだ、なんてことない町じゃないの。物干し台には洗濯物がはためいていて、郵便受けには回覧板が挟まっている。貴子は自転車を走らせていく。人の姿も見える。当たり前だ、町なのだから。

「すみません、ちょっとおたずねしますが」

自転車を降りて声をかけると、その人物は目をじろりと動かして貴子を見た。

「ここって漠市ですよねえ、ざむざの家というところに行きたいんですけど、教えてくれた子がなんかあやふやで」

「漠市です」

若い男性だ。二十代半ばくらい？

「ここは漠市です」

「あっ、ここ漠市でいいのね」変な人だ、やっぱり漠市だから？

男性の背後にあるのはアパートだった。壁は煤《すす》けていて、非常階段みたいな鉄製の階段が外付けされていて、そのペンキもはげている。いったいにこの町の建物は古びている。アパートの駐車場にはトラックが停まっていた。荷台には洗濯機や冷蔵庫や本棚やらが積まれ、男性も段ボール箱を抱えている。

貴子は自転車のペダルに足をかけた。

「やっぱりいいです、ほかで訊《き》くから」

「ざむざの家には近寄らないほうがいい」

ペダルから足をおろした。トラックからは洗濯機が引き降ろされアパートへと運ばれていく。引っ越し業者もさすがに漠市での仕事はさっさとすませたいらしい。あんな大きな荷物を持って、階段をカンカン音を立て足早にのぼっていく。

「ざむざの家を知ってるんですか？　教えてください、娘がそこにいるはずなんです」

しかし男性は貴子を見つめている。穴のあくほど。

「な、なんですか」

「娘さんのことは諦めたほうがいい」

一瞬、何を言われたのかわからなかった。

ペダルに足をかける。反対の足で地面を蹴る。するとまたもや冷静な声が、

「帰るんだったら逆方向なのでは？」

かまわずにペダルを踏みこんで進む。

「どうしても行くというのなら、ざむざの家はそっちではありません」

ぎゅっと貴子はブレーキを握った。急に止まった反動で自転車から飛び出したみたいに降りる。

「いい加減にして！　こっちは娘がいなくなって死ぬほど心配してるってのに！」

「だから諦めろと言いました」

「諦められるわけないじゃないッ」

「だからざむざの家に行くならあっちだと言っているんです」

なんなのこの人、なんでわたしこんな人と喋ってるの。「ふざけないでよ！　だってよく考えたらあなた、引っ越してきたんでしょ、引っ越してきたばかりのくせに知ってるわけないじゃないの」

「確かに僕は今日越してきましたが、大学のときもこのアパートに下宿していました」

「舞いもどってきたってこと？　なんでわざわざ、ここ漠市でしょ？」

「就職を機にアパートを引き払ったんですが、やはりここが僕にとって最も住みやすい場所だとわかったんです。ざむざの家はあの道を行ってください」

言っている意味はまったく理解できなかった。しかし指さしている腕は、真っ直ぐと伸びている。


なんとなく洋館を想像していたのだが、実際のざむざの家は昭和になってから建てられた資産家の邸宅、といった趣きだった。噂どおり塀に囲まれている。小さな瓦の屋根が載ったモルタル塗りの塀だ。雨の流れたあとが黒く幾筋もしみになっている。

どっしりした門柱に木の表札がかかっていた。佐牟田とある。なるほど、貴子は頷いた。さむた、ざむざ、ざむざの家——

一応、門柱にあった呼び鈴を押してみる。予想どおり反応はない。

「亜美、亜美」門の向こうへ呼びかけてみる。期待に反し返事はない。

そろそろと門扉《もんぴ》をあけた。空き家なのになぜだか足音を忍ばせてしまう。木々が頭上におおいかぶさって、暗くて湿っぽくて、気温も二、三度低い感じがして、思わず貴子は腕をさする。

玄関も立派だった。大きな引き戸だ。引いてみる。あいた！

三和土《たたき》に靴がある。ぽつんと一足、デニム地のスニーカー。亜美の靴だ！

貴子は引き戸をもう少しあけ、体をすべりこませた。三和土に立って首を伸ばして覗く。

「亜美、いるの？」

声は廊下に吸いこまれる。廊下は襖《ふすま》もドアも閉じられていて、暗く長くのびている。

「ねえ、亜美、返事して」

暗く長く、廊下はのびている。

貴子はスニーカーの横に自分も靴をぬぎ、家にあがった。

最初の襖をあけたら座敷だった。誰もいない。

次はドアで、あけてみると応接間だ。ここも無人。

おかしい、やっぱり変だ。中へ足を踏み入れ、あれこれ見てまわる。

塵《ちり》も埃も積もっていないのだ。絨毯《じゅうたん》だって色褪《あ》せても擦り切れてもいない。さっき覗いた座敷には床の間に花が活けてあった。そしてこの応接間にあるのは薄型テレビだ。ガラステーブルには回覧板と新聞がのっていて、新聞の日付は今日だ。

騙《だま》された！　ここはざむざの家なんかじゃない、普通の住宅だ！

人の気配にはっとなった。こわごわ貴子は振り返った。女の子だった。貴子があけっぱなしにしたドアの前で、見たところ亜美より二つか三つ年下の女の子が、ガリガリ君を舐め舐めこっちを見ている。

「おばさん、だあれ?」

「ごめん、おばさん家を間違えた!」

手に握ったものを背中に隠し、ごめんね、ごめんねと愛想笑いをして、女の子の横をすりぬけ応接間を出る。小走りで玄関へ行き靴を履きながらよく見たら、デニムのスニーカーは亜美のものよりサイズが小さかった。

佐牟田家が完全に見えなくなってから、ようやく貴子は自転車をこぐのをやめた。自転車にまたがったまま、バッグから取り出す。黙って持ってきてしまった。佐牟田家の応接間のテーブルにあった回覧板に挟んであったのだ。

『漠市アタサワハザードマップ』

アタサワって何だろう?

見当もつかなかったが、地図にマークされた箇所の一つに、ざむざの家と記されてあった。

そこはトタン板の高い塀が張りめぐらされ、家というよりは工事現場のようだった。それも塀で囲ったはいいが工事は施工されず何十年も忘れ去られてきた、といった様相だ。トタンが錆《さび》だらけだ。

この塀を亜美は乗り越えたのか。本田沙也菜たちが踏み台になって。

妙なのは、塀の上に何も見えないのだ。空しか見えない。中の建物がいっさい見えない。でも『漠市アタサワハザードマップ』によると、ざむざの家は確かにここだ。

貴子は出入り口を探して塀ぞいに自転車をひいていった。けれどもどこまで行ってもトタンが続くばかり。道路を挟んで向かい側は住宅が並んでいる。だけど変だ。どの家も窓がない。家の裏側だとしても小窓の一つもないなんて、どういうわけだろう。角を曲がってもトタンの塀は続く。

貴子は自転車のスタンドを蹴って立てた。

穴を見つけたのだ。トタンが錆びて、小さく点々とあいている中に、一つだけ大きな穴がある。といっても、せいぜい腕が通るくらいだ。

穴は低い位置にあるのでしゃがまないといけなかった。背を丸めて覗く。

草が見えた。一面に雑草が生い茂っている。その向こうに小さく塀が見える。反対側の塀だ。

家なんかない。どこにもない。狭い穴から視線を上下左右に動かして探すが、見えるのは丈高く伸びた草だけ。なんだ、ただの空き地じゃないの、どういうこと?

ざむざの家はさまよう、だから家は塀でかこってある、しかしちょっとでも隙間があったらざむざの家は出ていってしまう――。噂ではそういう話だけど、覗いているこの穴から家が出ていったということ？　まさか。

「亜美！　亜美！」

しかし呼び声はたちまち、がらんとした空間に拡散してしまう。

あっ、あれは！

草のあいだに見えた。リスのような尻尾、トンポだ！　亜美のマスコットだ！

貴子は膝をついて塀の穴に腕をさし入れ、点々と散った穴から覗きながら手を伸ばした。とどかない。

仕方なく今度は覗き穴から目を離し、トタンに肩口を押しつけ精一杯手を伸ばして、指に触れる感触だけで探す。あった！

その瞬間、ぐいっと引かれた。

悲鳴すらあげられない。誰かがわたしの手を握っている！

必死に腕を引き抜こうとした。でも誰かの手は放そうとしない。覗き穴から覗いてみる。女の手だ。その細い指が、トンポを持った貴子の手の手首に巻きついている。握られた感触はみっしりというか、何だろうこの感じ、何かに似ている——

なにより恐ろしかったのは、相手の腕は草の中へと消えているのだが、どう考えてもその位置も角度も異常だった。低すぎる。

地面に横たわっているのか？　それとも地面から手が生えている？

「いやッ」思わず飛びすさったが、腕はがっちりとつかまれ穴から抜けない。「放して、放してよ！」塀の向こうで手首がますますしめつけられるのがわかる。貴子は半身をそらせ、渾身の力をこめ、つかまれている腕を引く。

するとと伝わってくる。こちらが引くのにあわせ、ずるっ、ずるっと、大きく重たい何かが引きずられてくるような――。ぞわっと全身の毛が逆立つ。

トンポを捨てた。闇雲に指を動かし相手へ爪を立てる。食いこんだ手ごたえがした。と思うや、もの凄い力でまたひっぱられ、体がトタンにぶちあたりそうになる。「きゃあ」

「ちょっとどいてください」

頭の上で声がした。聞きおぼえのある声だった。言われるまま貴子は体をずらす。

するとその人物はかたわらに跪《ひざまず》き、貴子の腕がつっこまれたトタンの穴のまわりの、点々とあいた小さな穴へ、持っていたものをあてがった。

シュウウウウという噴射音が聞こえた。

ふっと、手首からつかまれていた感触が消えた。すぐさま貴子は腕を抜いた。でもトンポのマスコットを拾うのを忘れなかった。

男性が持っていたのはスプレー缶だ。殺虫剤らしい。信じがたいことだが、これをシュウウと吹きかけこの男性が、漠市が最も暮らしやすいから引っ越してきたなどと意味不明な発言をしていたこの男性が、貴子を救ったのだ。

「でもあなた、わたしに嘘教えましたよね、わたし知らない人のお宅に入っちゃったんだから!」

「これを買いに行く時間が必要だったんです」

しかしスプレー缶はどう見ても市販品とは思えない。円筒形の容器にコピー用紙とおぼしき紙が巻かれ、そこにペンでメモ書きみたいに、殺虫剤と書いてあるだけだ。

「手を洗ってください」

「洗いますとも、あんな気持ち悪いものにさわられたんだもの」こたえながら貴子はつかまれたほうの手を服にこすりつける。

あのあと塀の穴をもう一度覗いてみたのだ。しかし人の姿など、どこにもなかった。草がなびいているだけだった。

「なるべく早く洗ってください、石鹸を使って」

「ええ」亜美のことはどうしよう。

「去年、勤務先の上司に同じ忠告をしたんですが、言いかたが不充分で失敗しました。自宅に帰るまえに洗ってください、遅くとも家に入るまえに」

「ええ」警察に行くべきだろうか。でも何と言えばいい? 娘がざむざの家から帰ってこないので探しにいったら幽霊だか妖怪だかわからない不気味な手が、とか?

ひょっとして質《たち》の悪いいたずらではないだろうか。殺虫剤も手作りっぽいし、この人、隠しカメラを持ってる？　動画サイトにあげようって魂胆じゃないの？

でも、沙也菜とえりかは？　あの子たちもいたずら動画の仲間だなんてあり得ない。亜美はどこ、なぜ帰ってこないの。

スマホの着信音に貴子ははっとなった。亜美？　バッグから出すと、表示されていたのは知らない番号だ。

――もしもし、子ども会役員の大川です。

落胆のあまり返事ができない。

――迎えに来てください、また悠斗くん泣いちゃって、もしもし聞いてます？　何度も言うけど特別扱いはできないんですよ、子ども会は子どもたちみんなの会ですから。

貴子はスマホをしまった。「わたし行かないと」

「これをあげます」男性がスプレー缶をさし出してくる。

「殺虫剤ならうちにもあるけど」

「これは漠市の薬局でしか売ってません」

「あなた、娘のことは諦めろとか言ってましたよね？」

「諦めたほうがいいでしょう」ニュース原稿でも読んでいるようだ。

「なによ、噂なんかにわたしは惑わされませんからね。だってよく考えたらおかしいじゃない、噂じゃこの塀でざむざの家を封印してるんでしょ、けどざむざの家は隙間があれば出ていっちゃう、おかしいじゃない、隙間どころか、ほら、塀の上はがら空きじゃない」

男性は言った、それでは各地の明日の天気ですとでも言う調子で。

「塀は閉じこめるためではなく、外から人間などを侵入させないためでしょう」

自転車に飛び乗り、貴子は逃げるようにそこから離れた。悠斗が待っているのだ。早く迎えにいかなくては。

とりあえずやるべきことがあるのが、ありがたかった。

自転車を停めて駈けよると、砂場にしゃがみこんでいた悠斗が顔をあげた。周囲には誰もいない。子どもも大人もいない。遊具の丸太からさがったロープが風に揺れているだけだ。

「ぼく泣いてない、泣いてないもん」

そう言った悠斗の頬に涙のあとが残っている。貴子が手でぬぐってやると、

「涙が勝手に出てきただけだもん」

思わず悠斗を抱きしめる。

公園の一角には児童館が建っていた。その窓から見えた。子どもたちはホールでビンゴゲームの真っ最中だった。役員たちが出た数を指で示している。ビンゴになった子が元気

よく立ち上がる。ゲットした景品はみんなで見せあいっこだ。

「もう帰る」悠斗が貴子の手をひっぱる。

「お母さんに教えて、なにがあったの」

「六年生のひとがぼくのお弁当みてゲーッてやった、茶色ばっかだゲーッて、みんなもわらった」

貴子は胸がつまる。面倒くさがらずにブロッコリーくらい茹でて入れてやればよかった。だけど、お弁当をからかわれたくらいでグズグズ泣く子は、ビンゴゲームにも入れてもらえないのか。窓ガラスの内側、大川さんがこっちに気づいた。が、会釈をよこしただけで、せっせと景品を並べかえだした。

わたしたち親子は馬鹿にされている、ないがしろにされている。そんな考えかた、自分が苦しくなるだけだとわかっている。でも、どうしてもそう思ってしまう。

あの日の朝、夫が何も言わずに出かけたのは、飼い犬のトンポの散歩に行ったのではなかった。散歩は口実で、電話をかけるためだったのだ。家族に聞かれないようにとスマホを持ってこっそり家を出たのだ。そして夫は不倫相手との電話に夢中になって赤信号に気づかず、車に轢《ひ》かれて死んでしまった。

葬儀のあいだもすんでからも、貴子は泣けなかった。といって怒ることもできなかった。夫の浮気は誰にも打ち明けていない。

先に走っていった悠斗が、家の玄関の前で足踏みしている。それを犬のトンポが庭からリードをぴんと張って覗いている。「はやく、はやく、もれちゃうよー」

「えっトイレ？」慌てて貴子も自転車をしまい、鍵をあけてやる。三和土を確認するが、亜美のスニーカーはない。まだ帰ってきていないのだ。

「おやつ、おやつ、おなかすいたー」トイレをすませた悠斗がキッチンへ走っていく。

「こらっ、ちゃんと手ぇ洗った？」

と言って思い出した。自分も洗っていなかった。

キッチンカウンタにバッグを置き、悠斗と並んでシンクへ手をのばす。が、やっぱり洗面所で洗うことにした。除菌石鹸は洗面所に置いてあるのだ。漠市の男性は家に入るまえにと言っていたが、除菌しておけばいいだろう。あんな人の言葉を真に受けるなんて、わたしもどうかしてる。

警察にとどけるべきだろうか。

けれど冷静に考えてみれば、亜美がいなくなってまだ数時間だ。しかし亜美は漠市に行ったのだ。ざむざの家へ入ったのだ。けど漠市なんてただの噂じゃないの。でもあの手、何だったんだろう。本当にいたずら？　石鹸を洗い流し蛇口をひねって水を止める。

鏡に映った自分の顔の横に、白い顔があった。

息が止まる。が、亜美だ。後ろに亜美が立っているのだ。肌が紙みたい――

る。
「お、驚かせないでよ、いつ帰ったの」鏡に向かって言う。心臓がまだドキドキいってい
「ただいまくらい言いなさい」亜美の眼がどこを見ているのかわからない。
ついっと鏡から亜美が消えた。
「ちょっと待って、亜美、待ちなさい！」
追いかけるが亜美は廊下を行ってしまう。後ろ姿がキッチンへと消える。閉じたドアへ
貴子も急ぐが、いきなりそのドアがあいた。飛び出してきたのは悠斗だ。「こらっ、危な
いじゃない！」悠斗は返事もしない。貴子を押しのけ一目散に二階へ駆けあがっていく。
「なんなのよ、もう、どうしたのよ」しかしキッチンに入ってみると特に変わりはなく、
亜美がシンクの前でうがいをしているだけだ。
首をのけぞらせガラガラやっている。
話をするまえに、貴子はまず深呼吸をした。
「あのね亜美、本田沙也菜ちゃんとのことは聞いたよ？　けど、黙って出かけちゃ駄目じ
やない、すごく心配したんだよ？」
亜美がまた水を含む。うがいをする。
「今日はリハーサルだってあったのに。もう終わっちゃってるよ、どうするの」
吐き出し、また水を含み、仰向《あおむ》く。ガラガラやる。何度もやる。水がなくなると、蛇口

から目一杯出してコップに受ける。水流が強すぎてあふれ出す。

「亜美、聞いてるの」

コップをあおる勢いが強すぎて服を濡らしてしまった。それでも亜美はうがいをやめない。

「いい加減になさい！」

貴子はコップを奪い取った。あっとなった。亜美の手首の内側、ひっかき傷だ――脳裏によみがえったのは、ざむざの家の草むらから現れた手だ。その手につかまれ、必死に抵抗してひっかいた、その手ごたえだ。

傷を隠そうともせず、亜美はカウンタを見やる。貴子のバッグが置いてある。凝視していたかと思ったら、いきなり腕を振りあげバッグをはたき落とした。

「亜美っ、なにするの！」

亜美の眼がさっきと同じになっている。どこを見ているのかわからない。ガラス玉みたい――。

床にはバッグの中身が散乱し、メモ書きみたいな文字のスプレー缶が転がっていく。漠市の男性から結局受け取ってしまったのだ。クマくんはテーブルの下、トンポのマスコットは亜美の足先に落ちていた。

「そのマスコットが原因で沙也菜ちゃんともめたんだよね?・」声が震えてしまう。「亜美は厭かもしれないけど、担任の先生に話そうか？」

マスコットを拾ってやろうとかがんだら、伸ばした手に生温かいものがあたった。ぽたぽたと落ちてきた。見あげて驚いた。涙だった。亜美が泣いているのだ。声をたてず、顔も歪めず、ただ涙だけが湧《わ》き出てきて眼から落ちる。

亜美の声も震えていた。

「もういい」

「もういいってトンポのこと？　沙也菜ちゃんとのこと？」

「もう終わったから」

「終わったって――」

「もう遅い。手遅れなの」

「なに言ってるの！　遅くなんかない、沙也菜ちゃんとのこと話してちょうだい、お母さん力になるから、お母さん亜美の味方だから」

リビングに移って亜美をソファに座らせた。落ち着いて話をするためだ。問えば亜美は、ぽつり、ぽつりとこたえる。思ったとおりだった。亜美は沙也菜にしょっちゅう持ち物を巻きあげられていた。ざむざの家に行ったのもトンポのマスコットだけは取りもどしたかったからだ。けれど返すと約束したのに沙也菜は返してくれない。早く帰らないと音楽劇のリハーサルに遅れてしまう。

「それで亜美はトンポをとろうとして、沙也菜ちゃんとつかみあいのケンカになったってわけね」

沙也菜のひっかき傷は、亜美が一方的に暴力をふるったわけじゃなかった。そして亜美の手首の傷もそのときのものなのだ。沙也菜にやられたのだ。きっとそうだ。「えっ亜美？　なに、どこ行くの？」

「寝たい」

亜美が立って部屋から出ていこうとしている。なのに言葉が出てこない、待ってと言えない、亜美を引き止めるべきなのに、最後まできちんと話をするべきなのに。リビングのドアがしまる。

なぜだろう、亜美がいなくなるとほっとする。

違う、わたしは疲れただけだ。色々あったから一人になって休みたいだけなのだ。手を洗ってくださいなるべく早く、手を洗ってください遅くとも家に入るまえに——考えまいとしても頭の中で漠市の男性の言葉が、幾度も幾度も繰り返される。

しかし一晩たって朝になってみると、漠市もざむざの家も、そして胸に重く垂れこめていた不安も、なんだか馬鹿げたことに思えるのだった。

亜美はちゃんと起きてきて、洗面所で身支度をしている。テレビではキッズ体操が始まり、それを眺めて悠斗はまたシャツを首にひっかけたまま。貴子はキッチンと物干し台を行ったり来たり、忙しい。普段と変わらぬ朝だ。今日もいい天気だ。

結局、今重要なのはいじめにどう対処するかだ。学校に訴えるべき？　といって無闇に問題を大きくして亜美の人間関係をこわしてもいけない。亜美が玄関を出ていく。貴子はいってらっしゃいと声をかけながら悠斗を急かして着がえさせる。とりあえずようすを見よう。念のため今日は早めに仕事を終わらせてもらおう。

そうして夕方、貴子がいつもより早い時間に帰宅すると、亜美はもう帰っていた。制服を着がえもせずリビングのソファに座っている。テレビがついているが、教育テレビの人形劇だ。さっきまで悠斗が見ていたのだろう。悠斗は二階の子供部屋にいるようだ。

「亜美、学校どうだった？」

「うん」

「沙也菜ちゃんたちとは？」

「うん」

「ねえ、約束して。なにか厭なことされたらすぐに言ってちょうだい、我慢なんかしない――」

そこまで言って気づいた。亜美の脇に置いてあるスクールバッグに、トンポのマスコットがついていない。

「トンポはどうしたの？」まさかまた沙也菜ちゃんにとられちゃった？

亜美が立った。「寝たい」

そのあと貴子は見つけたのだ。生ゴミの容器をあけたら、トンポのマスコットが捨てられていた。

夜中、犬のトンポの声で貴子は目が覚めた。甲高い鳴き声が庭から響いてくる。真っ暗な部屋で貴子は寝返りを打つ。

何をあんなに騒いでいるのだろう。そういえば昼間、トンポのようすがおかしかった。犬小屋から出てこようとしないのだ。いつもは陽当たりのいい芝生で寝そべっているのに。

犬の鳴き声は烈《はげ》しく高く訴えかけてくる。

いくらなんでも近所迷惑だ、と起きあがったと同時に、鳴き声は止まった。

たちまち静寂がのしかかる。

トンポはもう、ひと声もあげない。

誰か近所の人が帰宅して、それで騒いでいただけだろう。貴子は布団をかぶった。目をつぶったら、部屋の闇よりも深くて大きい闇につつまれた。

翌朝、トンポがいなくなっていた。犬小屋の前に、リードと首輪だけを残して。

「トンポ、どこ行っちゃったのかなあ」首をかしげる悠斗に貴子は、

「きっと夕べ騒いでるうちに首輪が抜けちゃったんだね、そのうち帰ってくるよ」

だけど、そうこたえながらも貴子は亜美を見てしまう。今夜は悠斗の大好物のオムライスにした。亜美の好きなジャガイモの入ったコーンスープも作った。

亜美はスープをかきまわしている。スプーンでジャガイモをすくうが、また皿にもどして混ぜる。

「亜美、行儀悪いよ、食べたくないの？」

ぽたぽたと、スープの中に落ちた。透明の液体だ。涙だ。亜美が泣いているのだ。

また、あの泣きかた――

顔は無表情で、眼が見開かれていて、まばたきもせずただ涙が目蓋の際《きわ》から押し出されてくる。とめどもなく流れ落ちる。

悠斗は絶対に亜美のほうを見ない。ひたすらオムライスをかっこんでいる。

涙を垂れ流しながら、亜美はスープをかきまわし続ける。

市民音楽劇に亜美と一緒に参加している子の親から電話があった。

慇懃《いんぎん》でまわりくどい言いかただったが、要は亜美をリハーサルに来させないでほしいと

いうことだった。

「どうしてですか」

貴子が訊くと相手は言葉をにごす。

「きちんと理由を聞かせてください」

電話は切れた。


仕事が長引いてすっかり遅くなってしまった。スーパーの袋を持ちかえ鍵をあける。キッチンへ直行しようとして、貴子は気づいた。

リビングに亜美がいる。ソファに座って、テレビを見ているのかと思ったら、スイッチは入っていない。その暗い画面へ、亜美は一心に視線を注ぎこんでいる。

アハッ、アハハハハ。

突然、亜美が笑った。思わず貴子は震えあがった。

「いやだ、どうしたの、なにがおかしいの」

亜美が振り返る。その顔はどこかのっぺりしている。「くすぐったかっただけ」

そう、と貴子は頷き、しかし娘から目をそむけてしまった。

悠斗はどうしたのだろう。いつもならこの時間はテレビを見ているのに。

買ってきたものを冷蔵庫にしまうのはあとにして、貴子は二階へあがった。「悠斗いるんでしょ、あけるよ？」

が、子供部屋の引き戸が動かない。

　何かがつっかえているのだ。なんだろうと思いガタガタやっているうち、中で物が倒れる音がした。戸があいた。驚いた。椅子やらおもちゃ箱やらでバリケードがつくってあったのだ。

「なんなのこれは」倒れた椅子をどかして中に入る。

「戸しめて！」

　悠斗の声が怒鳴った。でも姿がない。

「しめて！」

　学習机の下で布団の塊が動いた。悠斗が布団をかぶって潜りこんでいるのだ。

「そんなとこでなにやってるの」しゃがんで貴子は机の下の布団をめくった。悠斗がクマくんを抱きしめ身を縮める。

「なあに？　今度はなにごっこ？　すぐに夕ご飯になるよ」

「やだッ」

「もう、どうしちゃったのよ」

「お姉ちゃんこわい、お姉ちゃんこわい」

「駄目ッ、そんなこと言っちゃ駄目！　今お姉ちゃんは大変なの、学校で色々あって悩んでるの」

悠斗を叱りながら、しかし貴子は自分自身に言い聞かせているのだった。

何日たってもトンポは帰ってこない。ハナミズキの花が枯れ、主をなくした犬小屋の屋根に落ちる。


このごろ亜美は話さなくなった。もともとお喋りではなかったが、今はまったく口を利《き》かない。こちらから話しかけても、耳にとどいているのかいないのか。何度か声をかけると、やっと首を振ってよこす。油の切れた機械みたいな動きで。

声が聞こえてくる。壁をへだてて聞こえる声はこもっている。だがしきりに喋っている。それが貴子を目覚めさせた。

亜美だ。めずらしい。亜美があんなに喋っている。

枕もとの時計を見ると深夜の三時だった。貴子は布団から起きあがった。寝室のドアをあける。亜美の声が少しだけ明瞭になる。けれど内容は聞き取れない。足音を忍ばせ亜美の部屋へ行き、戸の前に立って顔を寄せる。

友達でも来ているのだろうか。まさかこんな時間に？

なんで？　なんで？　アハッ、アハハ、だからなんでなのよう、アハッ、アハハハハ、トンポ、トンポ、お父さんは？　お父さんはトンポと散歩いったんでしょ、なんでトンポだけ帰ってくるのよう、お父さんどこよう、亜美ちゃん、亜美ちゃんはトンポが好きでしょ？　見てごらん、悠斗はクマくんが好きなのよ、ほら全然泣かないもの、見て、笑ってるよ、よかったねえ、ハハハハハ――

何の話をしているのだ。貴子は戸に耳を押しあてる。

アハハ、アハハ、返して、返して、なんでわたしばっかりとられるの？　さん、さん、三色ボールペン、トンポ、トンポ、トンポは駄目、ハハハハハ――

聞こえるのは亜美の声だけだ。

ごめんなさい許して、ごめんなさい許して、ごめんなさい許して、アハッ、アハハハハ、ざ、ざ、ざ――

亜美が一人で喋って、一人で笑っているのだ。電話している？　そんなわけない、だって亜美にはまだスマホを持たせていない。

アハハ、返して、アハ、返して、ざ、ざ、ハハハ、ざ、ざ、ざむざむざ、ハハハハハ、ざざ、ざむざ、ざむざざむざざむざ、返して、返して、返して、返し――

止まった。

もう何も聞こえない。静寂が自分の頭の中で反響する以外に。

貴子は静かに戸を引いた。あいた隙間から廊下の光が伸びる。亜美の部屋は灯りが点いていなかった。廊下から射す光をたよりに部屋を見まわす。

アハハハハ。

不意に声があがった。

返して――

しかし声はそれきりで、ふたたび静寂がもどった。貴子は止めていた息を吐き出す。声はベッドから聞こえた。ベッドの布団は盛りあがっている。髪の毛が見える。亜美が背中を向けて眠っている。

寝言だった？

だとしても普通じゃない。亜美はいったいどうしてしまったの。どんな悪夢を見ているというの。

そろそろとベッドへ近づいていき、寝顔を覗く。悲鳴が喉にひっかかった。亜美の眼が開いている――！

水銀を闇にたらしたような白眼だった。その中心で黒眼は穴を穿《うが》たれたようだった。眼はぴくりとも動かず、まばたきもしない。

眼をあけたまま眠っているのだと、貴子は思った。懸命に思おうとした。

学校に電話しよう、担任の先生に相談しよう。そのために半休もとった。ここ最近の亜美の状態は、すべていじめが原因なのだ。突然泣いたり笑ったり、異様な寝言も、追いつめられて精神が不安定になっているからだ。いじめさえ解決すれば、きっと亜美ももとにもどる。

なのに、そう思うのに、電話の前に立ったきり動けない。

窓の外に広がる空が悲しいほどに青かった。庭のハナミズキも若葉に木漏れ日がきらきらと美しすぎる。

と、その木の下、貴子は見つけた。茶色のふさふさがうずくまっている。トンポだ！　トンポがもどってきた！

サンダルをつっかけ庭へ走る。寝ている犬を前にしてへなへなと力が抜けてしまう。

「もうおまえったら、どこ行ってたのよ」トンポはちろりと目をあけただけだ。まったくもう人の気も知らないで。

首輪をはめてやる。ふさふさした毛も撫《な》でてやる。毛を通して細かい骨があたる。だいぶ痩せたみたい。あとでドッグフードをいっぱい食べさせてやろう。

まずは学校に電話だ。

トンポがもどってきたことで問題の半分は解決した気分だった。底なし沼でもがいていると思ったら、なんのことはない足のつく市民プールだった、みたいな笑っちゃいたい気分だ。受話器の奥で呼び出し音が鳴る。

担任教師は空き時間だったらしく、すぐに電話口に出た。貴子は冷静に状況を説明し、迅速な対応をお願いした。あらかじめ要点をメモしておいたのだ。

「面談でも親どうしの話しあいでも、わたしはいつでもうかがいますから！」

勢いこんで言ったら、返ってきたのは担任の社交辞令的な言葉だった。

――ご協力ありがとうございます、機会があればまたご連絡しますので。

「そうじゃなくて、娘は、亜美は、今苦しんでるんです！」

――お母さん、なにか誤解してらっしゃるようですね。学校で亜美さんが本田沙也菜さんと藤原えりかさんにいじめられてるなんてことは、百パーセントあり得ませんよ。

「そんな、調べもしないで」

――実はですね、本田さんも藤原さんも学校に来てないんですよ。藤原さんは入院中です。本田さんは、こういうことをやたらに広めたくないんですが、不登校です。

あまりのことに電話を切ってしまった。入院？　不登校？　それは亜美に関係あるのか？　あるわけない、そう思いたいのに思えない、自分の娘なのに。

確かめなくては。先生に事実を聞かなくては。震える指でもう一度受話器をつかむ。だしぬけに呼び鈴が鳴った。貴子は受話器を取り落としそうになる。

玄関ドアをあけると、そこにいたのは子ども会役員の大川さんだった。来月の行事案内をわたされた。いつもは郵便受けに入れておくのに、今日はなぜか手渡しだ。用がすんでも帰ろうとせず、さぐるように見てくる。貴子はピンときた。

「大川さん、本田沙也菜ちゃんたちのこと、なにか知ってますよね？」

「べつに、わたしはあれこれ言う立場じゃないし」

「教えてください、わたしもう、どうしたらいいか」

それじゃあ、と顎を突き出してきて、

「お宅が謝りにいくべきだと思いますよ」

「なんで、いじめてるのはあっちなのに」

「まっ、沙也菜ちゃんは亜美ちゃんのせいで学校に行けないっていうのに」

「うちの子がなにしたっていうんですか！」

「だからそれがわからないから悩ましいんじゃないの。いじめ問題の難しさは被害者側も真実を語りたがらないからなのよ？　えりかちゃんなんて、なに訊かれても話そうとしないんですって」

トンポが鳴いている。庭でトンポが鳴いている。奇妙な鳴き声だ。破れたバケツでも叩いたみたいだ。ちっとも響かない。

なんてことだろう、こんなときにわたしには相談する相手がいない。夫は死んだ。どうせ不倫していた人だ。ママ友もいない。つくらなかった。親もとうにいない。

トンポが鳴いている。トンポって、こんな鳴きかただっけ？

「亜美。お母さんにちゃんと説明してほしいの。沙也菜ちゃんたちとなにがあったの、亜美がなにかしたの？」

亜美の眼はどこを見ているのだろう。瞳が透けて、眼の玉の裏まで覗けてしまいそうだ。ひくっと貴子は震えた。

眼球の向こう側で何かが動いた？

だが、亜美がゆっくりと目蓋をおろし、ふたたび開くと、現れた瞳は底なしの穴よりも黒い。

リビングに貴子と亜美、二人きりだった。じっくり話さなければとソファに向きあって座ったのだった。悠斗は二階だ。悠斗は亜美と同じ部屋にいたがらない。学校から帰ると子供部屋に閉じこもり、貴子がいるときだけ一階におりてくる。編みぐるみのクマくんを握りしめ、貴子にべったりくっついて離れない。

「亜美、話してちょうだい。亜美がなにを言ってもお母さん、受け止めるから。お母さんは亜美の味方だから」

「――かったの」

「えっなに？」なんという声をしているんだろう。

「返してほしかったの」

「それで沙也菜ちゃんたちになにかしたの？　返してほしいってトンポのマスコットのこと？　でもマスコットはお母さんが持って帰ってきたじゃない」

でもそれを、あなた、捨てたじゃない。

「亜美、あなたのことがわからなくなっちゃった。いったい亜美はどうしたいの？」

「——い」

「なに？」

「返してほしい」

「あ、三色ボールペンのこと？　シャーペンのこと？」

「クマくんは悠斗にあげなさい、だって亜美ちゃんはトンポのマスコットがあるでしょ」

「なに、なに言ってるの亜美」

「だって亜美ちゃんはトンポが好きなんでしょ、見てごらん、悠斗はクマくんが好きなのよ、ほら全然泣かないもの、笑ってるよ、よかったねえ、亜美ちゃんはトンポがあるからいいよね、クマくんは悠斗にあげようね」

まるで録音データを再生しているかのように、亜美の口からするすると出てくる。過去に誰かにこのとおりのことを言われたんだろうか。わたし？

だが、貴子はまったく記憶にないのだった。クマくんを、あの編みぐるみを、亜美と一緒に行ったフリーマーケットで買ったことは憶えている。でも保育園で泣きやまない悠斗のために買ったのではなかったか。いや、欲しいと言ったのは亜美だったか。それをあとから説き伏せて悠斗に譲らせた？

そもそもどうしてフリーマーケットに行ったんだっけ？　亜美がお腹が痛いと言ったからだ。あれは夫が亡くなって、わたしがフルタイムで働きだして、生活が激変したころだった。毎朝、悠斗が保育園を厭がって大泣きするから大変だった。そこへ亜美が、それまで風邪一つひいたこともなかった亜美までが、突然お腹が痛いと言いだして、もうパニックだった。結局、仕事を休んで、保育園で後追いする悠斗を振り切って、亜美を病院へつれていったのだ。でも大騒ぎしたわりにはすぐに腹痛は治まってしまい、一応診察を受けたらやっぱり医者も、まあ甘えたかっただけでしょうとか言ってたっけ。

フリーマーケットはその病院の駐車場でやっていたのだ。久しぶりに亜美と母娘二人、手をつないでぶらぶら店を見てまわった。そうだった、思い出した。クマの編みぐるみを買ったのは、なんとなくだ。せっかくだからなんか買おうかと、わたしが適当に目についたのを選んだんだ。いつもいい子でいてくれる亜美へのご褒美のつもりで。

それをわたしは悠斗にあげてしまった？　でも、だとしても、べつに亜美にねだられて買ったわけじゃない。だいたい編みぐるみが、沙也菜たちとのトラブルになんの関係があるというのだ。

娘さんは諦めろ。娘さんは諦めろ。漠市で会った男性の言葉がよみがえる。もう一度、あの男に会う？　会って亜美を救う方法を訊く？

でも諦めろなんて言う人間が助けてくれるだろうか。だいいち、また漠市に行くなんて危険すぎる。わたしには悠斗だっているのだ。ざむざの家で握ってきたあの手。手の感触。そうだ、あれはパイプ枕の手触りだ。中身のパイプをもっと粗くした感じ。中でパイプがザリッと動く感じ。あれは人間の手じゃない――

亜美の手を盗み見る。手首の内側にはまだひっかき傷があった。いやに治りが遅い。というより、最初に見たときと変わっていない？

「さん、三色ボールペン、トン、トン、トンポトンポ、」

「亜美！　やめて、ふざけないでッ」

亜美の声が止まった。が、ゼンマイの最後の巻きがはじき出したかのように、言葉がこぼれた。

かえ、し、て――

デパートへ行って羊羹《ようかん》の詰め合わせを二箱買ってきた。服装は襟のあるジャケットにした。かたわらには亜美がいる。最初に藤原えりかが入院しているという病院に行くつもりだ。

何か行動せねばならなかった。けれど今、貴子が自分の手に負えそうなことといったら、いじめ問題を解決することだけだった。そしてそのためには亜美も同行させるべきだ。当人たちを交えて話しあうのが一番いいのだ。

だが本当のところは、亜美を家に残して行きたくなかった。亜美と悠斗を二人きりにはさせられない。

えりかの病室は病棟の奥まったところにある個室だった。貴子は迷ったが、とりあえず亜美は廊下で待たせておくことにした。

ノックする。返事はない。だが病室の中で物音がする。

「えりかちゃん?」戸をあけてみる。誰もいない。付き添いの親の姿もない。ベッドは布団がめくられ、さっきまで寝ていたという状態だ。「えりかちゃん、いないの?」部屋へ踏みこむ。

獣が唸るような太い呻《うめ》き声がした。

どきりとなったが、目の端に映った。戸口を入った右手にドアがあり、ドアは半開きで、中でえりかがうずくまっている。

そこはトイレだった。嘔吐しているのだ。えりかが便器を抱えこんで幾度も執拗にえずいている。もう出てくるものもないのに胃から無理やり、最後の一滴まで、しぼり出そうとしている。

「えりかちゃん大丈夫？　看護師さんを呼ぼうか？」

えりかの顔が仰向いた。すっかりこけた頬に髪の毛がはりついている。

「出さなきゃ」

「なんですって？」

「吐き出さなきゃ」

いきなりえりかが指を自分の口に突っこんだ。口の中を掻《か》きむしる。何かを掻き出そうとしている。

「やめて、えりかちゃん、やめなさい！」

えりかの手をつかんで口から引き抜いた。そのままトイレの外へ引きずり出す。えりかは抵抗し、暴れながらも口を限界まで開き、何かを吐き出そうと舌をべええと出す。

その舌を見て、思わず貴子はえりかを放してしまった。

穴があいている。舌の肉がごっそりと抉《えぐ》り取られている。スプーンで血のゼリーをすくいとったみたい。傷の断面の濡れた赤い肉がふるふると震えている。

「えりかちゃん、それ、」

「出さなきゃ」

「それどうしたの、お願い教えて」

しかしえりかは床に這いつくばって、また嘔吐を始める。首を突き出して背中を大きく波打たせるが、もう胃液も出てこない。それでも吐き出そうとする。喉を震わせ、動物じみた声を発し、ひたすら吐こうとしている。「――なきゃ、出さなきゃ」

何があったか話そうとしないと大川さんは言っていたけれど、とても話せるような精神状態ではないのだ。

えりかが顔をあげ、こっちを見た。いやあっ、叫ぶが立ちあがれず、尻を床につけたまま必死に後退《あとずさ》る。痩せこけた顔の中のむき出した目が、貴子を凝視している。

「ごめんなさい許して、ごめんなさい許して、ごめんなさい許して、ごめんなさい許して」

えりかが許しを請うていたのは貴子にではなかった。貴子の背後に向かってだった。背後に立っていたのは亜美だ。亜美がこう言ったのが貴子の耳にもとどいた。

「返して」

茫然と貴子は思う。娘の声はこんなだっただろうか。

声はぶれて、割れて、何重にも重なっているのだった。

どうしてわたしは本田沙也菜の家に向かっているのだろう、このまま帰ればいいのに。亜美と一緒に自分の家に帰って、何もなかったことにすればいいのに。そして少々ようすが変だがそこは目をつむり耳を閉ざしてこの娘と、そして悠斗との暮らしを続けていけばいい。大丈夫。だって、さっきだってわたしが言えば亜美はえりかを襲ったりせず、素直に病院をあとにしたじゃない。

しかし貴子の足は、真っ直ぐ本田沙也菜のマンションへと歩いていくのだった。亜美も黙ってついてくる。

沙也菜の家はマンションの最上階、三階の外廊下のつきあたりだった。貴子がドアチャイムを押すと、中から足音がやってきた。鍵が回る音がしてドアがあいた。

が、あいたのは十センチほどで、見覚えのある少女の顔が覗いた。以前と違って髪はセットされておらず、ぼさぼさだ。

「沙也菜ちゃん、わたし亜美の母親だけど」

沙也菜の目が見開かれた。貴子の後ろにいる亜美に気づいたのだ。即座にドアがしめられ、足音が駆け去る。

「沙也菜ちゃん待って！」

貴子はドアノブをひっぱるが、ガツッという衝撃とともに止まった。ドアチェーンがかけられている。

「沙也菜ちゃん、話をさせて」あいたドアの隙間に顔を押しつけて呼ぶ。「教えてほしいの、亜美となにがあったの？」

「返したじゃん！」奥の部屋から悲痛な声がこたえる。

「うちはもう返したじゃん！　三色ボールペンも、シャーペンも、消しゴムだって買って返したじゃん！」

「それはもういいの、おばさんはあなたを責めにきたんじゃないの、ただ話が聞きたくて、」

「あんたッ、人の家の前でなにやってんの！」

振り返ると、女性が外廊下をもの凄い剣幕で近づいてきた。マスカラをぬった睫毛がそり返っている。手にさげたエコバッグから大根が落ちそうだ。

「あっ沙也菜ちゃんのお母さんですか」

だが女性はものも言わずに貴子をひっぱっていき、階段をおりて踊り場まで来てから、

「どういうつもり？　娘にかまわないで」

「でも会ってちゃんと話したほうがいいと思うんです」

「あんた誰」

「亜美の母です」

沙也菜の母親の顔がひきつる。そのとき悲鳴が聞こえた。沙也菜の声だ。母親が駆け出した。貴子も追って階段をのぼる。

しかし階段から外廊下へ出たとたん、貴子は心臓がドクンと跳ねた。亜美がいない。今ここに、沙也菜の家のドアの前に、いたはずなのに。

母親がドアをあける。でもチェーンのせいでガツッと止まる。「出てけッ」ドアの隙間から沙也菜の叫ぶ声が聞こえた。「全部返したじゃん、お願い、出てけよう！」

貴子は心臓をオペ用グローブの手で絞《しぼ》られた気がする。

「沙也菜、ドアをあけなっ」母親が怒鳴った。

「ぎゃあああ、出てけ、出てけ」チェーンの長さぶんしかあかないドアからでは、中で何が起こっているのかわからない。

母親は隣の家のドアへ走り、チャイムを叩いて押した。「お願い、娘が大変なの！」ドアがあくと押し入るように入って、突き進む。貴子もついていく。隣の奥さんがびっくりしている。母親がガラス戸をあけベランダに出た。ためらうことなく隣家との境のボードへ体当たりする。ボードは割れ、割れ目をさらに蹴って広げ、自宅のベランダへと移る。だがガラス戸はカーテンが引かれ、鍵もかかっていた。

カーテンの合わせ目に見え隠れしている。沙也菜が妙な動きをしている。手をばたつかせ飛び跳ねたり、腿を高くあげ足踏みしたり。聞こえてくる。「やだやだやだやだ、キャーッ」

「沙也菜！　なにやってんのよ、ここあけなさいよ！」

「助けて、ママ助けて」

「だからここ、あけなって！」母親が怒鳴って窓を叩く。それから振り返って貴子へ顎をしゃくった。物干し竿を指している。

貴子は物干し竿をおろした。それを母親がひっつかみガラス戸を突く。一回、二回、三回目で割れた。割れ目に手を突っこみ鍵をあけ、戸をあけカーテンをはねのける。貴子も落ちたガラスをよけながら中へ入った。ところが部屋には誰もいない。

「沙也菜、どこっ」

家じゅうを探しまわる。いない。どこにもいない。沙也菜も、沙也菜を襲った侵入者も。玄関ドアにはチェーンがかかったままだ。

すすり泣く声が聞こえてきた。「トイレだ!」母親が走った。貴子も追った。母親がトイレのドアノブをガチャガチャまわすが、これも鍵がかかっている。

沙也菜の震える声が、トイレのドアごしに問いかけてきた。

「亜美ちゃんは？　亜美ちゃんはもういない？」

貴子は心臓に融けた鉛が流しこまれた。

なんて恐ろしいことをこの子は言うのだろう。侵入して襲ったのは亜美だと？　でも玄関のドアにはチェーンがかかっている。入れるわけがない。

「沙也菜！　またおまえは嘘言って。誰もいないよ、ほんとは誰も入ってなんかこなかったんだろ？」

だけど、じゃあ、亜美はどこに消えたの？　騒ぎが起きる寸前まで、この家のドアの前にいたのに。うちに帰ったのかも！　ああでも、それなら階段をのぼって駈けつけたわたしとすれ違わないはずがない。

「嘘じゃないもん、ほんとに亜美ちゃんが、亜美ちゃんが」

「じゃあその子、どうやって出てったんだい、玄関はチェーンがかかったままだし、ベランダから飛び降りたっていうの、ここ三階だけど。ちょっと奥さん、誰かそこから出てった？」

ベランダには隣の奥さんが立っていて、割れたガラス戸からこちらを心配そうに窺っている。

「ほら、誰も来なかったって。親を騙すんじゃないよ！」

そうよ、亜美はやっぱり家に帰ったんだ。マンションには他にも階段があるんだ、わたしが知らないだけできっと非常用とかが。

だが、貴子はトイレのドアに向かって懇願するのだった。

「沙也菜ちゃん教えてちょうだい。亜美はあなたに、えりかちゃんに、なにをしたの？」

「ちょっとあんた、娘になに言ってんのよ！」

「ざむざの家でなにがあったの、お願い話して、最初から全部」

「あんた、もう帰って！」

数秒間、沈黙が続いた。そしてドアの向こうから沙也菜の声が話し出した。

「おばさん、亜美ちゃんはヤバいよ、うち、もう絶対に学校行かない、家から絶対出ない。うち、亜美ちゃんからもらったもの、ほんとに全部返したんだよ、でもダメなんだ、亜美ちゃん追っかけてくるんだ、返して返してってどこまでも追っかけてくるんだ、えりかちゃん、かわいそう、えりかちゃんは悪くないのに、うちだって悪くない、だって亜美ちゃんはあのとき、自分から行くって言ってざむざの家に入ったんだから。うちらが台になって、その上に亜美ちゃんが乗って、ざむざの家の塀のてっぺんをまたいだと思ったら、ドシンて音がした。うちらビビッたよ、でもトタンが錆びて穴あいてるとこがあって、そこから覗いたら、亜美ちゃん尻もちついてて、すぐ立った。だからうちら言ってやったんだ、だっせえヤツ、バーカって。それから塀の外で亜美ちゃんを待ってたんだ、そしたらいきなり悲鳴が聞こえて、ギャーッて凄い声がして、穴から見たら亜美ちゃんが走りまわってた。ピョンピョン跳んだり、バタバタ手を振ったりしてて、こっちに走ってきて、凄い勢いで塀にぶつかって、うちらびっくりして穴から離れて、亜美ちゃん中からバンバン塀をたたいて、助けて助けてってて。でも、うちにはわかった、さっきのバーカの仕返しだなって。だって見え見えじゃん、うちらをおどかそうとフリしてるだけじゃん、亜美ちゃん一人で草ン中転げまわってんだもん、ほかに追いかけてる人とかいないんだもん、だからうち、騙すんじゃないよって言ってやったんだ。でも亜美ちゃん演技やめなくて、全然やめなくて、バカみたいにギャーギャーやって、だからうちら帰った、走って帰った。後ろで亜美ちゃんの悲鳴がして、何度もして、うちら必死で走って、走りながらえりかちゃん、ごめんなさい許してって泣いて、でも、でもさ、おばさん、亜美ちゃん次の日ちゃんと学校に来たじゃん」

まだ話を続けるのかと沙也菜の母親が睨んでくる。

「だけど、亜美ちゃんはもう以前の亜美ちゃんじゃなかった、学校からの帰り道、亜美ちゃんがついてくるんだ、返して返してって。走って逃げてもどこまでも追っかけてきて、えりかちゃんが公園のトイレに逃げこんで、そしたら亜美ちゃん返して返してってドアの前から離れなくなって、その隙にうちは急いで家に帰った。だって、ふつう大丈夫じゃん？　トイレ鍵かかってたもん、えりかちゃんちゃんと鍵かけてたもん、大丈夫ってふつう思うじゃん？　でもおばさん、全然大丈夫じゃなかったよ」

帰って！　母親に突き飛ばされた。

「えりかちゃん入院しちゃった、うち思った、今度はうちの番だって。でもここなら大丈夫、公園のトイレはダメだったけど、うちのトイレならドアは床までぴったりしまるし、窓もしめて鍵かければ」

帰れ帰れ！　母親に引きずり出される。

トイレのドアがあいた。沙也菜の顔が覗く。貴子は母親ともみあいながら沙也菜のほうへ首をねじ曲げる。

「おばさん、あれはもう亜美ちゃんじゃないよ。あれはね、——なんだよ」

なんて？

今なんて言った？　わたしの聞き違いか？

貴子は玄関の外へ押し出され、ドアがバタンと閉じられた。

走る。足を必死にあげて走る。返してと亜美が言うのを貴子も何度も聞いた。三色ボールペンもシャーペンも、沙也菜たちは亜美から奪ったものは全部返したと言う。だったら、あと残っているのはクマくんだ。今、自宅には悠斗が一人きりだ。

自宅の門につかまり、貴子は三秒間だけあえいだ。家は外から見るかぎり、特に変わったようすはない。門扉をあけ玄関へ急ぐ。が、視界の端をかすめた。立ち止まって、首を曲げ、そっちへ目を凝らす。犬小屋の前でトンポが寝そべっている？　違う——おそるおそる庭へ足を踏み入れる。「トンポ？」呼んでみる。それから貴子は自分の見たものに腰を抜かしそうになった。

地面の上でトンポはぺしゃんこだった。四肢を左右に広げ、巻いていた尾も伸びきって、腹こそ裂かれていないが虎か何かの毛皮の敷物みたいだ。

敷物なら頭の部分はつめものをして立体的につくられている。でもトンポは頭部もぺしゃんこだった。二つの眼がかろうじて眼球のぶんだけ盛り上がっている。うららかな陽光が眼の玉の底まで射しこんでいる。

なんなのこれは。これも亜美の仕業なの。

せりあがってきた叫びを呑みこんでもどす。

悠斗を、悠斗を守らなければ。

足がふらつくのを懸命に踏みしめ進む。

玄関じゃなく裏口から入ろう、そのほうがキッチンに直接入れる。音を殺して裏口のドアをあけた。よかった、誰もいない。それにしても静かだ。何の物音もしない。

悠斗は二階だろうか？　また自分の部屋にこもっているのか？　亜美は？　帰っている、いない、どっち？　どこだっけ、あれはどこにしまったっけ、あった！

目当てのものを取り、ジャケットのポケットにつっこんだ。足音をたてぬよう廊下に出て階段をのぼる。子供部屋の前まで来て、悠斗を呼ぼうとして、でも声を出すのをやめる。引き戸をほんの数センチ、あけた。よく見えない。もっとあける。いない！　なぜ？　まさか亜美が――

トンポの声がする。庭で鳴いている。戦慄が貴子を襲う。

どうして？　だってトンポは毛皮の敷物になっていたではないか。だけど犬の鳴き声は確かに庭から聞こえてくる。

部屋に入って窓へすり寄った。窓の端からこっそり庭を見おろす。とっさにしゃがみこんだ。四つん這いになって洋服ダンスの陰に逃げこむ。

トンポがいたのだ、犬の姿かたちをしたトンポが。さっきはぺしゃんこだったのに、敷物になっていたのに、今は四本の足で立って庭の中を、一歩、また一歩、と歩いていた。

ああ、これがトンポの声だろうか。これが犬の声だろうか。なんだろうこれは。振動と摩擦の音が何重にも重なって、ぶれて響いている。

だしぬけにタンスの扉が開き飛び出してきた。思わず貴子は叫んでいた。だがカーペットに転がったのは悠斗だ。

「ああよかった！」抱きしめる。

「ママ、ママ」悠斗もむしゃぶりついてくる。

「亜美は？　亜美は帰ってきた？」

「わかんない、でもなんか音がした、こわいからぼくタンスの中にかくれた」

逃げよう。ともかく悠斗を亜美から引き離さなくては。

悠斗の手を引いて部屋を出る。静かに、静かに、階段をおりる。三段おりたところで後ろから悠斗が言った。

「クマくんは？」

「しっ」手すりから身を乗り出し、貴子は階下のようすをさぐる。

「ママ、クマくん忘れた」

誰もいない。よし、今のうちだ。

「ママ」

「行くよ」

「ママ！」

振り返ったら悠斗が目を真ん丸く開き、硬直していた。その頭をがっちりと、白い指がまるでボールでも持つようにつかんでいる。亜美だ。亜美が背後に立って両腕を伸ばし、悠斗の頭をつかまえていたのだ。

亜美がつかんだ頭を引き寄せようとする。頭をひっぱられ悠斗の首がのけぞる。亜美の顔に、皮膚に、血のぬくもりがまったく感じられない。

「亜美、やめて、悠斗を放して」

しかし亜美は言う。

「返して」

だがその口は開いていない。動きもしない。一ミリたりとも。

「返して」

口は開かないのに聞こえるこの声は、軋《きし》み、微細な振動、細かく烈しくこすれあう摩擦の音、それらの集合だ。

「か、え、し、てえええ」

やっと亜美が口をあけた。しかしそれは発声するためではなかった。下顎がグーンと伸びて開かれると口腔は真っ暗で、洞窟のように真っ暗で、あれが出てこようとしている。

虫だ。

虫があとからあとから何匹も。

折れ曲がったプラスティックじみた脚、撓《しな》うやはり樹脂線のような触角、無機的な眼玉の中の無機的な光の点。粒のような眼には何も映さず、脚をからくりじみた動きで繰り出し、虫たちがぞくぞくと亜美の口から這い出てくる。

そう。虫。

虫、と本田沙也菜は言っていたのだ。あれはもう亜美ちゃんじゃない、あれは虫なんだよ、と。

虫は口からだけでなく、鼻の穴や耳の穴からも出てきた。眼球を押しのけ目蓋にぶらさがり出てきた。手首の内側の、いつまでたっても治らぬひっかき傷の、切り取り線みたいだったのがぷつぷつとはち切れ、出てきた。

虫は一種類ではなかった。多種多様な虫が這い出てくるのだった。細いのや、薄っぺらいのや、腹がぷっくりしているのや、脚が髭《ひげ》のようにワサワサと生えているのや、幾つも連なる体節が順々に動いて身をくねらせているのや――

背面の脂ぎった光沢、全身のブツブツ、みっしり生えた思いのほか繊細な毛。

スカートの下からも出てくる。亜美の白い足を伝いおりてきたり、失禁でもしたように、ぼとっ、ぼとぼとぼとっと落ちるものもいる。

きいいっ、と金切り声があがった。悠斗だった。頭を烈しく振って、つかんでいた亜美の手から逃れる。階段を転げ落ちそうになり、とっさに貴子が抱きとめる。悠斗の口からぶらさがっていた。ムカデだ。少なくともムカデに似た虫の下半身だ。頭のほうは悠斗の口の中へもぐりこんでいる。

「口あけなさいッ」

考えるより先に手が動いていた。貴子はムカデをつかんだ。手の中で無数の脚が動く。それをぎゅっと握りしめ、ひっぱる。するとムカデと一緒に悠斗の舌も引き出されてきた。貴子は目を疑った。ムカデが凶悪な顎でもって悠斗の舌に食いついているのだ。

ぶちっ、という感触とともにムカデが舌から離れた。血が飛ぶ。悠斗が叫ぶ。

貴子は自分が握っているものを凝視した。手から垂れたムカデ、ムカデ状の虫、そいつがくねって裏返ると現れたのは円形の口で、針先のような歯が円状にぎっしりと並んでいて、その歯がくわえているのは食いちぎった肉片だった。ピンクの肉が貴子の見ている前で、たがいちがいに動く針の歯によって呑みこまれていく。

こいつ、悠斗の舌の肉を食べた！

貴子はムカデを投げ捨てた。ムカデは階段の踏み板に叩きつけられ、這っていた虫たちが散った。貴子はポケットから取り出す。さっきキッチンで取ってきた、漠市の男性から譲り受けた殺虫剤のスプレーだ。

その瞬間、およそ表情というものが抜け落ちていた亜美の顔面に、よぎった。恐怖の翳《かげ》り。そして敵意の迸《ほとばし》り。

貴子はムカデに狙《ねら》いを定める。頭の芯が妙に冷めている。噴射。

ムカデは長い身をくねらせのたうちまわっていたが、しまいに動かなくなった。それを貴子はさらに踏みつぶして息の根を止める。

いやらしい虫たちが階段をのぼって逃げ出した。貴子はスプレーする。これでもかと噴きつける。虫の死骸を蹴散らし右へ左へ、虫を追いつめ下から上へ、あっ――、噴射ボタンを離す。ガスが亜美の顔へかかってしまった。

ぐらり、亜美がよろけた。手すりへと傾いた。

普通だったら手すりにつかまる、普通だったらしゃがむ、それか、倒れないよう重心を移す。けれども亜美の体は意識を持たない物体が重力に従うように、手すりをこえて頭から落下した。続いて聞こえたのは間の抜けた破裂音だ。軽くて、乾いていて、とても人間が落ちたとは思えない。

「亜美――」

亜美は階下で、体は横向きだが首をねじって顔を仰のかせ、横たわっていた。片腕は胴体の下敷き、足も変なふうにひねられ、片方の膝が浮いている。ぱたんとその膝が倒れた。

「亜美」

　ぴくりともしない。

「亜美、ねえ大丈夫？」

　眼が開いたきりだ。

「ああ、どうしよう」、一一九番しないと——

　ねじくれた亜美の体が大きく蠕動《ぜんどう》した。くねって、のたうって、みるみるねじれがほどけていく。ああ、と貴子は瞑目《めいもく》する。そしてふたたび目をあけたとき、亜美が起き上がった。糸で吊るされた人形が引き上げられるように。

　階段をのぼってくる。「返して」「返して」

　一段、また一段。「返して」

　足もとを這いずる虫を引き連れて。「返して、返して」

　ああ、もう悲鳴も出てこない。

　貴子は悠斗をつれ階段を駆けのぼった。子供部屋へ飛びこむ。引き戸をきっちりとしめ、悠斗に押さえさせ、自分は学習机から重たい本を払い落とし、机をひきずってくる。戸のつっかい棒のかわりにするのだ。本田沙也菜が言っていた、ドアも窓もぴったりとしめて鍵をかければ大丈夫と。

しかし机の横幅が大きすぎてはまらない。縦にしたら今度は足りない。何かないか、挟むものはないか。これだ、子ども図鑑だ。二冊挟みこんだ。あと一冊がどうやっても入らない。

ガタッと戸が動く。貴子は転げそうになってさがり、部屋の隅で悠斗を抱き寄せる。戸があいた。でも三センチほどだ。

その三センチのあいだから亜美が覗く。穴のように真っ黒い黒眼の、まばたきしない亜美の眼が。

けれども亜美がどれだけガタガタやろうが、戸はそれ以上あかない。机に邪魔されて動かない。

しかし、どういうわけだか貴子の耳の奥で、あの噂が繰り返し囁かれるのだ。

ざむざの家はさまよう。だから家は厳重に塀でかこってある。だけどちょっとでも隙間があったら、家はさまよい出てしまう。

亜美の姿が戸の隙間から消えた。静かだ。諦めたのだろうか。響くのは貴子の腕の中でしゃくりあげる悠斗の泣き声だけ。口もとに血がこびりついている。いつの間に持ってきたのか編みぐるみのクマを抱きしめている。貴子は手で悠斗の血をぬぐってやり、かき抱く。

かすかな音が近づいてきた。

擦《こす》れあう音、軋む音、ひっかく音、細かく打つ音——

それらが重なりあって補いあって、あたかも極小サイズのブロックを巧みに積み重ねればどんな形でも再現できるのだというように、一つの言葉を響かせていた。

かえしてかえしてかえしてかえしてかえしてかえしてかえして……

そう鳴きながら、侵入してくるのだった。大量の虫たちが、わずかにあいた戸の隙間を通って、部屋に入ってくるのだ。カーペットの上を、新たな虫のカーペットが扇状に広がっていく。

そうして虫とともに戸の隙間から、何かが入ってこようとしていた。布のように見えた。細長くしぼめたのが三センチの隙間を通り抜けてくる。

それは虫の群れの上を流れてくるように見えたが、実際は虫たちが運んでいるのだった。

虫たちがおのれらの頭上にかかげ持ち、足並みをそろえ、せっせと運びこんでくるのだった。

見覚えのある布だと貴子は思った。それもそのはず、あのプリント模様、亜美が着ていた服では？　だけどあれは何？　生地のあいだに見え隠れする肌色のあれは——

今度こそ貴子は叫んだ。

亜美。あれは亜美。ぺしゃんこの亜美。

それはトンボが毛皮だけになっていたのと同様、亜美の皮だった。亜美の皮が戸の隙間を通り抜け、この部屋に入ってくると、徐々に広げられていくのだ。

扁平な皮は衣服を着たままで、下にいる虫の動きにあわせ細かく波立ち、唇の切れ目もパカパカと開閉する。眼球だけが盛り上がって天井を仰いでいる。

完全に亜美の皮が広げられた。すると虫たちは我先にと集まり、亜美の中へともぐりこみだした。口の切れ目へ入りこむ。鼻の穴、耳の穴へと押しかける。広げた足のあいだにもつめかける。眼球の上を這いまわっていた一匹が、目蓋を押し上げすべりこんだ。

皮の内側を虫がしきりに行き来しているのがわかる。だが次第にもぞもぞ動いていたのが落ち着いてきて、亜美の顔面の凹凸が形づくられる。やがて二つの胸も持ち上がった。腹部も膨《ふく》らんだ。虫は一匹残らず亜美の内部へもどって、指の先、爪先まで行きわたった。

むくり、と亜美の上半身が起き上がった。かえして。

すっくと立った。かえして。

歩き出す。かえして。

ざむざの家はさまよう。だから家は厳重に塀でかこってある。だけどちょっとでも隙間があったら、家はさまよい出てしまう——

亜美がざむざの家だったのだ。虫たちが亜美の体を食い荒らして皮だけにして、自分たちの巣にしてしまったのだ。

「悠斗、クマくんを亜美に」

「やだ、ぼくのだもん」

「渡しなさい」

「クマくんはぼくのだもん」

ひったくった。亜美へ投げつける。

編みぐるみは亜美の胸にあたった。なのに亜美は受け止める気配すら見せず、落ちたのを踏んづけ近づいてくる。貴子の眼前まで迫り、かえして。

「返したじゃない、クマくんは！」

亜美が口をあけた。中にびっしりと虫がつまっていた。虫の眼。夥《おびただ》しい数の眼。微動だにしないビーズ玉の眼。何も映さない眼。だがすべてが貴子を凝視している。

ぼとぼとと落ちる音がした。亜美のスカートの中から虫が出てきたのだ。カーペットを這ってくる。悠斗の足をのぼりだす。悠斗が叫び声をあげて跳ねまわる。

貴子は殺虫剤を出し、悠斗の体を這いまわる虫たちへ噴射した。虫が落ちる。右往左往している。噴射を続けながら貴子は悠斗を引き寄せ、背後にかばう。そして次は亜美へ、大きくあけた亜美の口へ、口の中で押しあいへしあいしている虫たちへ、スプレー缶を突きつける。

だけど。

かえしてかえして……

鳴いている。

かえしてかえしてかえしてかえして……

亜美の口の中で虫たちが鳴いている。

かえしてかえして、トンボのマスコットかえして……

かえして、三色ボールペンかえして、シャーペンかえして……

鳴いている。亜美の皮の内側でひしめきあっている虫たちが、足もとを這いずっている
虫たちが、そして殺虫剤でひっくり返って悶えている虫たちも、鳴いている。

お父さんを、お父さんをかえして……

わたしをかえして、わたしのからだを、わたしのなかみを、かえして……

クマくんかえして、クマくんかえして……

お母さん、お母さん、わたしのお母さん、
わたしのお母さんをかえしてッ！

一気に虫が亜美の口からあふれ出てきた。鼻からも長いやつがぶらぶらして落ちた。股
からは大量にどさどさ落ちる。群れをなしたそれらは貴子の足を迂回し、悠斗をめがけ行
進していく。

お母さんをかえしてお母さんをかえしてお母さんをかえして……

「亜美——」

殺虫剤を持つ貴子の手がどうしようもなく震える。

「ママ、ママ、たすけてッ」

悠斗に虫が迫る。爪先をのぼろうとしている。

貴子は殺虫剤を握りしめる。狙う。亜美を狙う。震える手で亜美を狙う。

お母さんをかえしてお母さんをかえしてお母さんをかえしてお母さんお母さんお母さん
お母さんお母さんお母さんお母さんお母さんお母さんお母さんお母さんお母さんお母さん
お母さんお母さんお母さんお母さん……

貴子は叫びをあげた。

ありったけの声を絞り出して叫んだ。


今日の夕飯のメニューはハンバーグだ。といっても冷凍食品を湯煎して、千切りキャベツとトマトをのせた皿に盛りつけただけだが。貴子と悠斗、二人だけの食卓だった。けれどもテーブルの上の料理は一人分。黙々と悠斗はハンバーグを食べる。それを貴子は見守る。

食後の片づけが終わり、貴子はそっとリビングを覗く。リビングは照明が落とされ、薄暗い中、悠斗が一人でテレビを見ている。テレビの画面から放射される光が、悠斗の頬を赤や緑に染めている。貴子はリビングのドアを閉じる。

階段をのぼって二階へ行く。

部屋の戸をあける。

「亜美。いい子にしてた？」

亜美はベッドにいる。横たわっている。粘着テープでぐるぐる巻きになって、頭のてっぺんから爪先まで隙間なくおおわれている。

そのテープを少しだけはがし、貴子は亜美の口の部分を露出させる。顎を持って口を開かせる。

待っていると虫が這い出てくる。今夜最初に出てきたのは硬い背中をしている。脚も針金みたい。触角がいやに長い。

無造作につかみ、貴子は自分の口へ放りこんだ。すぐさま嚙みつぶす。そうしないとこっちが食われてしまう。グシャッと殻がつぶれた感じがして、液が飛び出してきて、とろとろと舌に垂れる。

充分に咀嚼《そしやく》してから呑みこんだ。それでも触角の硬い線が喉を通るときウェッとなった。でも吐き出すことはしない。絶対にしない。

次に出てきた虫はゲジゲジに似ていた。これもワサワサしている脚が喉にひっかかるから食べづらい。それでも嚙んで、嚙んで嚙んで嚙んで、呑みくだす。

虫を口に含むと、その鳴き声が貴子の口腔で反響する。かえしてと。

虫を噛むと、そのつぶれる音が貴子の口腔で断末魔の叫びのように響く。わたしのお母さんをかえしてと。

虫を呑みこむと、声が、亜美の声が、叫びが、貴子の体内にしみわたる。お母さんお母さん、と。そして吸収される。お母さんお母さんお母さんお母さん、と。

亜美。

大丈夫だよ、亜美。

全部食べてあげるから。

亜美、待っててね。

あなたを食べたこの虫たちを全部食べて、もう一度あなたを産んであげるから。

ナメルギー反応

その女子学生がよろめきながら入ってくると、講義前のゆるんだ空気はたちどころに凍りつき、誰も身動きできず、だが耐えきれなくなった一人がついに悲鳴をあげるやいなや、全員が椅子を蹴って逃げ出した。

「ま、待って、みんな……」

女子学生の顔は破壊されていた。

ただ一人、矢崎《やざき》が講義室に残ったのは、この授業が休講になったとは聞いていないからだ。

「待って、わたしの話を聞いて、ば、漠市《ばくし》になんて行くんじゃなかった……」

女子学生の顔面の皮膚はすでにところどころへばりついているだけだ。剝《む》き出しになった肉はてらてらと血をにじませており、それもむしられ骨が覗き、その骨も欠け、骨は右の頬骨で、眼球を支えていたから、いまや右眼がぎょろりと飛び出てこぼれ落ちそうになっている。

「わたしの姉、ライターやってて、漠市の取材だってアパートまで借りて漠市に住んで、家賃が月六千三百円って安すぎでしょ、それだけで怪しいでしょ、やめなよってあんなに言ったのに――。お姉ちゃん死んじゃった、自殺だなんて信じられない、だって亡くなる直前にラインで、やった！　アタサワの地図ゲット！　って言ってたのに、なのに自殺ってあり得ないでしょ、だいたいアタサワって何？」

漠市についての噂は有名だ。しかし矢崎は特に興味はない。けれども女子学生の口が動くたび、その右上に垂れてきている右眼もぷらぷらして、つい矢崎は目を奪われ無視を決めこむのを忘れてしまった。

「遺品を片付けに漠市の姉のアパートへ行ったの、ああ、なんで持ってきちゃったんだろう、姉が言ってたのに、絶対に持ち出しちゃいけないって。アパートには取材で集めたものが保管してあったの、歯を蒔いた鉢植えとか、昔の黒電話の受話器だけなんだけど、らせん状のコードがとてつもなく長いやつとか。でも、だって、形見が欲しかったんだもの、ふわふわだし、かわいかったし、他のは気味悪かったけど、これは漠市とは関係ない、姉の私物のぬいぐるみかなって。

漠市ではナメルって呼ばれてるらしい、姉のパソコンのファイルに書いてあった、ナメルはケースに入ってたんだけど、ふわふわにさわりたくて出したの。そしたらわたしの顔を舐めた！　長くて濡れててちょっとザラザラの舌がすっごく気持ちよかった！　体が浮きあがるみたいな、しびれて融けちゃうみたいな、顔がびしょびしょになっちゃった！　思い出すべきだった、ぬいぐるみなんか姉が持ってるはずない、だってアレルギーだったんだもの、姉はふわふわした毛にアレルギーがあったの、かっ、かゆいッ」ひっくり返った。猛烈に床を転げまわる。「かゆいかゆいかゆいかゆいッ」

顔を掻《か》きむしっている。乾いた血がこびりついていた指先が、みるみる新しい血に染まる。指は顔面の露出していた肉へ突き立てられ、筋肉繊維を猛烈にほじくる。歯列が覗く。骨も露わになる。そこへ爪を立ててさらに掻いている。爪がはがれかけている。頬骨の削られていく音がする。しかし、と矢崎は考える。

このまま掻いて掻いて顔がなくなっても、痒みは残りそうだ。

救急車のサイレンが近づいてきた。救急隊員が到着する前に矢崎は女子学生から、漠市にあるそのアパートの住所を聞き出すことができた。そろそろ実家を出たかった。家賃六千三百円は確かに破格だ。

解説

朝宮運河《あさみやうんが》
（書評家）

奇妙な物語はお好きですか？　もしそうなら迷うことなく本書のページを開いていただきたい。不条理にしてグロテスク、恐ろしいのにどこかユーモラス、そんな無二の作品世界が、この文庫本には閉じこめられている。

本書は、エンターテインメント界の新鋭・井上宮が二〇一八年七月に上梓《じょうし》したデビュー単行本『ぞぞのむこ』の文庫版である。

単行本には第十回小説宝石新人賞を受賞した表題作「ぞぞのむこ」の他、同作と共通した世界観をもつ短編四作が収録されていた。今回の文庫版ではさらに、単行本未収録だったショートショート「ナメルギー反応」（単行本刊行時、販促用のペーパーに書き下ろされたもの）も収められており、著者の作りあげた〈漠市《ばくし》サーガ〉の世界をより多角的に味わうことができるようになっている。漠市とは何？　という疑問には追々答えるとして、まずは表題作について解説しておきたい。

井上宮が「ぞぞのむこ」で受賞した小説宝石新人賞は、二〇〇七年から一七年にかけて「小説宝石」が主催していた短編専門の公募型新人賞である。全十一回にわたり、中島要（第二回）や折口真喜子（第三回）、麻宮ゆり子（第七回）など、多彩な新人作家を輩出してきた。

当代の人気作家が二人ずつ選考を務める同賞は、最終選考の詳細なレポートが「小説宝石」誌上に掲載される、〈選考過程の見える新人賞〉という特色もあった。第十回に選考委員を担当したのは、山本一力と唯川恵。「小説宝石」二〇一六年六月号掲載の最終選考会レポートには、「ぞぞのむこ」が受賞にいたった経緯が、詳しく記されている。

山本一力は「とにかく、着想がすごいと思った」と述べたうえで、「これは辛《から》いことを言い出したらキリがない作品だと思うんだけれども、とにかく『ぞぞ』というものを発明したこの人の力量に私はやられました」と非凡なアイデアを高く評価している。一方の唯川恵も、「矛盾や綻びを言い出したらキリがない」と前置きしつつ、「そういう細かいことよりも、力技で持っていかれたという感じがして、私もとても面白く読ませていただきました」と肯定的な意見を述べた。些細な欠点を補って余りあるほど、オリジナルな魅力と可能性を秘めた作品。両選考委員にそう認められた「ぞぞのむこ」は、晴れて全応募作九七三編のトップに輝く。

著者の井上宮は一九六一年、愛知県生まれ。デビューまでの詳細な経歴は公にされていないが前掲の「小説宝石」には「主婦。30年間、出版されるあてもなく原稿がクローゼットにたまっていくという、クローゼット作家だった」と紹介されている。著者自身も同誌掲載の「受賞のことば」において、「長い間書き続けてきて、応募した数も両手どころか両足を使っても足りません」と述べているので、雌伏《しふく》の時期は相当に長かったようだ。

長年力を溜めてきた五十代、六十代の書き手が、文学賞受賞をきっかけにブレイクを果たす例は近年珍しくない。井上宮にとっても、デビューまでの人生経験と、クローゼットに積まれた習作の束は、必ずや今後の強みになることだろう。


では、両選考委員を唸らせた受賞作「ぞぞのむこ」とはどんな作品なのか。簡単にあらすじを紹介する（先入観なく作品に触れたい方はご注意を）。

取引先に向かう途中、電車を乗り間違え、人気のない駅で下車することになった島本と部下の矢崎。島本はバスを利用しようとするが、矢崎は「ここから離れたほうがいい」と警告する。彼らがいるのは周辺住人から避けられ、不気味な噂の絶えない町、漠市だった。構わず歩きはじめた島本の前で、小さな女の子が転倒。助け起こした島本に、矢崎は「手を洗ったほうがいいですよ」と謎めいた言葉を投げかける。

翌日から、島本の運気は急上昇。仕事で大きな契約が成立し、職場のマドンナ的女性とも接近する。自宅前には別れて以来音信不通だった元カノ・のぞみの姿があった。驚きながらものぞみを部屋に泊めた島本は、久しぶりにベッドをともにする。

しかし、町中で〝本物の〟のぞみと出会ったことで、マンションに泊めているのがまったくの未知の人間であると判明、島本は愕然とするのだった。謎の女を追い払った島本だったが、その直後から彼の運気は低下してゆく――。

禁忌に触れてしまったために、運命に翻弄されることになった男を描く不条理ホラー。端的にまとめると、「ぞぞのむこ」はそんな小説である。


この作品の恐ろしさは、島本にこれといった落ち度がない点にある。確かにすぐ手を洗え、という矢崎の警告を無視したのは事実だが、そもそも漠市について知らなかったのだから無理はない。のぞみによく似た女を追い払ったのも、現代人ならごく当然の反応という気がする。しかし、それはあくまで人間側の理屈。人知を超えた漠市には通用しない。島本のキャラクターが（やや軽率ではあるが）憎めないものであるだけに、呪いの不条理感がさらに際立っている。

本作の特色をさらにあげるなら、まずグロテスクへの志向。クライマックスにおいて、島本は謎の女と背徳的な行為に耽《ふけ》り、その結果、彼の部屋にはすさまじい情景が展開される。あえて詳しくは書かないが、ぞっと鳥肌が立つような名場面だ。

しかもこの場面は単にグロテスクなだけでなく、どこか官能性も漂わせている。両選考委員も指摘していたとおり、クライマックスの行為にはセックスの気配が濃厚だ。見たくない、でも見ずにはいられない。読者にそう感じさせる描写力は、大きな長所だろう。

もうひとつのポイントが、漠市という魅力的な設定。猫がいない、同じ顔の人が何十人もいる、閏年のある日には口にしてはいけない言葉がある。こうしたいくつものタブーがあり、周囲から忌まれている漠市の存在が、本作の異様なムードをさらに高めていることは間違いない。

アメリカの作家H・P・ラヴクラフトの「インスマスの影」を筆頭に、ホラー小説には奇妙な町を扱った傑作が数多く存在するが、「ぞぞのむこ」もその系譜に連なる〈町もの〉ホラーである。しかも呪われた町・漠市には、電車やバスで誰でも気軽に足を踏み入れることができる。日常と非日常の距離が近く、境界線が曖昧というところに本作のユニークさがある。

矢崎のように対策をしっかり立てていれば、漠市の呪いと共存することが可能、という設定も面白い。ここは本作が書かれた数年前より、コロナウイルス感染拡大後の今日のほうがよりビビッドに感じられる部分だろう。呪いの感染を手洗いによって防ぐ「ぞぞのむこ」は、まさに今読むべきホラーともいえるのだ。

受賞後第一作となった「じょっぷに」(「小説宝石」二〇一六年八月号)で、再び漠市を登場させた著者は、この町にまつわる物語を書き継ぎ、一冊の短編集としてまとめあげた。それが本書『ぞぞのむこ』である。残り五編も簡単に紹介しよう。

「じょっぷに」では、万引き癖のある大学生・蕗子が、漠市の文具店に足を踏み入れたことで奇妙な事件に見舞われる。執拗に現れるハサミの呪いも恐ろしいが、それ以上に印象的なのは「じょぷじょぷ」という異様な響きのオノマトペではないだろうか。ちなみにこの作品は、「小説宝石」掲載時と単行本では大きな違いがある。雑誌掲載バージョンの幻想的な結末も捨てがたいので、機会があれば読み比べていただきたい。

　有名企業を退職し、介護スタッフとして働く田村は、カリスマ介護士・真梨奈の秘密を知る。老人ホームが舞台の「だあめんかべる」では、介護現場でのさまざまなトラブルが描かれ、物語の暗澹たるムードを作りあげる。ついファンタジックな設定に目が向きがちだが、井上作品は現代的な題材を扱った人間ドラマとしても、読み応えがあるのだ。本作とシングルマザーの苦悩を描いた「ざむざのいえ」はその代表的なものだろう。

　コンビで舞い踊る小さな神が登場する「くれのに」は、六編の中でももっとも民話的色合いが強い。しかしユーモラスに思える物語にも、例によって悲惨な結末が待ち受けている。ひねりのあるオチが用意された異色作。

「ざむざのいえ」のタイトルはカフカの『変身』の主人公ザムザに由来するのだろうか。

仕事と子育てに追われるシングルマザーの貴子は、帰りの遅い中学生の娘・亜美を近所の廃墟で発見する。足を踏み入れるだけで祟《たた》られるざむざの家は、漠市に点在する「アタサワ」（＝あたらずさわらず）を象徴するような凶悪物件だ。ホラーの定番である幽霊屋敷ものながら、生理的嫌悪感をこれでもかと突いてくる後半の展開には、この著者ならではのオリジナリティがある。

巻末の「ナメルギー反応」は、短いながらも著者のグロテスク志向が全開になったショートショート。矢崎が漠市に移り住む直前にあたるエピソードである。意味が分かるようで分からないタイトルもうまい。

以上全六作。互いにリンクする奇妙な物語をすべて読み終える頃には、読者の脳内に漠市の風景が、まざまざと浮かんでいるにちがいない。そして心をざわつかせる〈漠市サーガ〉の世界にもっと触れてみたい、と感じているはずだ。

それにしても気になるのは、全エピソードに顔を出すミステリアスな青年・矢崎の存在だろう。人付き合いは極端に苦手だが、困っている人を無視もできない彼の秀逸なキャラクターが、本書の間口をさらに広げていることも、忘れずに指摘しておきたい。

先に触れた最終選考会において、山本一力は「この人は、次にどんな方向に行くだろうね」と期待を込めて口にしていたが、それは多くの読者にとっても気になるところだ。デビュー作のグロテスク志向を推し進め、異色ホラー作家の道を切り開くのか。はたまたホラー色を抑えた、人間ドラマにシフトするのか。『ぞぞのむこ』とまったく異なる路線の小説も、この著者だったら書けるような気がする。

本書をステップボードに、著者のさらなる飛躍を期待したい。（文中敬称略）

初出　「小説宝石」（光文社）
ぞぞのむこ　二〇一六年六月号
じょっぷに　二〇一六年八月号
だあめんかべる　書下ろし
くれのに　書下ろし
ざむざのいえ　書下ろし
二〇一八年七月　光文社刊
ナメルギー反応　特別冊子のため書下ろし

光文社文庫

ぞぞのむこ

著者　井《いの》上《うえ》　宮《きゅう》

2020年8月20日　初版1刷発行

発行者　鈴木広和
印刷　堀内印刷
製本　榎本製本

発行所　株式会社 光文社
〒112-8011　東京都文京区音羽1-16-6
電話（03）5395-8149　編集部
8116　書籍販売部
8125　業務部

ISBN978-4-334-79070-7　Printed in Japan

組版　萩原印刷

光文社文庫最新刊